Rüdiger Frischmuth

RECHENFEHLER

Ein Wirtschaftskrimi

Bibliografische Information der Deutschen Nationalbibliothek:
Die Deutsche Nationalbibliothek verzeichnet diese Publikation in der
Deutschen Nationalbibliografie; detaillierte bibliografische Daten sind
im Internet über www.dnb.de abrufbar.

© 2015 Rüdiger Frischmuth

Herstellung und Verlag:
BoD – Books on Demand, Norderstedt

ISBN: 978-3-7347-6561-2

Dies ist eine fiktive Geschichte. Ähnlichkeiten mit real existierenden
Personen oder Gegebenheiten sind rein zufällig und nicht beabsichtigt.

Ein Buchautor recherchiert intensiv und arbeitet nachhaltig, um sein Projekt zu fundieren und abzuschließen.
Bei Informationssuche und Schreiben sind gute Freunde wichtig. Ich danke insbesondere Irmgard Kierek, Bertha Morin Arocha, Martin Kierek, Fidel Chinique Rabelo sowie Dr. Martin Baranowski für motivierenden Zuspruch.

Ein Textverfasser macht ohne gute Lektoren Fehler. Wertvolle Unterstützung leisteten Christiane Geldmacher sowie Enneke Siedler.

Ein Buchverkäufer vertreibt sein Werk über stationäre und virtuelle Vertriebskanäle. Bei Marketing und Vertrieb halfen Inga Oldewurtel sowie Sandra Johnson. Die Gestaltung der Website übernahm Karin Reheis, das Cover konzipierte Peter Jakob.
Den Vieren bin ich ausgesprochen dankbar für kreative Ideen und professionelle Arbeit.

Ich wünsche den Lesern von Rechenfehler viel Spaß und Spannung.

Rüdiger Frischmuth, München/Havanna im März 2015

München, Aberlestraße, 20. August 2008, 03:50 Uhr
Sein tansanischer Stammtaxifahrer hatte ihn nach Hause chauffiert. Gregor Klar sank wie ein Stein ins XXL-Wasserbett. Eine Frau hatte er nicht aufgerissen. Exzessiver Alkoholkonsum, fünf Mass waren zu viel. Eine andere Interpretation verhinderte das Ego. Ruckzuck war die Decke über dem Kopf. Der Münchner Hauptkommissar schlief sofort ein. Zita hatte es sich auf dem weißen Angorateppich am Fußende des Bettes, mit Herrchen um die Wette schnarchend, bequem gemacht.

„Schleicht´s eich, ihr Saugribben, ihr elendigen!"
Eine dralle Blondine um die dreißig in tadellos sitzender, weißblauer Schürze schob sich mit sechs Krügen durch die Tischreihen. Tellerklappern und Gläserschlagen, dazu eine Mischung aus Brathendlduft, gegrilltem Steckerlfisch sowie lange fertiger Zuckerwatte. Gregor Klar saß im Biergarten unter farbig leuchtenden Glühbirnen und blickte zu Zita. Die Rhodesian Ridgeback Hündin war vier Jahre sein Schatten. Das Tier lag unter dem Tisch und blinzelte Herrchen aus halb geöffneten Augen an.
Vor ihm lag der Finanzteil des Handelsblatts. „Schieflage der Hypo Real Estate Auslöser eines globalen Finanzsystemkollaps." Der Hauptkommissar überflog den Leitartikel. Ihn fröstelte. Hoffentlich trat dieses Szenario nie ein. Sein Vater hatte den Großteil der Altersversorgung in Aktien investiert.
„So, do hobt`s eire Schorln, de Mass und zwoa Broo´n! Macht Zworazwanz´ge grodaus!
Mit einem Ruck knallte die Bedienung Essen und Getränke auf den Tisch und riss den Polizisten aus den Gedanken.
„Vierundzwanzig, bitte sehr!"
Die Frau steckte das Geld ein und zog ohne Dank und ohne Gesichtsregung weiter. Seinen Kumpel fixierend, faltete Klar die Wirtschaftszeitung zusammen.
Der Polizist kannte Christoph Morgenthaler seit dem ersten Schultag in der Wittelsbacher Straße. Seit 35 Jahren waren sie eng befreundet. Immer wieder beeindruckte er mit geologischem Wissen. Der Hauptkommissar zog die Augenbrauen hoch.
„Was ist eine tektonische Verschiebung?"
Klar nahm einen kräftigen Schluck Apfelschorle aus dem Literglas, wischte sich über die Lippen, und schaute erwartungsvoll sein Gegenüber vor dem dampfenden Schweinebraten an.

„Kein Stein bleibt aufm anderen."
Christoph Morgenthalers Lippenenden zogen sich nach oben. Auf die Ellenbogen gestützt starrte er auf den derben Holztisch. Sein glasiger Blick sprach Bände. Er hatte einige Liter bestes oberbayerisches Starkbier intus.
„Die Banker kriegen die Krise also nicht in den Griff. Logisch, die ruhen sich aus und zahlen kaum Zinsen, wenn man ihnen Geld bringt. Dafür zocken sie dich bei den Krediten ab."
Klar schlug sich auf den Oberschenkel und sprang mit krebsrotem Kopf auf.
„Diese verdammten Stechfliegen."
Gebückt rieb er seine Kniescheibe.
Nachdenklich kratzte sich Morgenthaler am Hinterkopf. Vielleicht steckte Wahrheit hinter dem, was sein Freund von sich gab. Er fühlte sich zwar deutlich intelligenter als der Gleichaltrige und ging Themen differenzierter an, schließlich war er promovierter Wissenschaftler, der andere Beamter. Zugegebenermaßen ein gehobener Beamter, aber eben nur ein Staatsdiener. Doch ab und an imponierte dem Wissenschaftler die pragmatische Sichtweise des Hauptkommissars.
Das Polizistenhandy musizierte in mittlerer Lautstärke, feinste Mozarttöne. Verärgert schaute Klar aufs Display. Er war privat im Biergarten. Heute war allerdings Bereitschaft.
„Hallo!"
„Was heißt Hallo? Hier spricht Schulte!"
Stotternd entschuldigte sich der Hauptkommissar für die unprofessionelle Gesprächsannahme. Er kannte die Strenge des Staatsanwalts mit ostpreußischen Wurzeln. Einen Fehler am Tag ließ der ehrgeizige Schleifer durchgehen. Außerdem notierte er sich die Fauxpas jedes Einzelnen der zuarbeitete, in einem kleinen, roten Notizbuch. Bei zehn Verstößen war die Karriere beendet. So meldete es der Flurfunk beständig seit Jahren.
„Am Abend ist über die Notrufzentrale die Meldung einer Frau mit ausländischem Akzent eingegangen. Sie hat offensichtlich einen Mann tot in einer Wohnung gefunden, vermutlich war es Gewalteinwirkung. Machen Sie sich sofort mit diesem, wie heißt der niederbayerische Stinkstiefel, jetzt hab ich´s, diesem Loiperdinger, fahren Sie mit dem Grantler Richtung Süden. Der Krankenwagen ist auf dem Weg und die Schupo mit vier Beamten zur Tatortsicherung vor Ort. Ich kann nicht kommen. Bin auf dem Empfang unseres Ministerpräsidenten im Festsaal des Bayerischen Hofs."

„Natürlich ..."
Mit näselnder Stimme schob der Staatsanwalt hinterher, dass er dem Hauptkommissar offiziell die Ermittlungen übertrug. Danach legte er auf, ohne die Antwort abzuwarten.
Eine deutliche Ansage. Knieschwellung und Schweinebraten waren vergessen. Die Pflicht rief.
Zita schüttelte sich. Ihr siebter Sinn sagte, wann Herrchen aufbrechen wollte. Mit nach rechts geneigter Rute trottete das Tier stolz hinterher.

Klar erwachte langsam mit schmerzendem Kreuz. Sein ausgetrockneter Hals dürstete nach Wasser. Die Erinnerung an den Traum wurde durch den Gedanken an die hübsche, im Verlauf des gestrigen Abends unglücklicherweise in den Dauersprechmodus gefallene Blondine Ende zwanzig überlagert. Knapp zwei Meter entfernt ragten zitternde Füße unter der Bettdecke hervor. Der Hauptkommissar schluckte. 41, sportlich, nach Meinung der Assistentin gut aussehend, aber nun das. Gott sei Dank schien sein Erinnerungsvermögen nicht vollständig verschwunden zu sein. Mit aufgerissenen Augen schaute er sich im Schlafzimmer um. Der Schädel brummte. Ein Aspirin musste her, damit sich sein Stand auf dem Parkett stabilisieren ließ. Danach würde er den Kollegen anrufen.

München, Landsberger Straße, 31. August 2008, 19:00 Uhr
Fabian Runkel rettete sich mit weitem Sprung über die Pfütze. Ein heftiger Windstoß hatte die graue Sommerjacke aufgebläht, wodurch sich die Breite seines athletischen Oberkörpers ein paar Sekunden lang verdoppelte. Seit einer Woche regnete es ununterbrochen wie aus Kübeln. Er war auf dem Weg ins Fitnessstudio. Direkt neben ihm schaltete der Fahrer des beschleunigenden schwarzen Porsche hoch. Konnte dieser Typ nicht langsamer fahren?
Neugierig blickte er auf das blinkende Handydisplay.
Ein dunkler Wasserschwall spritzte in meterhohem Bogen auf den Bürgersteig.
Runkel wischte mit dem Jackenärmel die Tropfen vom Blackberry.
„Ich bin's, der Ralf."
Der Banker musste schnell weg von der Straße, sonst wären seine nagelneuen Sneaker komplett aufgeweicht. Die hatte er erst gestern in Sendling gekauft. Die Bremsen der 19er Tram quietschten auf den nassen Schienen zwischen den beiden Doppelfahrstreifen der Landsberger Straße. Eine nervtötende MVV-Hupe überlagerte für mehrere Sekunden den

Straßenlärm. Die kleine Fußgängergruppe wollte die Gleise kreuzen. Runkel hörte keinen Ton durch das Handy. Seine Jeans war von oben bis unten mit kleinen hellbraunen Punkten besprenkelt. Mit der Jacke konnte er sich nicht sehen lassen.
„Hi! Was gibt's?"
„Hallo, Fabi! Cool, dass ich dich erreiche."
Ralf Maslaton atmete ruhiger als kurz zuvor.
„Ich habe Probleme mit dem Chef wegen unserer Softwaregeschichte. Die Revision hat sich bei 'ner Routineprüfung den Beleg mit der Provisionszahlung rausgezogen."
„Wolltest du die Kohle nicht auf 'nem Konto parken und im nächsten Jahr verteilen?"
Runkel rubbelte mit dem Daumennagel über seine Jeans. Die Hose war ruiniert. In Gedanken würgte er den Sportwagenfahrer bis zur Ohnmacht.
„Stimmt. Ich hab eins im Kleinwalsertal eröffnet, natürlich nicht unter meinem Namen, sondern mit gefälschtem Personalausweis. Die Österreicher haben's nicht gespannt. Mein Boss hat die Überweisung unterschrieben, das Geld ist raus."
Maslatons Stimme klang gepresst. Er war wegen der Hintergrundgeräusche kaum zu vernehmen.
Runkel presste das Handy fest an's Ohr.
„Doch seit gestern ist die Revision am Thema dran. Ich soll die Identität vom Kontoinhaber nachweisen. Die Drängler haben eine Frist bis Monatsende gesetzt. Ansonsten wollen sie bei der Ösi-Bank nachfragen. Dann haben wir den Salat. Mein Chef ist ungenießbar seit die Sache hochgekocht ist."
„Kann ich verstehen. Ist ein Karrieremensch, was du erzählt hast. Solche Typen mögen keine Unruhe. Kenne das aus unserm Laden."
„Ich bin nervös, Fabi!"
„Sehr uncool, was kann man tun?"
Reifen quietschten, als der silbergraue Audi auf den Mittleren Ring abbog.
„Was ein irrer Raser!"
Runkel schüttelte heftig den Kopf. Der Avant mit Starnberger Kennzeichen kam in den nassen Spurrillen ins Schlingern und näherte sich bedrohlich den parkenden Autos am Seitenstreifen.
„Kannst du deinen Kumpel fragen, ob dem 'ne Lösung einfällt?"
Endlich war es trocken. Die Automatiktür des Fitnessstudios summte. Ein Strahl lauwarmer Luft aus dem Deckengebläse umströmte den

Banker und ließ ihn erschauern. Dem Wetter wie der leichten Sommerkleidung hatte er es zu verdanken, dass er bis auf die Haut durchnässt war. Hoffentlich waren die Trainingsklamotten in der Sporttasche vom Wasser verschont geblieben. Dann könnte er seine Sachen während der zwei Fitnessstunden in der Umkleidekabine über der Heizung trocknen.

„Kann ich machen. Man muss hören, was er zu sagen hat. Der weiß in der Bankenszene Bescheid."

Seine Augen fanden den kleinen, weißen Balken rechts oben auf dem Handy. Der Empfang war schwach, abwechselnd hielt er das Mobiltelefon an beide Ohren. Bestimmt war Ralf nicht mehr in der Leitung. Er stand im Aufzug.

„Außerdem ...", Maslaton zögerte, ... will ich dich mal wieder sehen, Fabi."

„Grundsätzlich nichts dagegen zu sagen. Ich muss rein, der Spinning-Kurs ist gestartet. Sag dir morgen Bescheid, was ich erreicht habe."

Fabian mochte Ralf, war sich allerdings unsicher, was Ingo sagen würde, wenn er sich mit dessen Lover treffen würde. Außerdem hatte er selbst einen Partner. Seine Gedanken wanderten zu Roland Geber. Wo war der nur? Seit Tagen hatten sie sich weder gesehen noch gesprochen. Darunter litt der Banker. Er wusste, das war dem Freund gegenwärtig. Diesem Macho gefiel es, ihn zappeln zu lassen. Oder war er sadistisch und das Abtauchen Teil eines Spiels? Bisher hatte er nie Liebeskummer gehabt. Für den nächsten Tag nahm er sich vor, seinem Partner zu sagen, dass er mit ihm zusammen ziehen wollte. Ralfs Sache genoss keine Priorität. Dessen Problem würde sich von allein lösen. Fabian Runkel hatte es bereits vergessen.

München, Theatinerstraße, 1. September 2008, 16:10 Uhr

Der Federzug bewirkte, dass sich die schwere Eichentür im Zeitlupentempo mit leisem Zischen automatisch zuzog. Langsamen Schrittes betrat Flussmüller den Hauptraum des Cafés. Die beiden Frauen hinter dem Tresen hatten ihn bemerkt und schauten demonstrativ weg.

„Grüß Gott, die Damen!"

Kurz streifte sein Blick die Torten sowie das Plundergebäck in der Glasvitrine. Einen Augenblick schloss er die Augen und sog genussvoll den Geruch frischen Kaffees, Schokolade und Mandelgebäcks ein.

„Mir läuft das Wasser im Mund zusammen!"

Die Bedienung hinter der Theke fegte sorgfältig die Krümelreste mit der Hand in einen Aschenbecher.

„Da schau her, ein neuer Gast! Was für ein fescher Mann! Groß, in den besten Jahren, grau meliert, gute Figur! Selten heutzutage."
Sie richtete sich auf. Schnell war die weiße Schürze glatt gestrichen.
„Na, des is da Landrat, Rita. Der kimmt scho seit dreiß'g oder vierz'g Joahr her, a netter Mo. Er sitzt oiwei in da Nischn am Fenster, weil er de Leit auf da Straß' gern beobachtn duad. I ko mi net dro erinnern, dass er ned jedsmoi a guad's Trinkgeld ned geb'n hätt, des Monat für Monat. Nur vui red'n wui er hoit ned so recht."
„Dann probiere ich nachher, ob er bei einer Neuen gesprächiger wird."
„Lass eahm wenigstens a bissal Zeit, bis er am Diesch is."
Leise kicherten die beiden Frauen.
Flussmüller hatte alles genau gehört und lächelte vor sich hin. Er strich sein volles Haar mit beiden Händen zurück. Schon in der Studienzeit war er oft mit Katrin im Theatiner gewesen. Schnell schluckte er den aufsteigenden Kloß runter.
Alles sah wie eh und je aus, selbst die weißen Rüschengardinen schienen dieselben wie vor vier Jahrzehnten zu sein, wenn auch vom Nikotin des letzten halben Jahrhunderts vergilbt. Die Stirn des Landrats kräuselte sich. War es der intensive und vertraute Geruch des Bohnerwachses, den das sorgsam gepflegte Parkett verströmte, warum er seit langer Zeit hierher kam?
Ein kurzes, entspanntes Schmunzeln umflog seine Lippen, während er vorsichtig auf der mit weißblau-kariertem Stoff bezogenen Bank aus Nussbaumholz Platz nahm. Von hier hatte man die Tür im Blick, ohne vom Eintretenden sofort erkannt zu werden.
Heute würde er aufs obligatorische Tortenstück verzichten müssen. Zu eindeutig war die Ziffer auf der Waage gewesen, die ihn seit zehn Jahren jeden Morgen eisern im Griff hielt. Seufzend schlug er die Beine übereinander.
„Guten Tag!"
Mit freundlichem Gesichtsausdruck nickte die Kellnerin.
„Hallo! Ich habe Sie nie hier gesehen, hübsche Frau! Einen doppelten Espresso und ein Glas Wasser bitte."
Konzentriert griff der Landrat in die Aktentasche. Es blieben fünfzehn Minuten bis zum Termin. Wenigstens den Leitartikel im Wirtschaftsteil der FAZ sollte er bis dahin gelesen haben. Der Blick blieb an der Überschrift hängen. „Warum die Krise an den Aktienmärkten kommen musste." Das genau war sein Thema. Im nächsten Moment war die Kellnerin vergessen, die federnd Richtung Küche zu schweben schien. Über dem Espresso las er sich fest.

Hommel war vor der verabredeten Zeit am Treffpunkt und checkte das Café durchs Fenster ab. Dieser Mann im marineblauen Zweireiher musste es sein. Er kannte ihn nur vom Telefon. Außer dem Anzugsträger waren zwei Frauen in seinem Alter zu sehen. Auf Zehenspitzen betrat er das Café.
„Ich habe Sie nicht kommen hören. Nehmen Sie Platz!"
Flussmüller legte die Zeitung auf den Tisch und reichte ihm die Hand, ohne sich zu erheben.
Kaum wahrnehmbar, nickte Hommel.
„Doppelter Espresso für den Herrn."
Ausdruckslos schaute die Bedienung den neuen Gast an, nachdem sie die Kaffeetasse abgestellt hatte. Der Mann schien ihr unsympathisch zu sein. Der brutale Gesichtsausdruck schreckte ab.
„Hätten Sie für mich ′ne Tasse Roibuschtee?"
Die deutliche Ablehnung der Frau bewirkte einen Schweißausbruch bei ihm. Hommel erinnerte sich in solchen Situationen an seine psychologische Grundausbildung bei der Armee. Auch jetzt half der simple Trick, sich einen Zehn-Kilometermarsch mit vollem Gepäck in der sibirischen Tundra vorzustellen. Schnell hatte er sich kontrolliert.
„Haben Sie mich nicht verstanden, werte Dame?"
Verblüfft starrte Flussmüller den Sachsen an. Die dialektgefärbte Sprache überraschte. Der Typ sprach so leise, dass man Mühe hatte, ihn zu verstehen. Diese Stimme passte nicht zur massigen Erscheinung des mittelgroßen Glatzkopfes.
Flussmüller beugte sich, sein Gegenüber aus schmalen Augen anblickend, vor.
Kommentarlos verschwand die Bedienung. Der erste Eindruck gab ihr recht. Ein Grobian ohne Benimm, noch dazu Ossi.
„Lassen Sie uns keine Zeit verlieren und gleich zum Geschäftlichen kommen. Ich kann mich Ihnen nicht lange widmen. Um Fünf treffe ich Dr. Aurus."
Hommel hüstelte. Die Augenbrauen des Privatdetektivs zuckten.
Sein Gesprächspartner kannte den Banker, das war sicher. Die linkische Nervosität hatte den Mann verraten. Doch es war egal.
„Ich bin neugierig, was Ihre Recherchen ergeben haben."
Blitzschnell griff Hommel in das Sakkoinnere und schwenkte einen weißen DIN-A4-Umschlag.
„Geben Sie her", fuhr der Landrat den Mann an.
Wie ein verunsichertes Eichhörnchen im niedrigen Gras blickte der Haarlose nach allen Seiten. Eine Minute später grunzte Flussmüller.

Die Schwarz-Weiß-Fotos waren in fünf Zweierreihen auf dem Tisch ausgebreitet. Hommel beugte sich auf eine eigenartig konspirative Weise darüber, als müsse er die Aufnahmen vor fremden Blicken schützen. Sein Gesicht war von einem glänzenden Schweißfilm überzogen.
Es war wie vom Landrat vermutet. Auf den Rückseiten war es vermerkt. Die Aufnahmen wurden in den letzten Wochen im Englischen Garten sowie in Österreich geschossen. Das Paar hatte sich in der Steiermark und im Salzburger Land Schäferstündchen gegönnt. Breitbeinig lehnte sich Hommel mit fiesem Grinsen zurück, nachdem die Bilder in einer schwarzen Plastikhülle verschwunden waren.
„Nehmen Sie das als meine Wertschätzung."
Bedächtig schob Flussmüller den cremeweißen Briefumschlag über den Tisch, der seit zehn Minuten vor ihm gelegen hatte.
„In der Tat: Gute Arbeit, muss ich sagen! Die Scheinchen fühlen sich gut an, nicht wahr?"
Brav dankte Hommel und stand auf.
„Der USB-Stick in der Tischmitte ist ein Bonbon, Augenfutter."
Vorwurfsvoll schaute die Bedienung zur Eingangstür. Der Tee auf dem Tablett in ihrer Hand dampfte. Schweigend schüttelte die Frau den Kopf. Sie war zu spät gekommen.
Die Geräusche von der geschäftigen Theatinerstraße waren verstummt. Flussmüller nickte ihr zu.
„Ich übernehme die Rechnung, meine Dame! Dieser Mann ist in Eile gewesen."
Entspannt lehnte sich der Landrat in den Leitartikel vertieft zurück. Es schien ein runder Tag zu bleiben. Morgen würde sich der Lauf fortsetzen.

München, Buttermelcher Straße, 1. September 2008, 21:00 Uhr
In den Nischen der Bar standen kleine, runde Metalltische, um die mit dunkelrotem Samt bezogene, plüschige Sessel gruppiert waren. Ornamentreiche, an den Seiten überhängende Decken bedeckten sie.
Die Pächter hatten vor wenigen Monaten die Decke blau gestrichen. Einmal in der Woche war Fabian Runkel mit Freunden im Mano. In diese Stühle fläzte er sich für sein Leben gern. Genussvoll nippte er am Daiquiri, während er den glitzernden, karibischen Abendhimmel bewunderte. Der Dreißigjährige spürte Schweißperlen am Rücken trocknen. Er hatte es pünktlich zum Date geschafft. Zeitmanagement war nicht seine Stärke, sagte Ayse, wenn er deutlich verspätet zu Verabredungen kam.

Roland Geber hielt, seit fünf Minuten unverändert auf die schrumpfende Schaumkrone stierend, ein Bierglas in den Händen. Er schien unglücklich.
Eine Vinylscheibe drehte sich auf dem anthrazitfarbenen Plattenteller. Jeden Donnerstag spielten sie chill-out-Musik. Die Raummitte war leergeräumt, an Stelle der Tische befand sich auf einem erhöhten Podest das Mischpult. Der DJ hatte zur Musik wippend den Kopfhörer über eine Skimütze gestülpt. Mit zusammengekniffenen Augen las er den Namen des nächsten Covertitels. Kurz darauf kam die Interpretenansage. Runkel reckte das Kinn und zeigte auf zwei Männer.
„Ich kann mit solchen Typen nicht."
Um seiner Abneigung Nachdruck zu verleihen, schüttelte er heftig den Kopf.
Der Ältere blickte finster herüber. Er war um einiges größer als sein Partner, dessen Hinterkopf er mit der Hand umschlossen hielt. Im nächsten Moment verpasste er dem Athleten einen tiefen Zungenkuss.
„Warum regst du dich auf, Kleiner? Menschen, die mir auf den Geist gehen, sind Luft. Ignorier sie! Das mache ich auch."
Errötend wischte sich Runkel mit Zeigefinger und Daumen die Augen aus. Ein Themenwechsel würde dem Gespräch eine neue Richtung geben. Er drehte den Kopf und blickte zur ockerfarbenen Seitenwand, in die eine schmale Durchreiche zur Küche gefräst war. Ein Klingelton ertönte. Der thailändische Koch steckte den Kopf durch die Verbindungsluke.
„Eine Tasse Tom Kha Gai für die Dreizehn."
Die hohe, helle Männerstimme des Asiaten harmonierte nicht mit den dunklen Blank & Jones Bässen, die sich aus Lautsprecherboxen verteilten. Geschäftsmäßig schoss der schlanke Kellner um die 25 in weißer Schürze und schwarzem Hemd heran, um eine dampfende Suppe für die vier Männer im Eck zu holen.
„Die Decken haben was von den Freskenmalereien in den italienischen Kirchen, die wir besucht haben. Florenz? Vor allem die geile Szene mit den androgynen, halbnackten Typen ist super."
Runkels Augen glänzten.
Kommentarlos verschwand Gebers Gesicht im Literglas. Er nahm einen tiefen Schluck und wischte die Schaumreste mit dem Handrücken vom Mund. Einige Tropfen vom süffigen Augustiner Bier benetzten die Lippen des Unternehmensberaters. Stolz schaute er an sich hinunter. Trotzdem seit der Jugend dem Gerstensaft zugetan, trug er seit zwanzig Jahren Konfektionsgröße 102.

„Soll ich den Sessel kippen? Dann musst du mich auffangen, Prinzenretter werden."

Runkel presste die Worte mit leiser Stimme schnell heraus. Im nächsten Moment blickte er an die Decke, um nicht in die Augen des Freundes schauen zu müssen.

Geber verzog das Gesicht. Seine Ellbogen waren auf die Knie gestützt.

„Dein schwules Getue macht mich aggressiv. Meine Tage sind stressig. Geht das in dein hübsches Birnchen?"

Der Mittvierziger presste, die Arme verschränkt, den Rücken an die Stuhllehne.

Mit einem Ruck bewegte sich der Sessel des Jüngeren nach vorne und fiel krachend in die natürliche Position. Seine Augenbrauen zogen sich zusammen und die Stimme sprang von einer Sekunde auf die andere eine Oktave höher. Tränen schossen ihm in die Augen.

„Wieso behandelst du mich so?"

Geber verzog keine Miene.

„Mein Junge, du findest Machos cool! Ich habe letztes Wochenende, beim Ausflug, nichts anderes gehört. Tucken suchen sich große, maskuline Männer, um Defizite auszugleichen."

Selbstverliebt betrachtete der Unternehmensberater sein Profil im Wandspiegel und fuhr sich durch die Haare. Was er sah, gefiel ihm. Leise lachte er vor sich hin. Provozierend schaute er in die feuchten Augen seines Gegenübers. Für ihn war die Sache von Anfang an klar gewesen. Sie waren nicht zusammen, würden es nie sein. In dieser mit Krimskrams überladenen Schwulenbar nahmen sie am frühen Abend einen Drink. Manchmal waren es zwei. Wenn er gut drauf war, genehmigte er sich sogar drei oder mehr. Der Kleine vertrug nichts, war aber mit Alkohol im Bett gefügig. Später gingen sie in seinem Apartment in die Kiste. Das war es dann bis zum nächsten Date. Der Fickkumpel musste sich die Frage beantworten, warum er bei diesem Spiel mitmachte.

Breitbeinig stolzierte Geber zur Bar.

„Gib mir ein Glas London Gin ohne Eis, mein Junge."

Lässig zeigte er auf die Flaschenwand hinter dem Barkeeper. Der Mann schien ihn nicht zu verstehen. Verträumt schaute der Beau den deutlich Älteren mit geneigtem Kopf an.

„Entweder ist die Saftschubse schwerhörig oder blöd, dafür zugegebenermaßen geil", murmelte Geber, Kopf schüttelnd, vor sich hin. Er musste sich zusammenreißen. Der Bartyp könnte eine Bettalternative werden, falls der Kleine durchdrehen würde. Kurz darauf wiederholte er grinsend seine Bestellung und deutete nochmals hinter die Theke.

Wasserperlen traten auf die Stirn des Barmanns. Nervös beobachtete der Mittzwanziger aus den Augenwinkeln seinen Gast, während er den Schraubverschluss einer grünen, bauchigen Flasche öffnete und das Glas auf dem Tresen halb füllte.
„Geht doch. Praktikant?"
Geber nickte zwinkernd dem Bartender zu. Hinten im dunklen Raum saß Runkel mit nach vorne gezogenen Schultern im Sessel, hielt den Kopf mit den Händen umschlungen und blickte verzweifelt zu Boden.
„Geht´s unserer Dame besser?"
Der Ältere überwand sich zu einem Lächeln, während er einen Arm auf die schmale Schulter des Geliebten legte.
Brüsk schob Fabian Runkel die Hand zur Seite.
„Warum zickst du? Eingeschnappt? Langsam musste wissen, wie ein geiler Macho wie ich tickt."
Erbost schüttelte Geber den Kopf.
„Du bist mir ans Herz gewachsen. Ich denke jede freie Minute an dich. Doch dieses Hin und Her halte ich nicht länger aus."
Fabian Runkels Stimme zitterte. Mit feuerrot glühenden Wangen blickte er den Freund an.
Im nächsten Moment erinnerte er sich, mehrmals ein und aus atmend, an den Meditationskurs in der Bank. Sofort war es nicht mehr so schummrig. Er holte ein Taschentuch aus der Hosentasche und schnäuzte hinein.
„Entscheide dich. Ich oder die Weiber!"
Geber kippte den Rest Alkohol hinunter. Großkotzig stand er mit in die Seiten gestemmten Armen da. Ein verächtliches Schnauben folgte. Der Mittvierziger grinste.
„Das ist nicht wahr! Willst du mich mit so ´nem Satz provozieren? Wahrscheinlich macht dich die Vorstellung spitz, wie ich es mit zwei Frauen gleichzeitig treibe, oder du willst mitmachen, Männlein spielen."
Die Stirn des Unternehmensberaters kräuselte sich. Drei Passive in einer Nacht konnte ein Roland Geber sich nicht vorstellen. Das würde sogar seine Manneskraft überfordern.
Runkels Hände zitterten. Die seit Monaten erduldeten Beleidigungen und Unterstellungen vermochten ihn nicht mehr runterzuziehen. Diesem Ekel durfte nicht der Triumph bleiben, das Schlachtfeld als Sieger zu verlassen. Tränen liefen über sein Gesicht. Lediglich das summende Geräusch der Klimaanlage war zu hören. Der DJ hatte den Übergang zwischen zwei Platten nicht hinbekommen.

„Hör auf, mich wie so 'nen räudigen Köter zu behandeln. Entscheide dich! Mir reicht's, endgültig!"
Mit einem Satz sprang der Jüngere auf und stieß den Tisch um. Das Geräusch zerspringender Gläser durchschnitt den Raum. Sofort breitete sich schaler Biergeruch vom Boden aus. Alle Gespräche verstummten auf einen Schlag. Mit neugierigen und betroffenen Blicken schauten die Gäste auf.
Der Koch meldete sich zurück. Erschrocken glotzte der Thai durch die Luke.
„Den Hühnerspieß für Tisch fünfzehn kannst abholen."
„Pass auf, du Trottel, wo du verdammt nochmal hinrennst!"
Der größere der beiden Haarlosen war aufgesprungen und versuchte mit hektischem Reiben vergeblich das ursprünglich blütenweiße Hemd von den sich in Sekundenbruchteilen vergrößernden Alkoholflecken zu reinigen. Runkel achtete nicht darauf. Er wollte schnell weg von Roland und lief mit großen Schritten leichenblass Richtung Ausgang.
„So ein Arschloch ...", schrie er die ockerfarbene Wand an.
Mit einem Ruck sprang die Tür zur Buttermelcher Straße auf. Penetrantes Fahrradklingeln und zwei kernige oberbayerische Männerflüche drangen herein.
Geber schlenderte mit in den Hosentaschen vergrabenen Händen an die Bar. Leise pfiff er die den Raum füllende Melodie von Street Live mit. Der DJ hatte sich gefangen und den aktuellen Remix des Klassikers aufgelegt.
„Mach mir noch 'nen Gin ohne Eis, mein Junge. Der Tanqueray schmeckt verdammt gut."
Mit arrogantem Wink an die Bar orderte Geber die Rechnung.
Der Kleine hatte die Nerven verloren. Morgen würde er seinen Lover anrufen und rumkriegen. Er brauchte wieder guten Sex mit einem athletischen, devoten Typen. Dann würde der Druck im Job verschwunden sein.

München, Hans-Sachs-Straße, 2. September 2008, 22:00 Uhr
Beide Plastikeinkaufstüten lehnten an den Längsstreben des Holzgeländers. Durch das Flurfenster waren mit Phantasie hinter der grauweißen Wolkenkette Mondkonturen im Münchner Abendhimmel zu erkennen.
Runkel tupfte mit einem Papiertaschentuch über die Stirn und wühlte mit der anderen Hand in der Hosentasche. Endlich, da war der Wohnungsschlüssel. Wenigstens das klappte, wenn auch erst nach minuten-

langer Suche. Der Banker neigte den Kopf. Die Bude roch nach Räucherstäbchen von vorgestern. Erst mal lüften, dann war Urlaub. Zehn Tage keine Arbeit. Der Blackberry vibrierte.
Ayse nervte mit ihren Anrufen. Eigentlich wollte er sie nicht sprechen, sondern Ordnung schaffen, seine nassen Sachen in die Waschmaschine schmeißen und eine SMS senden. Für den Rest des heutigen Tages hatte er Ruhe verdient.
„T´schuldigung, ziemlich hektisch heute."
„Fabi …? "
Gekonnt touchierte der Zeigefinger den roten Hörer auf dem Tastenfeld. Sofort lag der Blackberry abgeschaltet auf der Kommode. Er putzte über die glatte Oberfläche des rostbraunen, chinesischen Möbelstücks. Runkel war Sauberkeitsfanatiker und duldete in der Wohnung keinen Fussel. Einzig und allein bei Katzenhaaren zeigte er sich tolerant.
Nach den Nachrichten spielten sie in Bayern 2 Bach sowie andere Klassiker im Free Jazz. Das würde seine Laune verbessern. Vorher musste er die 60-Grad-Taste an der Miele betätigen, die Mutter beim Wohnungseinzug spendiert hatte. Ob es sich lohnen würde, nach der Musik den Rechner hochzufahren?
Liebevoll betrachtete er die Katze. Penelope schmiegte sich, ihn mit hochgestellter Rute umkreisend, an seine Beine. Mit einem Mal sprang sie auf und huschte davon.
Fabian Runkel bekam die schwarze Flitzerin nicht zu fassen. Die Tür zum Schlafzimmer mit französischem Balkon stand offen. Neugierig schaute das Tier durchs Stabgitter auf die Hans-Sachs-Straße.
Seit einem Jahr war das BWL-Studium an der LMU abgeschlossen. Eine Wohngemeinschaft kam nicht in Frage. Er wollte sein eigener Herr sein. Als der von der Bavariabank gegengezeichnete Arbeitsvertrag über die Anstellung als Mitarbeiter im Risikocontrolling im Briefkasten lag, hatte er nach kurzer Überlegung entschieden, zweieinhalb Zimmer mit Wohnküche zu mieten. Im Glockenbachviertel fühlte er sich zu Hause. Ayse hatte sich vor knapp zehn Monaten mit ihm angefreundet, als sie nach einer langweiligen Geburtstagsfeier eines Kollegen im Club um die Ecke weiter feierten und danach in seiner Wohnung mehrere Flaschen Prosecco köpften. Die Clubmachos aus dem P1 gruben sie dauernd an, das langweilte. Jeder Schwule brauchte eine beste Freundin. Seitdem telefonierten sie jeden Tag und trafen sich häufig zum Essen oder auf einen Drink in der Innenstadt. Die Türkin arbeitete im Wertpapierhandel der Bavariabank. Dort führte sie Orders im Wertpapierhandel aus.

Seufzend schaute Runkel zur Tür. Was Roland jetzt machte? Vergeblich hatte er die Gedanken an den Geliebten zu verdrängen versucht. Penelope kam aus dem Schlafzimmer geschlichen. Langsam umstrich die Katze seine Beine und erwartete sehnsüchtigen Blickes ein Streicheln. Der Banker kniete hin. Aus den glänzenden Barthaaren des Tieres tropfte Milch und hinterließ eine lange Tropfleiste auf dem frisch geölten, hellen Eichenparkettboden. Das Tier lag unter Fingerkraulen zusammengerollt schnurrend auf dem schwarzen Läufer. Der vom Fressen sowie Trinken aufgeblähte Bauch erstaunte.

Die Lust auf Kontakt mit den Jungs wuchs. Neben der Musik konnte er problemlos chatten. Auf der Homepage von Gay Julian grüßte das Bild dreier junger, spärlich bekleideter Modellathleten. Runkel grinste. Seit Jahren waren es dieselben Gesichter. Langsam konnte sich die Betreibergesellschaft was Neues einfallen lassen. Schnell gab er Nutzernamen sowie Passwort ein und drückte die Enter-Taste. Das System reagierte prompt mit der erfolgreichen Anmeldung. Schnell verwarf er den hypothetischen Gedanken, ob er scharf auf die Jungs der Eröffnungsseite wäre, wenn es Roland nicht geben würde. Er stand nicht auf junge Athleten, sondern auf bodenständige Männer in den besseren Jahren. Die Leiste am unteren Rand des Bildschirms war mit zwei durchgezogenen pinkfarbenen Linien unterlegt. Darüber las er die gespeicherten Nutzernamen. Er hatte seit seiner Abmeldung gestern fünf Nachrichten. Drei Chatpartner waren online, Liability, Moet für ihn und Suche nur Sex. Neben den Namen waren drei schwarze Smileys in gelben Kreisen zu sehen. Runkels Handflächen schwitzten als er die erste Nachricht aufrief.

„Bist 'ne geile Sau. Sex?"

Ein rein Aktiver war was Feines. Liability mühte sich seit Wochen um ein Date. Runkels Finger flogen über die Tastatur. Die Antwort kam postwendend und weckte den Jagdinstinkt. Der Chatpartner hatte ihn abgepasst.

„Suche für sofort 'nen Boy, glatt rasiert, süßer Po. Kann gut rannehmen, kannst ins Gästebuch gucken. Find dich hammergeil!"

Runkel öffnete die Anlagen. In der nächsten Sekunde waren die Nacktbilder im virtuellen Papierkorb entsorgt. Sein Interesse war erlahmt. Das Teil war nicht so groß wie erhofft. Die Botschaft von Suche nur Sex folgte aus dem gleichen Grund samt Anlagen direkt hinterher. Endlich, die dritte Nachricht von 22:48 Uhr gestern war von Roland.

Runkel jubelte.

„Ich war heute nicht gut drauf - im Mano - sorry. Lass uns in zehn Tagen abends im Englischen Garten an der alten Stelle treffen. Bin bis zum

12. mittags auf Geschäftsreise in Ossiland. Mache alles wieder gut, versprochen. Kuss, Roland. PS: Bin morgen auch dort ..."
„Typisch Roland. Emotional rauf und runter, doch bei der zeitlichen Planung krass spießig."
Runkels Herz klopfte bis zum Hals. Er fand den Typen sehr geil, doch das Hin und Her ging an die Substanz. Was sollte das mit dem Englischen Garten?
Der Blackberry vibrierte. Sie wieder. Ärgerlich, dass er die Kiste doch nicht abgeschaltet hatte. Kurz überlegte der Banker, ob er ablehnen sollte.
„Ayse! Hallo, meine Beste! Cool, dass du anrufst. Bin aufgeregt."
„Warum? Was is´n los? Muss ich mir Sorgen machen?"
„Roland will mich im Ledernest treffen."
Sie kicherte.
„Heten haben Null Ahnung, was in so ´ner Cruising Area abgeht. Das ist im E-Garten, beim Monopteros."
Der Informationsvorsprung gegenüber der Freundin gab ein Überlegenheitsgefühl.
„Okay, bleib locker. Klar habe ich schon von der Location gehört. Dort treffen sich nachts Gays und Bi-Typen, um Sex zu haben oder zuzugucken."
Das Telefonat stockte.
„Nicht nur das. Ist voll crazy. Vor der Zeit mit Rolli bin ich dort hin."
„Stimmt das, oder schwindelst du?"
Ayse hatte kurzatmig nachgehakt.
„Neugierig warst schon immer, nun denkst, ich lüg dich an."
Enttäuscht überlegte Runkel die rote Hörertaste zu drücken.
„Wieso will dich dein Stecher an so einem üblen Platz treffen?"
Im Grunde gab er der Vertrauten Recht. Roland Gebers Wunsch war schräg. Außerdem war ein Treffen in der Nacht in jener Gegend nicht risikolos.
„Pass auf dich auf, Fabi. Ich mache mir Sorgen."
Mit stockender Stimme starrte Runkel auf den Bildschirm und öffnete die nächsten Nachrichten, die kurz nach der ersten abgesandt worden waren.
„Wo bist du? Warum antwortest du nicht? Will dich sehen. Tausend Küsse, R.."
Runkels Herz schlug bis zum Hals. Was würde er dafür geben, jetzt beim Geliebten zu sein!
„Weiß schon, ich nerve mit sinnlosen Kommentaren oder Tipps. Sorry dafür."

„Stimmt nicht."
„Egal, ich wünschte dir 'ne gute Nacht. Schlaf gut, Fabi."
Erleichtert legte Runkel das Handy zur Seite. Manchmal konnte Ayse über ihren Schatten springen und wollte nicht alles detailliert wissen. Die Mailbox des Freundes brachte die Standardansage. Man konnte keine Nachricht auf Band hinterlassen. Typisch Roland Geber. Er bestimmte, wann mit ihm gesprochen werden durfte. Fabian Runkel spürte einen Kloß im Hals. Hastig trank er die Literflasche Wasser leer, um das schlechte Gefühl zu verscheuchen. Penelope blinzelte unter dem Küchentisch hervor. Er schnappte sich die Katze und drückte sie an die Brust. Wenigstens mit ihr wollte der Tierfreund im Bett kuscheln, wenn Roland nicht hier war. Er war todmüde. Heute würde der Banker auf die allabendliche Badroutine verzichten. Penelope hatte sich unter die Bettdecke gemogelt und lag eingerollt unterhalb des zweiten Kopfkissens. Der Blackberry auf dem Nachttisch blinkte. Die Lautlos-Funktion war aktiviert. Belästigungen ausgeschlossen.

München, Herterichstraße, 3. September 2008, 23:00 Uhr
Esoteriker waren Spinner. Freunde suchten seit vielen Jahren regelmäßig denselben kolumbianischen Schamanenhäuptling westlich von Santa Marta nahe der venezolanischen Grenze auf, um sich trancegetrieben in ein früheres Leben versetzen zu lassen. Klar belächelte sie, wenn sie von einer vergangenen Zeit als grüner Giftpfeilfrosch aus dem nördlichen Amazonas oder als welkes Eukalyptusblättchen im australischen Outback berichteten. Aus Loyalität heuchelte er Interesse.
Seit dem Abend wankte sein Weltbild. Es war fast so, wie im Traum vor gut zwei Wochen vorhergesehen. Nur dass er nicht mit seinem Spezi Christoph im Biergarten saß, als ihn der Anruf vom Staatsanwalt erreichte, sondern mit Zita beim Abendspaziergang an der Isar unterwegs war.
Die Leiche lag im Dachgeschoss einer Alt-Sollner Wohnung. Als Schulte vor einer Stunde durch die Strippe näselte, wusste Klar, dass es so etwas wie Schicksal gab. Behutsam stieg der Hauptkommissar aus dem Oldtimer. Das Volvo Coupé parkte vor dem dreistöckigen Wohngebäude in der Herterichstraße. Er mochte zurückhaltende Hausfassaden mit schnörkellosen Linien. Die Scheibe auf der Fahrerseite des P 1800er war zu einem Viertel herunter gedreht. Dadurch bekam die Hündin von der frischen Abendkühle ab. Zita schaute ihn mit dunklen Augen traurig aus dem Fußraum an, wandte Rücken sowie Schulter ab und rollte sich ein.

„Grüezi! Alles klar bei euch? Ihr seht ziemlich verbittert aus, Männer."
Klar grinste.
Der größere der beiden vor dem Haus postierten Schutzpolizisten führte lässig die Hand an die Mütze. Der zweite stand, ein Lächeln andeutend, stumm neben dem Kollegen.
„Servus, Gregor!"
Er kannte die Beamten aus einem Pasinger Volkshochschulkurs zur deutschen Wohnarchitektur des letzten Jahrhunderts. Die Gebäudetür stand offen, der Haken an der Rückseite hing im Metallring an der Wand. Auf dem obersten Klingelschild waren in eleganter, weißer Schreibschrift kursiv die Initialen R. W. G. zu lesen. Schweigend betraten Schupos sowie Hauptkommissar den Aufzug und fuhren nach oben. Anerkennend pfiff Klar durch die Zähne. Das offen geschnittene Apartment durfte auf den ersten Blick hundertfünfzig Quadratmeter messen. Großer Essbereich und Hochglanz-Lackküche waren in den riesigen Hauptraum integriert, alle Einrichtungsgegenstände dunkelrot, schwarz oder weiß gehalten. Hier gab es nichts Rundes oder Ovales. Die Fenster wurden von grauen und dunkelblauen bodentiefen, glänzenden Stoffvorhängen eingerahmt. Hochwertig vernähter Edelsatin. Parkett aus dunklem Robinienholz kontrastierte zur hellen Ausstrahlung des Hauptraums. Der Hauptkommissar war begeistert.
Wie immer in den vergangenen fünf Jahren ihrer Zusammenarbeit war Besserwisser Loiperdinger früher am Tatort. Heute wirkte sein Gesicht besonders scharfkantig. Das war das heutige Konsumergebnis von mehr als zwei Zigarettenschachteln. Schließlich war es später Abend. Klar zwang sich zu einer Umarmung und schlug ihm auf die Schulter. Tabaknebel aus dem Kollegensakko empörte seine sensiblen Geruchsnerven.
„Du stinkst wie ein kubanischer Humidor im Hochbetrieb. Lüfte mal die Klamotten, Mensch! Ekelhaft!"
Ein provokantes Grinsen umspielte die Lippen des Hauptkommissars. Loiperdinger winkte ab und drehte sich genervt weg.
„Du musst nicht dauernd den Chef raushängen lassen, Gregor! Das ist scheiße!"
Ungerührt sah sich Klar im Raum um. Den aufgeschlagenen Kripo-Laptop konnte nur Kollege Stinkstiefel auf den weißen Esstisch gestellt haben. Er räusperte sich und strich mit der Hand die langen, braungewellten Haare nach hinten. Dieser qualmende Grantler recherchierte gründlich, dabei schnell. Zumindest das hatte man dem Mann in der Vergangenheit zugutehalten halten müssen.

„Roland Wilhelm Geber, ein Herr Doktor, Unternehmensberater, Diplomvolkswirt. 53. Seit vier Jahren hier mit Zweitwohnsitz gemeldet. Immobilie ist Eigentum, Hypothekenkredit vollständig abgezahlt. A Gspickter. Familie lebt in Bad Soden bei Frankfurt. Ist, oder besser war, seit über fünfzehn Jahren mit der Tochter von einem parlamentarischen Staatssekretär aus dem Bundesfinanzministerium verheiratet." Ohne ein oder auszuatmen, las Loiperdinger die Erkenntnisse vom Bildschirm ab und blickte triumphierend seinen Chef an.
„Hört sich nach sauberer Recherche an."
Klar nickte dem Niederbayern besänftigt zu und beschloss, nicht weiter zu sticheln. Ein Mord im erweiterten, privaten Umfeld eines Politikers versprach sowohl erschwerte Mehrarbeit wie auch unangenehmen Presserummel. Obendrein war der Staatsanwalt wegen der Öffentlichkeitswirksamkeit des Falls noch schärfer als ohnehin. Er verdrehte die Augen. Unruhige Ermittlungsarbeiten. Na toll. Gott sei Dank hatte sich Dr. Schulte in den Urlaub verabschiedet.
Geber schien zu Lebzeiten eine Leseratte gewesen zu sein. An der drei mal fünf Meter breiten Bücherwand aus weißem Hochglanzlack lehnte eine Leiter aus Naturbuche. Klar bestaunte, neben Kunst- und Bildbänden gruppierte, nach Themen sowie Autoren sortierte Romane. In die gefüllten Regalfächer passte kein Briefumschlag mehr. Wann hatte der Mensch bei dem stressigen Beruf so viele Bücher gelesen?
Eine seiner Ex-Freundinnen war Sekretärin bei einem amerikanischen Beratungshaus. An einer Weihnachtsfeier vor sieben oder acht Jahren musste er dran glauben. Sabine hoffte, im Nachhinein betrachtet vergeblich auf eine Gehaltserhöhung und wollte öffentlich empathische Zweisamkeit demonstrieren. Ungern erinnerte sich Klar an die triste Party mit den Schweinslederkoffertägern. Die meisten waren zwar intelligent, doch aufgeblasene Wichtigtuer, Besserwisser oder Langweiler. Ehrgeizig waren sie alle. Wahrscheinlich war das mit den Büchern im Regal nur Show gewesen. Klar wollte den unangenehmen Gedanken an die Ex-Freundin schnell loswerden. Doch ließ ihn die Erinnerung an den lang zurückliegenden Abend nicht los. Zumindest einen ersten Einblick in die Denkstrukturen und Lebenswelten von Unternehmensberatern konnte er damals mitnehmen. Ließe sich dieser Roland Geber einem zu spezifizierenden Beratertyp zuordnen, könnte es leichter werden, über Kenntnis von Persönlichkeitsmerkmalen, sein privates Umfeld zu erschließen und mögliche Tatverdächtige zu identifizieren. Im Raum arbeitete ein halbes Dutzend Kriminaltechniker. Mit den weißen Papieranzügen ähnelten sie Astronauten.

Erleichtert erspähte der Hauptkommissar den Notarzt am anderen Raumende. Rattelsberger nickte ihm mit zusammengekniffenen Lippen zu.
„Gott sei Dank kein Frischling vor Ort."
Klar formte den Satz mit den Lippen und winkte dem promovierten Mediziner hektisch zu. Das eine oder andere Mal hatte er mit dem Arzt zusammengearbeitet.
Fünfundzwanzig Jahre war der Rheinländer in der Pathologie der LMU und als Notarzt tätig. Seit 1998 war München Harlaching seine berufliche Heimat. Die Dienstzeit zuvor war er Oberarzt in der Berliner Charité gewesen. Klar wusste um die analytischen wie menschlichen Qualitäten des Mannes. In der Luft lag der scharfe Geruch eines Desinfektionsmittels, vermutlich Mucasept A.
„Dort hinten."
Der Mediziner stand, mit ausgestrecktem Arm Richtung Bad zeigend, neben ihm. Vom Hauptraum führten drei Stufen nach oben. Hinter der Tür waren zwei Waschbecken in schwarzem Marmor montiert. Klar schätzte den quadratischen Wellnessstempel auf mindestens sechzehn Quadratmeter. In der Mitte war ein Whirlpool in den Boden verbaut. Selbst hier war nichts dem Zufall überlassen worden. Rattelsberger war plötzlich hinter dem Hauptkommissar und blaffte ihn an.
„Ziehen Sie sofort die weißen Latexhandschuhe an, Meister Klar!"
Bisher war keiner auf die Idee gekommen, den vor sich hin blubbernden Whirlpool abzuschalten.
„Haben Sie welche in meiner Größe?", fragte der Hauptkommissar verlegen. Anfängerfehler!
Geschäftig beugte sich der Notarzt über die Leiche und deutete mit dem Kinn auf die Plastikhülle auf der Ablage neben der elektrischen Zahnbürste. Geber lag auf dem Rücken, den Kopf zur linken Seite gedreht. Die Hände hingen über den Wannenrändern. Das Gesicht war aufgedunsen. Wasser lief, von der Decke tropfend, an den Rändern beider Spiegel in einem circa drei Zentimeter breiten Kondensstreifen herunter.
„Der Herzstillstand ist gestern zwischen circa 18 und 1 Uhr eingetreten."
„Ein natürlicher Tod?"
Energisch schüttelte der Notarzt den Kopf.
„Wir müssen die morgige Blutbildanalyse vom Labor abwarten. Vielleicht kriegen wir es hin, den Zeitpunkt des Ablebens stärker einzugrenzen. Vieles spricht für Vergiftung."
Rattelsberger ließ sich Zeit, bevor er weitersprach.

Wahrscheinlich ist dieser Geber gar nicht hier umgebracht worden. Meine Leute haben viel Dreck unter den Opferfingernägeln entfernt. Die Tütchen, genau, sie hören recht, es sind mehrere, die sind jedenfalls schon auf dem Weg ins Labor. Möglicherweise hat der Täter diese Wohnung gekannt und den Körper vom Tatort hierher gebracht. Vielleicht hat es außerhalb des Apartments einen Kampf zwischen Opfer und Mörder gegeben. Eins noch: Die Leiche ist geschleift worden. Für das spricht die verschmutzte Kleidung, sehen Sie. Außerdem gibt's hier keine Kampfspuren. Absolut nichts."

Der Mediziner deutete mit dem Kinn auf den Kleiderhaufen neben dem Whirlpool.

Der Hauptkommissar nickte anerkennend. Dieser Rattelsberger war an Inhalten orientiert und kam ohne Staralluren aus. Klar mochte die unprätentiöse Art, die ab und an protokollhaft rüberkam, doch die Beziehungsketten wahrscheinlicher Todesursachen und den Leichenmerkmalen klar aufzeigte. Ihm reichten die heruntergerasselten Fakten. Eine Auszeit war angesagt. Außerdem brauchte er wegen der hohen Luftfeuchtigkeit in der Wohnung frische Luft.

München, Herterichstraße, 3. September 2008, 23:45 Uhr

Mit leisem Zischen verlangsamte der Aufzug das Tempo. Das Auto stand direkt hinter dem Haus. Der feingliedrige Volvoschlüssel hakte. Schwanzwedelnd dankte Zita die Freiheit mit mehreren Fahrzeugumrundungen. Klar dachte an Julia, seinem Patenkind aus dem Münchner Kinderheim. Das passierte oft. Ohne Absicht. Sie war ein emotionaler Gegenpol zu Ursache-Wirkungszusammenhängen, Fallaufnahmen, Diskussionen mit Staatsanwälten, Auseinandersetzungen mit nervigen Kollegen oder der Presse. Das Mädchen war vor zehn Jahren, dreißig Tage nach ihrer Geburt, Vollwaise geworden, nachdem die Eltern bei einem unverschuldeten Autounfall auf der B 12 zwischen Mühldorf und Altötting ihr Leben verloren hatten. Der Verein zur Betreuung behinderter Kinder hatte ihm Julia nach einer laxen Eignungsprüfung zur ehrenamtlichen Betreuung anvertraut. Am Wochenende unternahm er mit dem Mädchen Ausflüge an die Seen im Münchener Land. Das Kind liebte die Natur wie er. Auf betonierten Uferstraßen neben den Kanälen konnte es bequem den Rollstuhl bedienen. Zita genoss diese Spaziergänge und jagte gerne die Enten in das flache Uferwasser oder die Kanalschrägen hinunter oder hinauf. Die Betreuung des Mädchens minderte den Schmerz seiner Kinderlosigkeit. Klar hatte Kraft getankt. Die Zigarre musste warten. Mit einem Seufzer sprang die Hündin, sich einrollend, in den Fußraum. Er atmete aus, schlug den Mantelkragen hoch und blickte zufrieden nach oben. Alle arbeiteten noch. Der beleuchtete Aufzug stand im Erdgeschoß.

München, Herterichstraße, 3. September 2008, 00:00 Uhr
Die wimmernde Frau saß rauchend in einem der Bastkörbe auf der Terrasse und starrte schlotternd vor sich hin. Sie musste um die Dreißig sein. Erfreut registrierte der Polizist die schmale, wohlproportionierte Figur der dunkelhäutigen Südosteuropäerin. Er hatte sie vorhin nicht bemerkt.
„Grüß Gott, Hauptkommissar Klar."
Sein erwartungsvoller Händedruck fand nur schwache Erwiderung. Sie blieb sitzen.
„Hallo, bin Maria, Hygieneassistentin von Doktor Geber."
„Hygiene..., was bitte?"
Ein breites Grinsen zog sich über das Gesicht des Polizisten.
„Darf Putzfrau nicht sagen, Dr. Geber ist absolut Sauberkeit wichtig. Sagt, Ergebnis ist alles."
„So, so."
Hektisch zog die junge Frau an einer schlampig gedrehten Zigarette und pustete ohne saubere Inhalation den Rauch des Krauts ins Zimmer. Der Hauptkommissar hüstelte.
„Woher kommen Sie?"
Enttäuscht über ihr Desinteresse, schickte Klar die Frage schnippisch durch den Raum. Der Polizistenblick blieb an der Figur der jungen Ungarin hängen.
Verlegen betrachtete er seine Hände. Noch hatte der Mann keine Ahnung, warum sie sich unter Druck gesetzt fühlte.
Maria Brathsets Augen weiteten sich vor Angst. Er konnte die roten Äderchen um den weißen Augapfelrand deutlich erkennen.
„Putze seit 2003 für Doktor Geber. Leben mit Attila und Josef in Sozialwohnung, Ramersdorf, kennst du?"
Verschüchtert zog die Ungarin Aufenthaltsgenehmigung sowie Sozialversicherungskarte aus der schwarzen Kunstledertasche.
„Hier, über zehn Jahre in Deutschland", fügte sie sofort an und schob das Bündel schnell über den Beistelltisch.
„Einwandfreie Papiere."
Freundlich nickend gab Klar, nachdem er das Fenster gekippt hatte, die Unterlagen zurück. Die im Raum verteilten Rauchschwaden störten seine Nasenschleimhaut.

„Finden Sie es gewöhnlich, so spät am Abend für Herrn Geber zu putzen?"

„War jede Freitag oder Samstag ab acht in Wohnung. Hab dann vier bis fünf Stunde Haushalt gemacht, gebügelt, aufgeräumt, gewaschen und putzt. Hab gekocht für folgende Woche. Dann in Gefrierfach packt, weißt du."

Nervös nahm sie einen Zigarettenzug.

„Doktor Geber gestern mit Freundin verabredet. Gingen in Theater oder Oper. Fast jedes Wochenende. Wenn nicht am Freitag vorher er angerufen und verschoben, bin ich Samstag Putzen gegangen. Schlüssel zum Apartment baumelt am Schlüsselbund in meine Wohnung. Habe heute später als sonst aufgeschlossen. War gegen zehn gewesen. Habe nichts Böses gedacht und wollte im Bad Licht ausknipsen. Doktor Geber tot im Pool."

Die junge Ungarin nickte. Ein Schütteln durchlief den schmächtigen Körper.

Unvermittelt hatte Rattelsberger ihn an den Schultern gepackt und angefahren.

„Lassen Sie die Frau endlich in Ruhe, Klar! Ein erfahrener Polizist muss merken, dass die Zeugin am Ende ist, völlig übermüdet! Sie hat eine Menge durchgemacht! Was soll das?"

„Sie haben Recht, Dr. Rattelsberger."

Klar nickte. Der zweite Anpfiff des Profis in kurzer Zeit. Ärgerlich. Er hatte zum Trost einen Arm um die Schultern der Frau legen wollen. Nach der Erinnerung an einen mies recherchierten Bericht im vorletzten SPIEGEL, in dem es um Vorwürfe ging, Kölner Kollegen hätten sich an Zeugen vergriffen, war er umgeschwenkt. Jetzt schämte er sich für seine Feigheit.

„Ich muss Ihre Personalien aufnehmen. Dann dürfen Sie nach Hause gehen." Mit rotem Kopf blickte Klar an der jungen Ungarin herunter und schob schnell die Visitenkarte über den Tisch.

„Es reicht, wenn Sie morgen früh in meinem Büro ihre Aussage protokollieren."

„Werde von Attila abgeholt."

Erleichtert nickte ihr der Hauptkommissar zu. Die Frau war attraktiv. Doch wenn er ehrlich war, wäre es peinlich gewesen, wenn er sie nach Hause gefahren hätte. Langsam ließ er die letzte Stunde Revue passieren. Der Tote war ein B- oder C-Prominenter gewesen. Darauf deuteten die familiären Umstände und der Lebensstil Gebers hin. Die Obduktionsergebnisse würden bald Klarheit über die Todesursache Gebers wie auch den Tatort bringen. Die Nervensäge und er würden morgen mit den Vernehmungen beginnen, sich das private sowie berufliche Umfeld des Ermordeten erschließen. Beim Joggen mit Zita an der Isar wollte er über die Arbeitsteilung entscheiden.

Oberösterreich / Berlin-Zentrum, 12. April 1945, 09:55 Uhr
Berlin, den 12. April 1945. Das Oberkommando der Wehrmacht gibt bekannt. Heeresgruppe Mitte: Gegen Breslau weiter starke Angriffe. Heeresgruppe Weichsel: Es wird heute oder morgen mit Beginn des feindlichen Großangriffs gerechnet.
Das Geräusch der in gleichmäßigem Takt ratternden Fernschreiber füllte das kleine Zimmer. Ernst Kaltenbrunner ließ die Geschäftigkeit der Funker kalt.
Der Riese stand kerzengerade, mit verschränkten Händen hinter dem geschlossenen Fenster und blickte starr Richtung Loser. Seine Präsenz füllte den Raum. Die Leute empfanden dank der Statur Respekt; andere hatten aus demselben Grund Angst. Dem zweitmächtigsten SS-Mann war beides sehr bewusst. Er verstand es, seine Ausstrahlung für eigene Interessen zu nutzen.
Die große Villa am Hang war seit wenigen Tagen die neue Kommandozentrale. Jede feindliche Truppenbewegung ließ sich von hier aus über Kilometer hinweg beobachten. Eigene Aktionen konnten bestens gesteuert werden.
„Die verehrte Frau Gemahlin für den Oberstgruppenführer am Apparat."
Anbiedernd beugte sich der SS-Mann um die Dreißig nach vorne und hielt mit ruhiger Hand den Hörer des grauen Feldfernsprechers zu.
„Nein!"
Das konnte Kaltenbrunner jetzt nicht gebrauchen. Mit blutvollen Schläfenadern herrschte er den verdutzten Österreicher an.
„Es tut mir ausgesprochen leid, gnädige Frau, Ihr Herr Gatte meldet sich später, er ist unabkömmlich", säuselte der schwarz Uniformierte in breitester wienerischer Melodie in das Telefon.
„Stellen Sie nur Gespräche aus der Berliner Gestapo-Zentrale durch, haben Sie verstanden?"
„Jawohl, Herr Oberstgruppenführer! Heil Hitler!"
Die Unterbrechung störte Kaltenbrunners Gedankengang nur kurz. Hinter der Stuhlreihe der Funker lief er zu dem Fenster, das den Blick auf den Hausberg freigab. Über dem Altaussee hingen tief dunkelgraue Wolken. Blitze zuckten im Minutenabstand und erhellten die Umge-

bung für Sekunden. Einen Augenblick später erschütterte das Donnern die Berglandschaft und schob sich grollend die Hänge bis zu den Kuppen. Seit Frühmorgen peitschte der Wind mit mehr als achtzig Stundenkilometern über das Wasser. Die hohen Tannen umschlossen das Wasser wie eine natürliche Schutzmauer. Ihre Spitzen richteten sich im spitzen Winkel in schnell wechselnde Richtungen aus. Regentropfen flogen parallel zur aufgewühlten Wasseroberfläche und zeichneten über den weißen Schaumkronen feine, silberne Streifen in die Atmosphäre.

„Mensch, is det heiß hier drinne, da war et im Luftschutzbunker am Hermannplatz luftich dajejen!"

„Frag den Herrn Obestgruppenführer, ob du ein Fenster öffnen darfst."

Der Wiener SS-Mann zog die Mundwinkel zu einem breiten Grinsen nach außen.

„Das würde ich an deiner Stelle nicht tun, Hans", fuhr ihn der Unterscharführer an.

„Konzentriert euch auf eure Arbeit! Haltet die Spulen so in euren Pfoten, dass sich die Bänder nicht verwickeln. Palavert nicht unnötig rum, ihr Pfeifen", zischte der Offizier.

Am Raumende standen ein halbes Dutzend Wehrmacht-Feldfernsprecher auf dem dreieckigen Holztisch. Fünf Funker bedienten graue Morsegeräte. Die stummen Männer schwitzten in Höchststufe.

„Warum ist Schellenberg nicht in der Leitung, Meier?", brüllte Kaltenbrunner, während er den Fernsprechhörer hin und her schwenkte. Dann schmiss er ihn auf die Gabel und drehte den wuchtigen Körper. Nach zwei Schritten stand er dem Unterscharführer gegenüber.

„Entschuldigung, Herr Obestgruppenführer! Wir tun unser Bestes."

Der Rangniedrigere litt unter beginnendem Schweißausbruch.

„Unser Bestes! Was soll das sein?"

„Melde gehorsam: Leitungen nach Berlin wurden letzte Nacht durch einen angloamerikanischen Fliegerangriff zerstört."

Der zitternde Mann wischte sich endlich mit dem Handrücken den Schweiß von der Stirn.

Kaltenbrunners krebsrot angelaufene Gesichtshaut zitterte. Man hätte die Luft schneiden können. Längst hatten die Funker die Uniformen über die Stuhllehnen gelegt. Weiß gestärkte Hemden zeigten an Achselhöhlen tellergroße Schweißflecken.

Mit solchen Schwachköpfen konnte man keinen Krieg gewinnen. Zum Glück hatte der SS-Oberstgruppenführer für die Nach-Hitlerzeit längst vorgesorgt. Geld würde nach dem Zusammenbruch nichts

wert sein. Es brauchte Gold und Kunst. Davon hatten seine Freundin und er für die nächsten dreißig, vierzig Jahre genug. Zynisches Lachen verunstaltete das hässliche Gesicht.
Bis zur Flucht mit dem U-Boot nach Buenos Aires musste er sich auf das Hier und Jetzt konzentrieren. Sein Atem beschlug großflächig die kleine Scheibe des Bauernzimmers. Die unwirtliche Berglandschaft holte den SS-Oberstgruppenführer in die Gegenwart zurück.
„Ich habe genug von euren Ausreden! Versucht es weiter, ihr Trottel!"
Er brauchte Schellenberg in der Leitung. Man konnte diesem Berliner Karrieristen nicht trauen, doch zumindest wusste er Transporte zu organisieren. LKW und Benzin waren in diesen Zeiten mehr wert als alles andere.
Penetranter Buttersäuregestank reizte seine Augen wie auch Lunge. Stark hustend riss Kaltenbrunner das Fenster auf. Nasse, kalte Frühjahrsluft strömte ins Zimmer.
„Jawohl!"
Der Wiener schlug die Hacken zusammen und kam beim übermotivierten Männchen machen in Rückenlage.
Seit Stunden versuchten die Funker vergeblich, ein Gespräch zum Chef des Auslandsnachrichtendienstes in Berlin zu vermitteln. Finger huschten mit großer Fertigkeit schnell über die Tasten der Fernsprecher und Druckknöpfe der Morsegeräte. Die Nachrichtenverbindungen aus dem Gau in die Reichshauptstadt waren seit Februar zu neunzig Prozent zerstört. Vor acht Wochen hatten die Alliierten mit einer neuen Luftoffensive begonnen und schossen das Regierungszentrum in stundenlangen Angriffen Tag und Nacht mit Brand-, Spreng- sowie Stabbomben sturmreif für die russische Großoffensive.
Ausgedünnte Reparaturmannschaften schafften es auch mit Unterstützung von Fremdarbeitern nicht, die Schäden der Flächenbombardements zu beheben und die Lücken der Nachrichteninfrastruktur zu flicken.
„Versucht es weiter. Ich muss ihn sprechen!"
Mit voller Wucht trat Kaltenbrunner den Stiefel ins Parkett. Eine tiefe, breite Kerbe blieb im Holzboden zurück.
Schellenberg saß ruhig im warmen Büro des Berliner Gestapo Hauptquartiers in der Prinz-Heinrich-Straße und schwenkte den Bericht des Nachrichtendienstes Ausland.
„Schauen Sie, Steimle! Na, kommen Sie her! Nicht so zögerlich, Mann! Russen und Amerikaner streiten über die Nachkriegsordnung. Ausgesprochen amüsant, finden Sie nicht?"

Der Standartenführer stand in gebührendem Abstand vor dem Schreibtisch. Er war nicht sicher, ob der Vorgesetztenspott den Reichsfeinden oder dem Verfasser dieses Geheimdienstberichts galt. Die heisere Stimme seines Chefs hatte ihn nur am Anfang ihrer Zusammenarbeit darüber hinweg getäuscht, dass Schellenberg seinen Willen, wenn nötig, mit äußerster Brutalität umsetzen konnte.

„Warum sind Sie nicht Hauptdarsteller in Kolberg anstatt dieses Heinrich Georges geworden, Steimle? Das ist der Lieblingsfilm unseres Propagandaministers!"

Ein Nachrichtenchef musste Mitarbeiter provozieren können, um Gedanken in Äußerungen zu transformieren und die anderen zu entlarven. Ihm gab es ein Machtgefühl. Steimle rieb schüchtern mit dem Mittelfinger an der silbernen Koppel mit Totenkopf und rückte sie bedächtig in die Schrittmitte. Die Frage des Brigadeführers schien ihn verlegen zu machen. Der SS-Offizier schaute auf die Spitzen sorgfältig gewichster, kniehoher Knobelbecher aus feinem Rindsleder.

„In diesem Krieg muss jeder deutsche Mann seine Aufgabe für das Reich mit der Treue im Herzen zum Führer erfüllen. Ich habe meinen Platz in der Wirtschaft und nicht beim Film gfunden."

Der Standartenführer straffte, sich an der Nase kratzend, den Oberkörper. Das tat er seit seiner Jugend, wenn es eine unangenehme Situation zu überstehen galt.

Schellenberg grinste breit.

„Er hat sich gefangen. Stehen Sie bequem, Mann! Zumindest lassen sie Ihren Charme bei Sekretärinnen spielen, was man so hört."

Der Brigadeführer hievte schwerfällig den gedrungenen Körper aus dem braunen Sessel hinter dem mächtigen Eichenschreibtisch. An der rissigen, gelbbraunen Tapete hinter seinem Arbeitsplatz hing ein Schwarzweißfoto des Führers aus besseren Zeiten. Sein Gegenüber errötete und rieb gedankenverloren über das Koppelschloss an seinem Gürtel.

Steimle schien Humor zu fehlen. Oder es war Angst.

Der Brigadeführer griff zum nachrichtendienstlichen Bericht und schlug die erste Seite auf.

„Die russische Militärführung fürchtet den Willen unserer Kampfeinheiten, Berlin bis zum letzten Atemzug zu verteidigen. Die Bolschewisten haben seit der Oderoffensive am 12. März über eine Million Soldaten verloren. Jeden Tag müssen sie 40.000 Mann ersetzen und das Nachschubproblem lösen, welches die Wehrmacht 41, 42 nach phänomenalen Geländegewinnen im Osten hatte."

Kleine, gerötete Augen starrten auf den Standartenführer. Steimle hatte ohne Erlaubnis eine Zigarette angezündet und stieß den Rauch in kurzen, schnellen Zügen aus. Misslaunig verzog Schellenberg, den Blick gesenkt, das Gesicht.
„Die Produktion kriegswichtiger Güter und Waffen im Reich nimmt jeden Tag um drei bis vier Prozent ab. Wir verlieren täglich 20.000 Mann durch Tod, Verwundung oder Gefangenschaft."
Die heisere Stimme des Ranghöheren krächzte. Bedächtig schloss er den hellbraunen Hefter und legte ihn mit der Sorgfalt, mit der er seit Amtsübernahme vor fünf Jahren unter Heydrich jedes wichtige Schriftstück behandelte, auf den Schreibtisch. Neugierig blickte er auf.
Pedantisch drückte Steimle die Zigarette im Aschenbecher aus.
„Wir werden siegen."
Ein einziger, winziger Schweißtropfen fiel aus dem braunen Haar auf seine Uniform. Schnell wischte er ihn weg.
„Wir werden siegen, Brigadeführer! Sieg Heil!"

München, Herterichstraße, 4. September 2008, 1:10 Uhr
Klar hatte den leichten Wollmantel mit weiß-grauem Fischgrätenmuster übergeworfen. Am Morgen hatte er sich nur schwer für einen seiner zwanzig Exemplare entscheiden können. Jetzt gefiel es ihm so am besten.
Die Wohnungstür fiel mit sattem Geräusch ins Schloss. Streber Loiperdinger blieb bei den Kriminaltechnikern. Missbilligend schüttelte der Hauptkommissar den Kopf. Draußen war es empfindlich kühl geworden. Fröstelnd schlug er den Kragen des Mantels nach oben und fingerte in der rechten Tasche nach dem Autoschlüssel. Vermutlich hatte es dieser Ehrgeizling in diesem Jahr auf seinen Job abgesehen.
Längst hatte Klar ihn durchschaut. Er wollte mit Zita eine Entspannungsrunde gehen.
Im Volvo roch es unangenehm. Die Hündin hatte sich beim letzten Spaziergang unbemerkt im Wildkot gewälzt und dünstete aus. Dagegen half eine Hoyo de Monterey, die Zweier. Zedernzündhölzer für die Zigarren hielt er in der Manteltasche bereit.
Klar öffnete die Autotür einen Spalt. Sofort drückte Zita nach, sprang freudig erregt aus dem Coupé und raste in weiten Zickzack-Bewegungen Richtung Forstenrieder Park. Die Tannenschatten strahlten nachts etwas Bedrohliches aus. Genüsslich zog er an der Kubanerin.
Regungslos stand Loiperdinger fünfzehn Minuten später auf dem Parkplatz, der vom Haus durch eine zwei Meter hohe Hecke exakt geschnit-

tener Rhododendronsträuche getrennt war. Die Hündin schnüffelte an den Hosenbeinen des Kollegen. Ein Kippenrest glomm im Kies. Klar war vom Waldspaziergang zurück.

„Hab`s mir anders überlegt. Lass uns nochmal in die Wohnung, Loipi. Eine Beraternase verbringt den Arbeitstag vor dem Rechner. Bestimmt haben sich unsere Jungs den Laptop näher angeschaut. Wir schauen, was die rausbekommen haben. Polizeiarbeit braucht gute Kontrolle. Sagen die Politiker im Maximilianeum."

Sorgfältig strich er die glimmende Restasche von der Zigarre und verstaute den Stummel im portablen, ledernen Humidor.

„Meine schwäbischen Wurzeln. Die hier hebe ich für schlechte Zeiten auf." Ein kurzes Schmunzeln umspielte die Lippen des Hauptkommissars.

„Hast du eine Ahnung, wie spät es ist, Gregor?", knurrte Loiperdinger. „Das bringt nichts. Die Jungs haben den Computer auf Fingerabdrücke untersucht. Morgen früh gehen die an die Innereien. Hat mir Meier 2 gesteckt. Das reicht! Für heute ist´s genug! Hörst du?"

Verärgert strich sich der Niederbayer über das fahle Gesicht und riss den Kiefer zu einem Gähnen auf. Selbst eine Zigarette konnte ihn nicht mehr aufbauen. Vielmehr hoffte er inständig auf ein Einsehen. Er wollte ins Bett.

„Loipi ist zwar Karrierist. Doch wenn es darauf ankommt, hat er Null Biss! Kein al dente Typ, gell Zita."

Das hatte sein müssen. Dieser Mann brauchte ab und an eine klare Ansage. Klar band die Hündin im Hausflur an. Der Laptop stand auf Standby.

„Wie lässt sich das Ding hochfahren?", murmelte Klar, Stirn runzelnd, vor sich hin. Unverzüglich fing er sich den verächtlichen Blick Loiperdingers ein. Das hatte er nicht anders erwartet. Umgang mit allen Arten von Technik war nicht seine Stärke. Alle im Kommissariat wussten das.

„Klapp den PC auf, Techno."

Genervt schüttelte der Kommissar den Kopf. Der Bildschirmschoner war nicht aktiviert. Am oberen Rand stand in rosa leuchtender Fettschrift Gay Julian. Der Bildschirm zeigte regenbogenfarbene Banner und mehrere muskelbepackte schwarze sowie weiße Männer in eindeutigen Posen.

„Interessant. Der Typ, vierköpfige Familie, geht mit seiner Luxustussi freitags oder samstags ins Theater oder wohin auch immer. Und in diesem Wohntempel hier ist ein Laptop mit Verbindung in die Schwulenszene. So was haben wir bei uns in Straubing nicht."

„Logisch, da gibt's nur Programm Schweinsbraten, Pornos, Blümchensex."

Klar kratzte sich breit grinsend am Kinn.

„Der SPIEGEL schreibt, die Nutzer von solchen Chatrooms kriegen ihre Freizeit besser organisiert."

„Glaubst du nicht wirklich, Gregor. Das sind Sexbörsen. Also bei uns in Straubing ..."

Loiperdinger gähnte, diesmal mit offenem Mund. Die Augenringe kontrastierten im blassen Gesicht. Lange würde er nicht mehr durchhalten, schließlich war es 2:00 Uhr morgens.

„Ich weiß zu wenig drüber, Loipi."

Links unten stand etwas von zehn empfangenen Nachrichten. Alle Cursor davor waren mit blinkenden Briefumschlägen versehen. Vermutlich waren sie nicht gelesen worden. Der_Passive28 hatte vor drei Tagen geschrieben. Klar lotste den kleinen weißen Mauspfeil auf die erste Nachricht von 15 Uhr.

Wie geht´s dir, Roland?

In der zweiten vermisste er Geber: Kuscheln?

Die letzte kam vier Stunden nach der zweiten und war nicht mehr freundlich: Liegst mit der Schlange im Bett. Echt immer das Gleiche mit Bi-Typen. Heteroheuchler, Betrüger! Shit.

Loiperdinger hielt mit letzter Kraft die Hand vor den Mund und gähnte erneut.

„Klingt verdammt nach verstärktem Zickenalarm."

„Stimmt. Pack den Rechner ein. Schluss für heute. Wir müssen mehr über den, wie nennt der sich, Der_Passive28, rausfinden. Du informierst Gebers Frau gleich in der Früh. Ich frage morgen als erstes diese Ungarin nach dem Namen von Gebers Gespielin. Die nehmen wir uns gemeinsam vor."

„Jawoll, Chef!"

Es war 2:30 Uhr, als sich Klar endlich den Laptop unter den Arm klemmte.

München, Südliche Auffahrtsallee, 4. September 2008, 2:38 Uhr

Es piepste zweimal. Ein letztes Mal fuhr der Rechner hoch. Der Businessplan für das Architektenbüro in der Lindwurmstraße musste in drei Tagen fertig sein. Der Chef hatte den Termin vor exakt einer Woche gesetzt. Zwei Zulieferungen aus dem Marketing des Gemeinschaftsbüros Bautraum München-Architekten und Baustatiker fehlten. Dann war die Excel-Tabelle komplett, der Kreditantrag entscheidungsreif.

Der Bildschirmtext zeigte eine vierminütige Restdauer zur Ordneraktualisierung. In Jogginghose und T-Shirt saß die Statikerin vorm Laptop.
Eine neue Nachricht war eingegangen. Der Absender war ein Dennis Schreiber, Betreff: Bilder für Antonia Flussmüller, MBA. Der Dateiname im Posteingang war auffallend geschrieben, Showcard Gothic.
Kurz rieb sie sich die Augen, ein langer Arbeitstag lag hinter ihr. Sie runzelte die Stirn, während der Bleistift im Mund brach.
„Wer war Dennis Schreiber? Warum gab es immer mehr dieser unnützen, die Briefkästen verstopfenden Junkmails? Woher kannte der Typ ihren akademischen Abschlussgrad?"
Sie fühlte Hitze aufsteigen, während sie die Enter-Taste drückte. Der alte Bürostuhl mit breiter Lehne, ein Achtzigerjahre-Relikt aus schwarzem Leder mit ausladender Sitzfläche, ächzte, während das Filmprogramm automatisch hochfuhr. Zwei Männer waren fotografiert worden. Ihr schneeweißes Gesicht kontrastierte zu dem dunklen Laptop-Bildschirm. So musste sich eine Taucherin fühlen, die aus dreißig Metern Tiefe zu schnell an die Wasseroberfläche schoss. Verzweifelt fasste sich die Frau an den Hals. Schnell an die Luft, die Lunge drohte zu platzen. Vor den Augen flimmerte es. Tausende LED-Lampen tanzten bis an das Ende des Horizonts. Sie riss das Fenster auf, lehnte sich auf die Ellenbogen gestützt heraus und atmete die frische Abendluft ein. Der Rasen unten erschien tausend Meter entfernt. Antonia erinnerte sich an den ersten PADI-Tauchkurs auf Ibiza vor zehn Jahren. Der Lehrer hatte ihnen die bei einem Notaufstieg anzuwendende Technik gelehrt.
Sie musste schnell ins Wohnzimmer, den Rechner ausschalten und Vater anrufen. Von der zitternden rechten Hand gesteuert bewegte sich der Cursor auf das weiße Kreuz im kleinen, roten Kreis auf dem Bildschirm.
„Hallo? Hier spricht Flussmüller!"
Papas Stimme hatte immer den gleichen, sonoren Klang. Sofort lief der Atem rund.
„Ich bin´s, Papa."
„Geht es dir gut, meine Kleine?"
Ohne triftigen Grund hätte seine Tochter nie um diese Uhrzeit angerufen.
Sie schluckte.
„Roland betrügt mich mit einem Mann. Hörst du? Mit einem Mann! Irgendjemand hat mir eine Datei gemailt. Mit total ekligen Bilder drauf. Roland beim Sex. Mit einem jungen Typen im Hotelzimmer.

Dann das Stöhnen über die Laptop-Lautsprecher, Papa!"
Flussmüller räusperte sich erst nach einer Weile.
Der Landrat empfand die Situation seiner Tochter seit langem als bizarr. Roland war mit einer anderen Frau verheiratet und trotzdem mit Antonia zusammen. Er hatte Bigamie immer scharf verurteilt und mit seiner Meinung nie hinter dem Berg gehalten. Diese widerliche Type hatte es mit kaltem Lächeln „ein klares Arrangement" genannt. Er erinnerte sich an einen alkoholgetränkten Abend vor ungefähr acht Monaten, an dem Geber heftig über Schwule hergezogen und sich mit unzähligen Bettgeschichten gebrüstet hatte.
Energisch schüttelte Flussmüller, sich mit der Hand am Kühlschrank abstützend, den Kopf.
„Das glaube ich nicht, Antonia!"
„Immer musst du widersprechen! Warum vertraust du mir nicht?"
„Antonia, mein Mädchen. Beherrsche dich. Du weißt, ich mag diesen Filou nicht, doch das kann ich mir bei Roland beim besten Willen nicht vorstellen. Es muss ein Irrtum sein."
„Es ist so, wie ich es sage, Papa!"
„Vermutlich ist dieser Dennis, wie war sein Nachname …?"
„Schreiber!"
„… dieser Dennis Schreiber neidisch. Roland ist extrovertiert und prahlt überall damit, wie toll er ist. So was zieht Feinde an. Das kenne ich, das kannst du mir glauben, oh ja. Hundertprozentig ist der Name nicht echt. Fotos lassen sich heutzutage nach Bedarf mit technischen Hilfsmitteln verändern. Das weiß ich aus dem Amt."
„Papa, ich habe es gesehen. Da gibt's keinen Zweifel."
Ihre tränenerstickte Stimme klang flehentlich.
Der Landrat überlegte.
„Ich verstehe, meine Kleine, sogar sehr, schon gut. Aber es ist spät und du brauchst Ruhe. Pass auf. Ich schaue mir das Ganze morgen an, einverstanden? Dann sehen wir gemeinsam weiter. Bis dahin erfährt von mir keiner ein Sterbenswörtchen, Ehrenwort."
Der Politiker hielt die Luft an.
„Ist gut, Papa. Mir geht´s besser."
Sie atmete aus.
„Einige Tropfen Baldrian wirken Wunder, glaub mir. Schlaf gut, meine Kleine! Ruf an, wenn es dir schlechter geht. Ich liebe dich."
Zufrieden legte Flussmüller, vor sich hin nickend, auf.
Der Whiskey war schnell eingeschenkt. Hoffentlich kam seine Tochter endlich zur Besinnung. Morgen würde er die nächsten Schritte in An-

griff nehmen. Nach einem derart gut verlaufenden Spätabend waren zwei oder drei Bourbons drin. Er schaute auf das klingelnde Handy neben dem Bett und runzelte die Stirn.

München, Maxburgstraße, 4. September 2008, 9:00 Uhr
Klar war gegen neun Uhr im Kommissariat. Der Geruch frischen Kaffees wehte einem im Treppenhaus entgegen. Annette kniete vor der Hündin und umarmte sie. Als Assistentin hatte man jeden Morgen beste Laune, selbst bei tristem Nebelwetter. Es musste ein berufsspezifischer Zusammenhang vorliegen. Zur Belohnung folgte verhaltenes Schwanzwedeln. Noch war Zita so jung, dass sie Wertschätzung nicht durch Gegenliebe belohnte, sondern egoistisch genoss.
Klar nickte grummelnd seiner Assistentin zu. Schön, dass sie das Tier begrüßte. Im Grunde war er jedoch froh. Annette hatte die Hündin ins Herz geschlossen, als sie Zita zum ersten Mal im Büro sah. Das war umso bemerkenswerter, weil sie ihm wenige Monate zuvor auf dem Flur des Büros zugesteckt hatte, sie könne nicht viel mit Haustieren anfangen.
Ihr Arbeitsbeginn 2005 im Referat „Delikte am Menschen" fiel zeitgleich mit seinem Start zusammen. Es war die erste Stellung nach der Ausbildung. Von Anfang an mochte er die herzliche Art der Münchnerin.
Klar bewunderte die gereifte Persönlichkeit trotz ihrer 22 Jahre. Die junge Frau verstand es, Emotionen dosiert und situationsgemäß einzusetzen.
Der Innenminister hatte letzten Sommer nach einem Besuch beim Tag der offenen Tür der Polizei Augen zwinkernd verschwörerisch attestiert, die charmanteste Assistentin im Kommissariat zu haben. Ihr Verhältnis war im Laufe der Zeit sehr gut geworden. Sie hatten ähnliche Auffassungen von professioneller Arbeit und trennten, obzwar sie sich duzten, Persönliches von Privatem. Das half Missverständnisse zu vermeiden.
Zita schüttelte sich.
„So viel Wasser in der Früh. Das geht gar nicht!"
Die Hündin erntete Annettes strafenden Blick. Anschließend zwinkerte sie Herrchen zu.
Klar war mit dem Tier, trotz der kurzen Nacht, zwischen viertel nach sechs und halb acht an der Isar in der Nähe der Flaucherbrücke gejoggt, um den Kopf frei zu bekommen. Seit knapp einem Jahr lief er dreimal pro Woche - zur Vorbereitung auf den Münchner Medienmarathon im September.

„Hast du 'nen Kaffee für mich?"
Koffein war genau das Richtige nach dem Laufen.
Die Assistentin hatte seinen Wunsch geahnt und stellte das Tablett auf den Tisch.
„Wo ist eigentlich unser lieber Wolfgang?"
„Keine Ahnung."
Die Frage nach Loiperdingers Anwesenheit war rhetorischer Natur. Klar hatte seinen Mitarbeiter bisher nicht gesehen. Der Kollege galt als Spätarbeiter.
Annette wedelte die schmale, grüne Akte. Ausgesprochen dürr sah das Teil aus. Das konnte positiv wie negativ sein. Entweder waren sie schnell zum Punkt gekommen oder hatten schlicht nichts Verwertbares gefunden.
„Wünsche viel Erfolg mit dem Laborbericht."
Die Männer der Gerichtsmedizin hatten die Nacht durchgearbeitet. Mit dem Geräusch der vor sich hin schnarchenden Zita im Ohr las er den Titel.
„Tötungsdelikt Dr. Geber, München, Aktenzeichen M-080907-0620MS."
Klar blätterte die Akte durch und startete mit der Zusammenfassung:
„Der Tod war mit an Sicherheit grenzender Wahrscheinlichkeit am 2. September 2008 zwischen 17:00 und 23:00 Uhr eingetreten. Als Todesursache war nach einem schnellen Blutdruckabfall Herzstillstand diagnostiziert worden. Das Blut enthielt eine tausendfache Überkonzentration von Amylnitrit, Butylnitrit, Isobutylnitrit sowie Cialis. Die Substanzen wurden mit hundertprozentiger Sicherheit in Kombination mit Alkohol eingenommen. Der Tote hatte zum Todeszeitpunkt 2,1 Promille. Unter den Nägeln von sechs Fingern konnten starke Spuren von Moos wie auch Flechte nachgewiesen werden."
Er schlug den Hefter zu und strich mehrmals mit der Hand übers Kinn. Rattelsberger hatte Recht behalten. Geber war vermutlich nicht im Appartment vergiftet worden.
Er blickte nach rechts.
Loiperdinger stand in der Tür, während ihn Zita mit einem heftigen Schwanzwedeln und einem folgenden, freundlichen Nasenstüber begrüßte.
„Woher zum Teufel hat dieser Sack heut Nacht meine Mobilnummer gehabt?"
Grob schob der Kommissar die Hündin weg.
Angewidert wandte sich Klar ab. Dieser Mensch stank nach Nikotin.

„Kannst du nicht wenigstens einmal höflich sein?"
„Der Vater der Flussmüllerin hat mich um 4.00 auf'm Handy geweckt."
Loiperdinger grunzte.
„Dein Fehler, wenn du Tag und Nacht erreichbar bist. Komm runter!"
„Antonia Flussmüller ist, oder besser, war Gebers Freundin, ihr Vater Landrat. Er wird mit Tochter in ungefähr sechzig Minuten hier sein. Ich habe ihn vorgeladen. Das der so ein hohes Vieh ist, hat mir Meier 2 aus dem Vierten vorhin aufm Gang zugerufen."
Loiperdinger haute die Nachricht mit Überschallgeschwindigkeit raus und atmete durch. Die wenigen Sätze hatten seine Lungenflügel angestrengt. Außerdem ließ der Gedanke an den nächtlichen Anruf die Wut köcheln. Seine Hand vergrub sich auf der Suche nach der Zigarettenschachtel tief im Sakko.
Klar schaute Stirn runzelnd auf die Armbanduhr. Damit war nicht zu rechnen gewesen. Schnell wählte er sich ins Intranet ein, das sie mit den Bezirksbehörden verband. Flink gab er über den landesweiten Suchdienst das Landratsamt Oberbayern und dann Flussmüller ein.
Loiperdinger beugte sich über die Kollegenschulter. Parallel wanderten die Polizistenaugen über den Bildschirm. Gleichzeitig lasen sie die Seite mit den Lebensstationen des Landrats und den Zuständigkeiten des Amtes. Öffentlicher Gesundheitsdienst, Gaststättenerlaubnisse, Kfz-Zulassungen sowie Finanzdienstleistungen.
Der Kommissar gähnte.
„Was dieser Typ den ganzen Tag tut, haut einen nicht vom Hocker."
Klar schloss die Seite und griff zum Telefon. Annette würde dafür sorgen, dass spätestens morgen Abend ein Bericht mit detaillierten Informationen über Flussmüllers privates sowie berufliches Umfeld vorlag.
Er beugte sich über die Laptop-Tastatur und landete auf Wikipedia.
Loiperdinger war im Begriff sich eine Kippe in den Mund zu stecken. Sein Chef schüttelte den Kopf, obwohl er die Geste des Kollegen lediglich aus dem Augenwinkel bemerkt hatte. Kühl zeigte er auf das überdimensionierte weiß-rote Rauchverbotsschild rechts der Tür.
„Gay Julian ist eine virtuelle Plattform für homo- und bisexuelle Männer. Sie wird seit Anfang 2000 mit Abstand als die weltweit beliebteste Internet-Plattform für gleichgeschlechtlich orientierte Männer bezeichnet."
Der wesentliche Zweck des Betreibers, einer in den Niederlanden ansässigen Gesellschaft, ist, nicht nur ein Forum zu schaffen, um schnelle oder, in selteneren Fällen, dauerhafte sexuelle Kontakte zu ermöglichen, sondern, um eine Chat-Plattform für Interessierte zu installieren,

die dadurch Freunde für Freizeit oder Sport gewinnen. Um dann kundenbezogene Werbung zu schalten. Gay Julian hat nach eigenen Angaben über 400.000 deutsche User."
Klar schloss die Seite.
„Die Nutzer machen in den Profilen alles öffentlich. Ist völlig normal, die Schwanzgröße zu nennen und Fisten als Lieblingshobby zu posten. Fraschning aus der Drogentruppe hat mir gesteckt, dass die Seite in der Szene schwules Einwohnermeldeamt heißt."
Klar lachte auf.
„Wenn´s das bei Heteros geben würde! Dieser abgebrochene Riese muss es wissen."
Der Hauptkommissar loggte sich in das Nutzerfeld Der_Passive28 ein. Er wurde geblockt:
„Der Nutzer hat entschieden, sein Profil nur für registrierte und eingeloggte Nutzer bei Gay Julian sichtbar zu machen."
Zwei knapp bekleidete, athletisch gebaute Männer lächelten vom Bildschirm.
Loiperdinger setzte sich neben ihn. Seine Hände mussten etwas Sinnvolles tun.
42.979 User waren online. Die schwarze Zahl im linken oberen Eck leuchtete fett. Darunter konnte man sich durch die Bedieneranweisung führen lassen. So ein Nutzerprofil ließ sich in Minuten anlegen.
„Lass das lieber mich machen." Klar fing an zu tippen.
„Zitus als Profilname, cool oder? Astrid, eine Verflossene aus den Neunzigern taugt für unseren Code."
Grinsend tippte der Hauptkommissar weiter. Seine Laune hatte sich schlagartig verbessert. Zehn Jahre nachdem ihn diese Freundin verlassen hatte, hatte er das gute Gefühl, ihr eine mitzugeben. Das System forderte eine Menge Daten an, bevor es sie an die Fleischtöpfe ließ. Er machte sich jünger, sieben Kilogramm leichter und athletisch. Bei den sexuellen Vorlieben klickte er auf keine Angabe und wechselte die Bildschirmseite. Als Nächstes forderte das System seine email-Adresse. Einige Sekunden später flatterte die Annahmebestätigung in den Posteingang des Dienstrechners. Kurz quälte ihn die Sorge, wie er dem Chef die ausgewerteten PC-Protokolle erklären sollte. Er im Schwulen-Chat. Jetzt musste er den Link im Anhang anklicken und eingeben, welchen Typ er suchte. Das funktionierte wie bei einem Online-Bestellvorgang für Lebensmittel. Zwanzig User mit den gewünschten Eigenschaften waren online. Klar ging mit der Maus auf die senkrechte Leiste am rechten Bildschirmrand und scrollte an den ersten zehn Profilen vorbei.

„Elf ist meine Glückszahl, außerdem bin ich vom Sternzeichen Skorpion. Panca_Muc klingt nett. Den greif ich mir!"
„Drogen-Fraschning meint, das Unternehmen finanziert sich durch Mitgliedsgebühren der Nutzer und Werbeeinnahmen."
„Fraschning, Fraschning. Du mit deinen Informanten. Hör auf damit."
Klars Blick fiel auf ein blinkendes, regenbogenfarbenes Rechteck. Ein Anbieter von Schwulenpornos machte mit schrillen Farben auf sein Produktangebot aufmerksam. Der Hauptkommissar räusperte sich. Offensichtlich war genügend Nachfrage vorhanden.
„Ich muss dir was stecken."
Nervös rutschte Loiperdinger auf dem Stuhl hin und her.
„Gebers Frau war nicht erreichbar. Die macht mit den Kindern Urlaub in Neuseeland."
Klar sprang mit verschränkten Armen auf.
„Amateur! Die müssen wir in den nächsten Stunden befragen. Klemm dich dahinter!"
Loiperdingers Kopf strahlte knallrot und wechselte dann ins fahl-graue. Die Tür fiel mit lautem Krachen zu.
Es war kurz nach Zehn. In München hatten sich dreihundertneunzig Nutzer zwischen achtzehn und siebzig auf der Plattform eingefunden. Mehr als die Hälfte war mit Status Sex eingeloggt. Schnell tippte der Hauptkommissar mit den Zeigefingern Der_Passive28. Bisher hatte er keine praktikablere Schreibtechnik entdeckt.
Seine Ex-Freundinnen hätten sich über das makellos haarfreie Athletenbrustbild gefreut. Die Profilüberschrift wollte den Eindruck vermitteln, dass der User bevorzugt mit älteren Athleten Livedates in München suchte.
Loiperdinger stand plötzlich im Türrahmen - mit mehr Farbe im Gesicht. Klar schnitt eine Grimasse.
„War ein Quicky, stimmt´s?"
„Ist das ein Scherz?"
Loiperdinger deutete ein Lachen an.
„Kann man so sagen." Klar hob den Kopf und deutete auf ein virtuelles Poesiealbum. Dort konnte man positive wie negative Erfahrungen reinschreiben oder dem anderen einen Taps geben, z.B. einen Smiley für „Habe dich lieb" oder einen Schwarzenegger-Comic für „Geiler Body". Der Cursor sprang auf das linke obere Viertel der Profilseite. Das Gästebuch von Der_Passive28 hatte dreiunddreißig Einträge. Sein Profil war von 46.920 Usern aufgerufen worden. Loiperdinger stand hinter Klar. Stirnrunzelnd schaute der Hauptkommissar seinen Mitarbeiter an.

„Fraschning meint, in den Chatrooms läuft vieles schief. Eine Menge Typen eröffnen ´ne Art Fakeprofil. Da steckt nix Wahres drin und niemand hinter. Manche Geister bestücken Accounts mit Bildern von Anderen. Krank."
Klar schüttelte verärgert den Kopf.
„Hör mit diesem Drogentyp auf. Das habe ich dir vorhin schon gesteckt. Wir ermitteln für uns!"
Fabian Runkel war gestern Abend gegen 22 Uhr im Chatroom gewesen. Der Rechner merkte sich sowohl Datum wie Zeitpunkt der Abmeldung und dokumentierte das lesbar auf der Userseite.
Der leise, leicht hallende Harfenton zeigte die Nachricht an. Das Geräusch unterbrach seine Gedankenkette. Zeus nannte ihn einen Hübschen und attestierte ein geiles Profil. Dann fragte der Typ nach mehr XXL-Bildern und wollte ihn nackt vor der Kamera sehen. Die Nachfrage nach Anschauungsmaterial für Solosex war enorm. Klar öffnete die Bilder im Anhang. Es reichte fürs Erste. Er atmete durch. In diesem Medium konnte man sich an- und abmelden, wie und wann es einem gefiel. Es konnte beleidigt, geflirtet, gedroht und eindeutige Angebote gemacht werden. Auf dem Nährboden der Unverbindlichkeit wuchs Hoffnung und wucherte Perversität. Sie mussten sich später um die Chatpartner Gebers kümmern.

München, Maxburgstraße, 4. September 2008, 14:00 Uhr
„Kannst du dich ausnahmsweise bei Vernehmungen korrekt anziehen?"
Fassungslos schüttelte Klar den Kopf. Die schlampigen Klamotten Loiperdingers regten ihn seit Langem auf. Doch wie dieser Mensch mit einer angerissenen Siebzigerjahre-Cordhose und dem schmuddeligen Karohemd zur Vernehmung auftauchte, war Höhepunkt der kleidungstechnischen Unverschämtheit. Schließlich waren sie in München. Dort hielt man was auf sich, was Äußerlichkeiten betraf, selbst als Beamter im gehobenen Dienst. Voraussetzung war, Miete und Lebensstil ließen was für neue Klamotten über. Loiperdinger verdrehte die Augen und stopfte den Glimmstängel zurück in die Packung. Bald würde er sich an dieser Karikatur eines Chefs für die Maßregelungen rächen. Kurz blickte er Annette an. Augenrollend wandte sich der Niederbayer mit hochgezogenen Schultern zu Klar.
„Passt schon. Mach weiter, Gregor."
Außer den Informationen aus dem Intranet wussten sie wenig über den Landrat. Das zweite Frühstück mit Meier 2 aus dem Vierten, der sonst das Gras wachsen hörte, hatte nichts Spannendes hervorgebracht.

Flussmüller war ein möglicherweiser treuer Ehemann, seit 1963 ein guter Landrat, sofern die Wahlergebnisse das geeignete Barometer waren, eifriger Kirchgänger, und seit langer Zeit ein Kamerad der in Bayern über fünf Jahrzehnte staatstragenden Partei.
„Annette, zunächst die Tochter bitte!"
Im Vorzimmer stand Antonia Flussmüller dicht neben ihrem Vater und starrte auf den braunen Linoleumboden. Sie war um die Fünfunddreißig und hatte eine einnehmende Ausstrahlung. Leise schnalzte Klar mit der Zunge. Er schätzte sie auf 1,75 Meter oder ein wenig größer. Das blonde, schulterlange, glatte Haar war ausgesprochen gepflegt. Sie hatte sich ein intensives Föhnen gegönnt. Spontan wollte ihm nicht einfallen, an wen sie ihn erinnerte. Vermutlich war es ein bekanntes, überschlankes Model.
Er konnte aus nächster Nähe in das blasse, leicht geschminkte Gesicht mit den rot geränderten Augen schauen. Mit wenigen Handbewegungen tupfte sie die Tränen mit einem Taschentuch weg. Der Hauptkommissar hatte sich vorgenommen, den Stress mit Loiperdinger zu verdrängen und mit der Zeugin sensibel umzugehen.
„Es tut mir sehr leid, glauben Sie mir, Frau Flussmüller. Mein Kollege und ich werden alles tun, um den Mord an Roland Geber aufzuklären."
Klar deutete auf den Stuhl vor dem Schreibtisch, während er ein Glas Wasser anbot.
Die junge Frau trank in winzigen Schlucken. Der erwartete Befragungsstress hatte den Puls beschleunigt sowie die Halsadern größer werden lassen.
Die Veränderungen der körperlichen Physis verbanden sich seit ihrer Pubertät mit einem grummelnden Magen. Erfolglos hatte sie mit dem Wasser das Sodbrennen unterdrücken wollen. Ein säuerlicher Geruch breitete sich im Befragungsraum aus. Loiperdinger ging zum Fenster und kippte es.
„Fühlen Sie sich in der Lage, einige Fragen über Ihren Freund und die Beziehung zu ihm zu beantworten.?"
Das schüchterne Nicken der Frau beruhigte den Hauptkommissar.
„Wollen Sie beginnen?"
„Roland und ich waren auf den Tag vier Jahre und drei Monate ein Paar."
Vorsichtig tupfte sich Antonia Flussmüller die langen, schwarz bemalten Wimpern mit dem Papiertaschentuch ab und starrte auf den kleinen indischen Ganesha auf Klars Schreibtisch.
„Er ist mit einer anderen verheiratet gewesen. Na und? Aus Liebe hab ich das akzeptiert."

Für diesen Satz brauchte sie eine Sekunde. Von der Frau zunächst unbemerkt, schmierte ein Streifen Tusche die linke Gesichtshälfte ein. Seufzend bat sie um ein Taschentuch und blickte zur Seite.
Klar öffnete die oberste Schublade des Schreibtisches, um eine Packung Tempo heraus zu holen.
„Roland war ein gut aussehender Mann, vor allem in Anzügen und Maßschuhen. Wie George Clooney, so süß. Wahnsinnig stark, aber auch liebevoll war er."
Entschuldigend suchte Antonia Flussmüller Klars Augen, während sie nach vorn und hinten wippte und dabei die Hände über die Knie schlug.
Aufmunternd nickte der Hauptkommissar der Frau zu.
„Ab und zu war er unbeherrscht, jähzornig. Aber ich habe ihn trotz seiner klitzekleinen Schwächen geliebt. Perfekt ist keiner."
Behutsam setzte sie sich, als wollte sie penibel vermeiden, das Kleid auch nur mit dem kleinsten Dreckpartikel zu beschmutzen. Sie blickte auf das imposante Jugendstilgebäude gegenüber.
„Er hat sich um jeden gekümmert ..."
„Frau Flussmüller! Nun bleiben Sie mal bei der Sache! Logisch, Sie trauern, das verstehe ich. Doch diese Verherrlichung bringt uns nicht weiter. Ich kann nicht nachvollziehen, wie Sie das meinen. Ihr Partner galt als Egoist, bei allen, die wir bisher befragen konnten. Wir haben in der Bank, bei Kollegen recherchiert. Etwas Positives haben wir nicht ein einziges Mal gehört. Nie konnten wir irgendwas Nettes rauskitzeln. Um was oder wen hat er sich gekümmert?"
Klar schlug den Kuli in nervösem Stakkato auf den Tisch.
„Robert hatte dieses Helfergen. Das sagt man Frauen nach, oder?" Zustimmung heischend blickte sie ihn erwartungsvoll an.
Widerwillig ließ sich Klar einen Moment auf das Spiel ein und erinnerte sich spontan an eine der Ex-Freundinnen, deren Zahl er nur schätzen konnte. Die Frau war im Vergleich zu den Sammlerexemplaren rückblickend besonders anstrengend gewesen.
„Kann schon sein", murmelte er und verzog das Gesicht.
„Roland hat sich für Freunde interessiert. Verstehen Sie. Man konnte sich auf ihn verlassen. Wo gibt es das noch? Zuverlässigkeit meine ich."
Klar fasste es nicht. Der Liebhaber Antonia Flussmüllers hatte in Bad Soden eine Familie gehabt. Warum machte sie nach dem Mord auf heile Beziehung? Möglicherweise wusste sie nichts über Gebers Begegnungen mit jungen Männern. Oder sie verdrängte aus einem Grund, über den er aktuell nur spekulieren konnte, die Fakten.

„Wussten Sie vom Geliebten Ihres Partners?"
Klar biss sich auf die Lippen. Vielleicht war er zu diesem Zeitpunkt mit der Frage zu weit gegangen.
„Roland hat Freunden im Notfall Geld gegeben."
„Freunde ...?"
Sie reckte seufzend ihr Kinn. Das Papiertaschentuch aus Staatsbesitz lag zerknüllt in ihrer Hand.
„Sie haben meine Frage nicht beantwortet! Hatte Roland Geber einen ...?"
„Wenn Roland sich was vorgenommen hat, und irgendein anderer das Ziel eher gepackt hat, da hätten sie ihn mal sehen sollen. Das hat den richtig wütend gemacht. Super ehrgeizig war er. Um jeden Preis wollte er an die Spitze."
Der Hauptkommissar faltete die Hände und beugte sich angespannt über den Schreibtisch. Jetzt reichte es. Er musste die Zeugin mit der Realität konfrontieren.
„Wussten Sie, dass Roland Geber regelmäßige sexuelle Kontakte zu Männern unterhalten hat, in der sogenannten Szene kein unbeschriebenes Blatt war?"
Die junge Frau blickte mit aufgerissenen Augen zur Tür.
Der Alte stand unvermittelt im Ermittlungsraum. Mit ausladenden Schritten war er ins Zimmer gestürmt.
Klar zuckte zusammen. Er war überrascht und maß gedanklich die Körperfülle des Riesen.
Die Sonne beleuchtete von hinten die silbernen Haare des Landrats.
„Bei aller Toleranz! Das geht nicht, Herr Flussmüller! Sie platzen in eine Vernehmung, stören die Ermittlungen. Wie wäre es mit anklopfen, bevor sie hier reinrumpeln?"
Verächtlich winkte der Landrat ab und stoppte wenige Zentimeter vor dem Hauptkommissar.
„Vernehmung? Lächerlich! Ich habe Ihre unverschämten Fragen an meine Tochter gehört und bin über das Verhalten der Polizei sehr verärgert. Antonia hat den Geliebten verloren!"
Klar entschied sich für Deeskalation.
„Ich habe volles Verständnis für die Sorgen eines Vaters. Verschaffen Sie sich bitte kurz einen Eindruck über unser Gespräch. Dann werden Sie beruhigt sein."
„Gespräch? Das ich nicht lache. Das ist ein In-die-Ecke-drängen meiner Tochter."
Flussmüllers Gesicht war krebsrot. Klar wurde unmittelbar an seine BMW Lieblingsfarbe Karmesinrot aus den Achtzigern erinnert. Die

Worte des Alten hallten in dem kleinen Büro. Dem Mann musste Zeit gegeben werden. Dann würde die Wut abebben.
Unvorhergesehen meldete sich Antonia Flussmüller mit gesenkter Stimme.
„Ich komme mit der Befragung gut klar, Papa. Mach dir keine Sorgen, bitte."
Sanft berührte sie die Schulter Flussmüllers mit einer Hand und streichelte kurz darüber, wie um ein paar Staubflusen wegzuwischen. Liebevoll blickte sie auf.
Flussmüller drückte die junge Frau fest an sich, während er schnell mit den Händen über ihren Rücken rubbelte.
„Rolands Tod macht mich sehr traurig. Ist normal oder?"
Vorsichtig hielt sie den Kopf an die Brust des Vaters gedrückt.
Klar witterte seine Chance.
Bitte lassen Sie Ihre Tochter kurz mit uns alleine. Machen Sie sich keine Gedanken. Wir sind fast am Ende der Befragung."
Der Hauptkommissar stellte sich mit gebührendem Abstand vor Flussmüller.
Die Blicke von Vater und Tochter kreuzten sich. Wenige Sekunden verstrichen.
„Einverstanden! Aber ...."
Klar und Loiperdinger atmeten fast gleichzeitig aus.
„Ruf mich, Antonia, wenn was nicht in Ordnung ist."
Steif und bewegungslos stand der Landrat im Raum. Nickend schnäuzte sie ins Papiertaschentuch.
Ohne ein Wort zu verlieren, deutete Loiperdinger dem Riesen die Tür. Liebend gerne hätte er diesen arroganten Typen bis zum Platz vor dem Vernehmungszimmer begleitet, um dann mit voller Wucht vor die Stuhlbeine zu treten, damit diese splitterten.
Vorsichtig schloss Annette die Vorzimmertür. Mit offenem Mund hatte sie wegen des erhöhten Geräuschpegels die letzten Minuten im Türrahmen gestanden. Klar drückte die Nasenflügel zusammen.
„Sie sollten sich auf keinen Fall bei der ersten Befragung zu sehr verausgaben, Frau Flussmüller. Vielleicht hat Ihr Vater recht, die Befragung war zu provokant. Eine letzte Frage noch. Dann sollten wir zum Ende kommen."
Erwartungsvoll blickte die junge Frau den Hauptkommissar an.
„Können Sie uns bitte bis morgen die Namen der engsten Freunde und Kollegen Ihres Partners aufschreiben? Wir machen erst mal mit den Ermittlungen im weiteren Bekanntenkreis und im beruflichen Um-

feld weiter. Dazu benötigen wir die Liste. Schreiben Sie, wer mit Ihrem Partner Probleme gehabt hat. Sie wollen auch, dass wir zügig vorankommen."

„Natürlich! Bis morgen Mittag?"
Antonia Flussmüller war nach der Frage Klars aufgesprungen, hatte für einige Sekunden kokett die Hüften bewegt und das eng anliegende Kleid glattgestrichen. Ruckartig blieb sie stehen.
Klar fragte sich, warum die Frau der Frage nach dem Geliebten ihres Freundes ausgewichen war. Das herauszufinden, würde Loiperdingers Job sein.

München, Auenstraße, 4. September 2008, 22:50 Uhr
Ingo schaute aus dem Fenster im vierten Stock des 50er-Jahre-Gebäudes Richtung Isar. Bedächtig zog er den blickdichten Vorhang aus weinrotem Stoff zu.
„Vor einer Stunde hat der Moderator im Radio Regen angesagt. Und rausgekommen ist dieser Sturm."
Enttäuscht blickte er seinen Freund an. Den Gedanken an ein spätes Joggen auf den Nockherberg und zurück musste er fallen lassen. Mit verschränkten Armen blickte er in den mit angesagten Designerstücken zugestellten Wohnraum.
„Woher kennst du Fabian, Ralf?"
Sein Erinnerungsvermögen schien bereits mit Anfang Dreißig nachzulassen. Das machte ihm Angst.
Gedanklich kramte der Pädagoge in der jüngeren Familiengeschichte nach Demenzkranken. Er zwang sich ehrlich zu sein. Spontan fielen ihm Tante Marga sowie zwei Onkel ein, was seine Angst keineswegs minderte.
Ralf gähnte. Im Zeitlupentempo legte er die TV-Zeitschrift auf den Couchtisch. Er schien die Frage nicht gehört zu haben.
„Wieder nichts Geiles im Nachtprogramm. Wir sollten über ein Pay TV-Abo nachdenken. Vertreibt die Langeweile nach Büroschluss. Schließlich sind wir seit knapp sieben Jahren ein Paar, und bei einem coolen Schirmangebot muss man sich nicht den ganzen Abend über irgendwas austauschen."
Maslaton räkelte sich auf dem dunkelbraunen Designersofa aus Schwarzwälder Manufakturproduktion.
Kurz darauf landete die futuristisch geformte Fernbedienung des Bang und Olufsen Fernsehers am Rand des in dunklen Marmortönen gefärbten Wollteppichs.

„Kannst du dich an unser Gespräch vor vier Wochen erinnern, Hase?"
„Welches meinst du?"
Ingo schmunzelte.
„Wir haben besprochen, dass ich den Fabian bei 'nem Pitch kennen gelernt habe."
Ralf hatte die Frage vorhin genau gehört.
„Deine Stirn war ziemlich faltig oder?"
„Stimmt, ich hatte gar keinen Schimmer, was ein Pitch sein sollte."
„Das hier?"
Maslaton machte eine Wurfbewegung und zeigte sein schönstes Lachen. Seitdem wusste der Nichtökonom im Haushalt, dass man den Begriff aus dem Baseball als Synonym eines Verkaufsgesprächs benutzte und in der Wirtschaft als Schaulaufen verstand. Spontan kamen Ingo die Bilder vom Eiskunstlaufen der Frauen bei der letzten Winterolympiade in den Sinn. Ralf hatte die Fragerei damals nicht gefallen. Zu viel Kommunikation am Abend war nicht sein Ding. Er fasste sich an die Nase. Schorf rieselte in einer weißen Wolke auf den Teppich. Dass der Freund genervt war, konnte er nachvollziehen. Als Lehrer war man neugierig und fragte viel. An jenem Abend hatte er Ralf gelöchert. Der hatte sich zusammenreißen müssen, um sachlich zu bleiben.
Der Pitch. Ein Gremium legt Kriterien zur Anbieterauswahl fest und wählt den Geeignetsten am Prozessende aus. Nun erinnerte er sich deutlicher. Fabian war verantwortlich, die Unterlagen verschiedener Unternehmen bei der Auswahl des besten Anbieters für Risikomanagementsysteme in der Bavariabank nach Kriterien auszuwerten, an die er sich nicht mehr erinnern konnte. Ingo warf sich aus Ledersofa, legte den Kopf auf Maslatons Oberschenkel und zappte herum.
„So ein Mist. Im Ersten läuft seit 60 Minuten die zehnte Wiederholung mit diesem kleinen hässlichen Wiener Tatortkommissar."
„Hast recht. Den mag ich nicht, fürchterlicher Langweiler."
„Die vom Zweiten bringen Rosamunde Pilcher."
Ingos Mundwinkel hingen herunter.
„Rocky III und Steiner II – Das eiserne Kreuz – Filme bei den Privaten sind nichts für meine zarte Seele, Darling."
Maslaton zuckte mit den Schultern. Im Dritten lief eine Dokumentation über Franz Josef Strauß ohne auf die Lockheed Affäre einzugehen. Auf Arte brachten sie einen Bericht über die zwanzigste Grönlandreise von Markus Lanz.
„Unser EDV-Experte ist ausnahmsweise einer Meinung mit dem Pädagogen. Wir verkaufen also den Fernseher, nicht wahr?"

Ingo deutete ein Lachen an. Enttäuscht schaltete er ab. Im nächsten Moment erinnerte sich der Lehrer erneut an die Unterhaltung vor einem Monat. Es ging um ein Release zur Verbesserung der Software im Rahmen von Basel II.
Erst auf Nachfrage hatte der Freund die Zusammenhänge erklärt. Basel II hieß die Vorschrift, nach der Banken jeden Tag Risiken maßen und in ein gesetzlich bestimmtes Verhältnis zum Eigenkapital brachten. Wie sich das Kapital definierte und welche unterschiedlichen Qualitäten es hatte, stand auch drin. So richtig verständlich war es für Ingo nicht gewesen.
„Wir sollten Fabian zum Spielabend mit Marc und Bertha einladen."
Bei Agircola, seinem Lieblingsspiel, konnte er von dem Banker bestimmt mehr über den Pitch an sich lernen.
„Ja! Klasse Idee."
Verliebt schaute Maslaton mit stürmischen Nicken herüber.
„Genauso habe ich mir früher in unserm schwulenfeindlichen Spießerdorf ein Leben mit ′nem Mann vorgestellt. Nichts bringt mich wieder nach Brandenburg zurück."
Der EDV-Techniker schüttelte sich.
„Fabian brennt darauf, uns seinen neuen Lover vorzustellen."
Ingo hatte das von Runkel gesteckt bekommen - durch ein anstrengendes SMS-Batteriefeuer gestern zwischen 7:30 und 8:00 Uhr.
Mit Mühe konnte er den folgenden Anrufmonolog des Freundes abbrechen.
„Der Neue ist Wirtschaftsprüfer, glaube ich."
Ralf Maslaton nickte.
„Und promoviert, Roland Geberl. Beim Namen kann ich mich täuschen, manchmal nuschelt Fabi in die Leitung."
Maslaton hielt die Klinke zum Schlafzimmer gedrückt, als von einer Sekunde auf die nächste sein Gesicht kalkweiß wurde. Die Tür schnappte ins Schloss.
„Lass mich drüber schlafen. Am besten pennst du in deinem Zimmer. Letzte Nacht hab′ ich wegen der Schnarcherei kein Auge zugemacht."
Gedämpft hörte Ingo die Stimme des Partners aus dem Schlafzimmer. Was hatte das zu bedeuten? Es sprach nichts dagegen, diesen Roland, wie immer er mit Nachnamen hieß, mit einzuladen. Sein Freund war kein einziges Mal spontan und locker. Wer verstand einen solchen Dickschädel? Früher hatte er gedacht, man würde mit der Zeit vertrauter, wenn man zusammen gezogen war. Bei ihnen war das Gegenteil der Fall. So konnte es nicht weitergehen. Es musste sich was ändern.

Altaussee / Berlin-Zentrum, 12. April 1945, 11:00 Uhr
In Kaltenbrunners Augen loderte es. Die Funker hatten die Verbindung nicht herstellen können. Er erinnerte sich an den persönlichen Befehl Hitlers bei dem Treffen vor sechs Wochen. Der Führer hatte die Anweisung gegeben, die Voraussetzungen für die Kriegsfortsetzung in der Alpenfestung zu schaffen und das Vorhaben optimal umzusetzen. Er zählte auf die SS. Das Schreiben, das ihm mitgegeben wurde, machte den Oberstgruppenführer zum mächtigsten Mann im unteren Teil des geschrumpften Reiches. Stolz hatte Kaltenbrunner seiner Frau berichtet, dass er die Truppen der Wehrmacht, der SS und des Reichssicherheitshauptamtes in Süddeutschland sowie der Ostmark befehligen würde und hinterhergeschoben, dass er der Herrscher des Reiches im Süden sei, wenn es dieser Judenmarionette Roosevelt und dem Kriegsverbrecher Churchill gelingen würde, sich mit den Bolschewisten an der Elbe zu verbinden und Großdeutschland in zwei Teile zu schneiden. Er erinnerte sich an den Glücksmoment, als Hitler ihm die Hand gedrückt hatte. Macht berauschte ihn seit er denken konnte. Auf einen Zug trank er den Schwenker mit dem französischen Cognac leer.
Die Gräfin riss ihn aus den Gedanken. Sie wollte beide Söhne zeigen. Die Zwillingsbuben waren vier Wochen alt. Sie hatten seine große, breite Nase. Kaltenbrunners zahlreiche Gesichtsnarben aus den Degenfechtspielen der Linzer Studentenzeit glänzten fettig. Er hatte andere Sorgen. Der Oberstgruppenführer musste Berlin sprechen. Grob schob er die Frau aus dem Raum.
Der Führer hatte das von Albert Speer entworfene Linz an einem riesigen Miniaturmodell aus Gips präsentiert, nachdem er ihm im Bunker unter der Reichskanzlei den Brief mit der Ermächtigung gegeben hatte. Hitler hatte gesagt, dass er sich augenblicklich eine Kugel durch den Kopf jagen würde, wenn er nicht hundertprozentig sicher wäre, dass die Stadt nach dem Krieg wie im Modell aussehen würde. Sein Glaube an den Sieg der nationalsozialistischen Idee war so stark wie sein Pflichtbewusstsein.
Der oberste Befehlshaber der Wehrmacht hatte genickt. Er sollte schnellstmöglich unterirdische, in Höhen versenkte Munitions- und Waffenfabriken bauen, Soldaten ausbilden und das Reich in die entscheidende Kriegsphase führen. Hitler hatte versichert, er würde über Armeen und Waffen verfügen, die die Wende in diesem Krieg erzwingen würden. Als Ausgangsbasis brauchte er die Alpenfestung, an der sich Alliierte und Bolschewisten die Zähne ausbeißen würden. Den SS-Mann fröstelte voller Stolz, als er an diese Szene dachte. Mit feuchten

Augen schwor er, treu zu seinem Eid zu stehen. Danach war er in einem Fieseler Storch nach Hohenlychen geflogen, um sich in den Heilstätten mit Himmler zu besprechen. Eine Focke Wulff hatte ihn nach Salzburg gebracht, und schließlich wurde er in einem VW-Kübelwagen nach Altaussee chauffiert.

Die Leitung zum Reichssicherungshauptamt stand. Der Funker am Fenster sprang auf.

„Hallo, Oberstgruppenführer?"

„Ich höre Sie nur schwach, Schellenberg, halten Sie den Hörer richtig?"

Kaltenbrunners Hemd war vom Schweiß durchnässt. Längst war die Uniform vom Kragen bis zum Bauch aufgeknöpft.

„Jawoll, Herr Oberstgruppenführer! Ich höre Sie."

„Passen Sie genau auf, Schellenberg, wir haben nicht viel Zeit. Ich brauche hier Männer, Waffen und Geld. Prohaska ist doch ein Bekannter von ihnen. Sorgen Sie dafür, dass er unversehrt auf dem schnellsten Wege zu mir kommt. Ich habe gestern am Telefon mit dem Jüdischen Weltkongress in Stockholm verhandelt. Der Semit hat mir zugesagt, dass wir eine Million US-Dollar gegen 1.200 Juden aus Theresienstadt bekommen, wenn wir sie schnell und gesund mit der Reichsbahn in die Schweiz bringen."

Kaltenbrunner schüttelte fluchend den Hörer.

Schellenberg mochte seinen Chef nicht. Er hatte sich nach Heydrichs Ermordung 1941 als dessen geborener Nachfolger gesehen und musste nach Hitlers Entscheidung zurückstehen.

In aller Ruhe zog der SS-Brigadeführer im Berliner Gestapo-Hauptquartier die Stöpsel aus dem Fernsprecher und legte sie auf den Tisch. Er wusste, was zu tun war. Steimle stand in bequemer Militärstellung im Raum.

„Standartenführer! Sie haben gemerkt, dass ich mit dem SS-Oberstgruppenführer gesprochen habe. Interpretieren Sie es als Vertrauensbeweis, dass Sie im Raum bleiben durften."

Die Stimme verlangsamend, kniff er seine Augen zusammen.

„Sie werden eine Reise in unser Protektorat Böhmen und Mähren machen. Mein Stab wird entsprechende Vollmachten ausstellen. Fahren Sie schnell, Steimle, Großdeutschland wie auch Kaltenbrunner brauchen sie."

Schellenberg stützte sich mit beiden Händen auf den Schreibtisch und beugte den gedrungenen Oberkörper vor. Sein Atem keuchte. Mit der Vollglatze und dem Oberlippenbart wirkte er wie eine Mischung aus Mussolini und Hitler.

„Gehen Sie zu Ihrer Frau, erklären Sie die Änderungen. Meldung morgen um genau 12 Uhr bei mir. Dann folgen genaue Befehle."
Mit einem Stöhnen lehnte er sich zurück und legte die fein polierten Knobelbecher verschränkt auf den Tisch. Jahrelang mitgeschlepptes Übergewicht hatte die Gelenke zerstört.
Der Standartenführer hatte gelernt und die Tür leise geschlossen. Seit Kindheitstagen verabscheute Schellenberg Lärm. Er war gut damit gefahren, leiser und erfolgreicher als die meisten anderen zu agieren. Den großkotzigen, grobschlächtigen Österreicher würde er dran kriegen. Der Mann wollte sich absetzen. Bei Himmler und Hitler hatte er sich besonders seit der gescheiterten Ardennenoffensive aufs Widerwärtigste eingeschmeichelt.
Nun saß der Typ in der Alpenfestung und machte auf gesinnungstreuen Reichsbewahrer im Süden. Er hatte vom Sicherheitsdienst gehört, der Chef habe sich die wertvollsten Kunstschätze unter den Nagel gerissen. Als Kunstmäzen war Kaltenbrunner nicht aufgefallen, die ruhige Gegend im Süden war was anderes als Fronteinsatz. Dafür kannte die Berliner Nazigesellschaft den Obergruppenführer als Frauenverkoster. Nur dieser klumpfüßige Zwerg Goebbels mit seinen Babelsberger Bettbekanntschaften war notgeiler. Mal schauen, was er mit Müller gegen Kaltenbrunner herausfinden könnte. Gleich morgen würde er den Gestapochef anrufen. Der verachtete den Obergruppenführer genauso wie er und war immer zu einer Intrige bereit.

Grünwald bei München, Münchener Straße, 5. September 2008, 19:30 Uhr

Die schwere Limousine rollte langsam vom Hof. Schwarze und grauweiße Kieselsteine spritzten unter den breiten Reifen zur Seite. Vor wenigen Minuten hatte Christian Flussmüller dem Fahrer für den Rest des Tages frei gegeben.
„Der arme Roland!"
Formvollendet, nahezu makellos stand seine Frau kerzengerade mit ruhig ineinander gelegten Händen in weißer Stola sowie hellgrauer Stoffhose im Haustürrahmen.
Die schlanke Endfünfzigerin umarmte ihren Mann und hielt den geneigten Kopf für Sekunden vor seiner Brust. Wenige Tränen rannen über das Gesicht der Frau und tropften auf das schwarze Hemd des Landrats. Schnell wischte sie das Wasser mit einem Rüschentaschentuch weg und schüttelte die stilecht blond gefärbten Haare aus.
„Meine Güte, Christian! Was für Sorgen ich mir um dich gemacht habe.

Das waren wahrlich furchtbare Tage für unsere Familie. Wir müssen zusammenhalten."
Flussmüller löste sich abrupt. Mit beiden Händen schob er seine Frau weg und richtete sich auf. Arm in Arm gingen sie langsam in die Eingangshalle der Villa.
„Norbert hat mir versprochen, den Mörder bald zu fassen."
Posthum war Polizeipräsident, ein Kommilitone aus Kölner Studientagen. So was verband und erzeugte Loyalität.
Bis jetzt wussten sie allerdings nicht viel. Das hatte der Freund am Morgen ins Handy geflüstert.
„Leg dich bitte hin und ruh dich aus, Katrin. Du wirkst erschöpft."
Zärtlich strich er über ihre Haare, während er die Stirn küsste.
„Du hast Recht! Ich bin so aufgeregt. Was sollen die Leute denken, wenn sie das erfahren? Denk an unser Spätsommergrillfest mit den Parteifreunden und dem Golfclub nächsten Samstag. Das müssen wir nicht absagen, Christian, oder? Wegen Rolands Tod meine ich."
Schnell drückte sie ein zusammengepresstes Taschentuch vor den Schmollmund, schaute an sich herunter und richtete mit der anderen Hand penibel die Stola aus.
„Ich habe übrigens mindestens dreißig Mal auf Antonias Handy angerufen! Ohne Erfolg, schrecklich!"
„Antonia liegt in der Ambulanz im Rechts der Isar. Sie hatte einen Kollaps. Ich habe unser Mädchen kurz gesehen. Alles ist soweit in Ordnung mit ihr."
Er antwortete ohne nachzudenken.
Der Aufschrei seiner Frau erschreckte den Landrat und ließ ihn zusammenzucken.
„Wie bitte? Mein Mann ruft mich nicht an, wenn die eigene Tochter im Krankenhaus liegt. Wie selbstsüchtig!"
Vorwurfsvoll blickte sie ihn an, während er sich mit einer Hand auf dem Stuhl abstützte.
Mit scheuem Blick strich er sich schnell über die Haare und wandte sich ab.
„Beruhige dich, Katrin! Meinst du, für mich war das leicht? Es war ein totales Durcheinander. Es ist es mir durchgerutscht, anzurufen. Die Ärzte sind gut. Antonia hat eine Beruhigungsspritze bekommen. Verzeih mir, bitte!"
Der Landrat presste die Worte heraus und biss sich auf den Daumennagel.
„Ich vergebe dir."

Seine Gattin atmete tief durch, presste die Hände an ihre Brust und schaute auf. Christian Flussmüller wartete, ob sie noch etwas von sich geben würde. Unter normalen Umständen war sie gesprächiger und konnte stundenlange Monologe halten. Fragen und Einwürfe ließen sie unbeeindruckt. Doch sie blieb still. Diese Chance galt es zu nutzen. Erleichtert drehte er sich um. So schnell die Spannung kam, so schnell war der Streit verflogen, sofern er mit offenen Karten spielte. Wenn nur alles so unkompliziert wäre, wie das Verhältnis zu seiner Frau.
„Ich bin zum Abendessen in einer Stunde zurück, meine Liebe."
Die Flügeltür zum Salon aus massivem Buchenholz schloss sich. Endlich konnte der Landrat den Single Malt genießen. Er war allein, was ihm seit jeher am besten gefiel. Die Schärfe des Getränks brannte im Hals. Gott sei Dank hatte er stets klare Vorstellungen über die Zukunft gehabt und danach gelebt. Flussmüller nahm einen zweiten Schluck, stellte das Glas ab und verschränkte zufrieden die Arme. Geradlinigkeit, Optimismus, Intelligenz, ehrliche Arbeit! Seine Werte. Das eine oder andere Mal Härte. Voller Ekel dachte er an Geber, diesen Trottel. Der Typ hatte bewiesen, wie man endet, wenn man diese Werte nicht lebte. Seine Werte. Warum hatte sich dieser Bastard nicht entschieden und das Leben an einem Ziel ausgerichtet? Erneut füllte er das Glas. Mit einem Schluck war der Whisky runtergespült. Geber hatte von Anfang an nur Probleme gemacht, nun war er tot! Er musste sich für die Kommunikation gegenüber seinen Parteifreunden etwas einfallen lassen. Dann war da der Golfclub. Die Presse würde in wenigen Tagen herausgefunden haben, dass dieser Eindringling Antonias Geliebter und gleichzeitig mit einer anderen Frau verheiratet war. Das würde eine Menge unangenehmer Fragen an die Oberfläche spülen. Aber gut, die Kanaille war weg.
Bedächtig drehte er den Verschluss der Whiskeyflasche auf und dachte an das Essen mit seiner Frau. In den nächsten Tagen würde er dem Polizeipräsidenten Druck machen und die Ermittlungen in seinem Sinne lenken. Posthum wollte Karriere machen. Bald standen Kommunalwahlen an, der Studienfreund hatte politische Ambitionen. Das hatten mitteilungsbewusste Rotarierfreunde ausgeplaudert.

Berlin, Charlottenburger Chaussee, 16. April 1945, 10:00 Uhr

Berlin, den 16. Das Oberkommando der Wehrmacht gibt bekannt: Heeresgruppe Weichsel: Der Feind trat zum erwarteten Großangriff an der Oder an. Dem starken Artilleriefeuer und dem Bombardement von 3:50 bis 6:30 Uhr folgten feindliche Bodentruppen südlich

wie nördlich von Frankfurt/Oder. Unsere Kampftruppen konnten 225 Panzer vernichten und den Feind daran hindern, tiefer in unsere gut gestaffelten Verteidigungslinien einzubrechen.
Auf der Charlottenburger Chaussee verwesten Kadaver. Prohaska war in Richtung Brandenburger Tor unterwegs. Die Bombe kam aus dem Nichts. Der Explosionsdruck warf den Krüppel mit unbändiger Kraft auf die Erde und hielt ihn dort. Sein Trommelfell platzte. Auf der Stelle wollte er sich eingraben. Der ausgezehrte Körper vibrierte auf dem ausgetrockneten, rissigen Boden. Er schaute auf den Klumpfuß. Fünfzig Meter links der breiten Allee prasselte ein Schwall von Erde, Holz und Steinen auf die freien Flächen zwischen Bäume sowie Sträucher des Tiergartens. Er durfte nicht liegenbleiben, sondern musste aufstehen, weg von den Splittern. Das war eine Tommy-Sprengbombe mit Zeitverzögerung.
Die tiefe Stimme drang vom anderen Tunnelende an sein Ohr. Sanitäter wurden gebraucht. Männer rannten mit einer Bahre in die Staubwolke, wo sie das Explosionszentrum vermuteten. Die Stille erinnerte an die Linzer Jugendzeit, als er Mutter beim Aussäen im Garten geholfen hatte. Er taumelte hoch und klopfte sich den Staub von der Jacke. Die Dachkuppel des Reichstags war ein windschiefes Stahlgerüst, das Adlon getroffen. Dann wurde er ohnmächtig.

München, Hans-Sachs-Straße, 6. September 2008, 22:00 Uhr
Fabian Runkel gähnte. Die schmalen Augen waren auf Schlafmodus geschaltet. Zumindest Ayse hatte ihn mit der allabendlichen Anruforgie verschont.
Der Ventilator des Rechners pustete warme Luft in das nach Katzenurin riechende Zimmer. Morgen früh musste er die Sägespäne in Penelopes Klo tauschen, sonst würde sich der Gestank in die Möbel und Vorhänge gefressen haben. Zitus hatte geschrieben. Er wollte ein Date. Der Mann bot einen Ganzkörpercheck per Cam an, das Gesicht sollte verdeckt bleiben. Klang interessant. Runkels nervös über den Bildschirm wandernde Blicke sahen den Body eines attraktiven Manns in den besseren Jahren. Der Profiltext passte. Dieser Typ fiel ins Beuteschema.
Er zog beide Beine auf den Stuhl und umschlang die Knie. Ayse musste warten.
Wenn sein Freund sich vergnügte, konnte er das längst. Ein heiseres Hundekläffen aus dem PC-Lautsprecher ertönte. Die Nachricht hatte den Account des Rechners verlassen. Der Banker setzte die Beine auf den Boden und blickte auf die sündhaft teure Rolex, die er von Roland

ein paar Monate zuvor zur Versöhnung geschenkt bekommen hatte. Mit trotzigem Blick schnippte er mit dem Zeigefinger ein Hautstück von der Schläfe. Wie hieß dieser Gay Julian Typ? Die Gedanken wanderten zu Geber zurück.

Berlin, Charlottenburger Chaussee, 16. April 1945, 11:00 Uhr
Der Bombenkrater war notdürftig mit schlampig zusammen genagelten Kreuzen aus billigstem Weichholz gesichert. Den ersten Luftangriff auf Berlin hatten die Franzosen Anfang Juni 1940 geflogen. Am Tag danach fuhr Sarah mit ihm mit der Straßenbahn nach Tempelhof. Staunend standen sie mit Dutzenden anderer vor den Ruinen und bemitleideten die Obdachlosen. Heutzutage waren die Menschen neidisch auf jene, die in den bloß leicht zerstörten Wohnhäusern lebten. Zusammen mit Mutter und Alexander wohnte Prohaska im Bayerischen Viertel. Heute war Angriffswetter, klare Sicht für die Piloten. Er fror bei diesem Gedanken trotz der leicht wärmenden Frühjahrssonne.
Die Bilder des letzten Großangriffes auf den Kiez ließen ihn nicht schlafen. Tagsüber konnte er keinen klaren Gedanken fassen. Bisher hatten die Bomber das Viertel verschont, weil hier vor den Deportationen viele Juden gewohnt hatten. Mit anderen Helfern hatte er die Leichen geborgen, identifiziert und dann auf vier bis sechs Meter hohe Totenhügel gestapelt. Am Ende brannte Menschenfleisch. Dann lag ein süßlicher, penetranter Geruch über der Mitte und dem Westen der Stadt. Siebzig Prozent der Leichen waren Männer. Prohaska hielt sich ein Nasenloch zu und spie Rotze aufs Trottoir. Kurz hielt er wegen des schmerzenden Beins inne, um auszuruhen.
Die links sowie rechts der Allee an Bäumen befestigten Tarnnetze waren von Wehrmachtssoldaten, Einheiten der Hitlerjugend und des Volkssturms, in vier Meter Höhe über die breite Ost-West-Achse gehängt worden, um feindliche Flieger zu hindern, Bomben abzuwerfen. Resigniert schüttelte Prohaska den Kopf. Gebückt blickte er erschöpft in Richtung Moabit. In der Wohnsiedlung lebten Arbeiter, die früher in der Spandauer Schuhfabrik tätig waren, deren Chef er seit sieben Jahren war. Am Anfang des Krieges produzierten sie Schuhe für Zivilpersonen, inzwischen ausschließlich Knobelbecher für den Endsieg und Wichse für Paraden, die nicht mehr stattfanden. Die Menschen arbeiteten dafür, nicht in eines der Kampfbataillone gesteckt zu werden, um im Kampf gegen den Iwan zu verrecken. Angst beschlich ihn bei der Vorstellung, wenn die Kettenhunde später Alexander einzögen. Sein Sohn war vor drei Wochen acht geworden und am Geburtstag in die

Hitlerjugend eingetreten. Der Gedanke, dass er später Soldat werden sollte, schnürte ihm die Kehle zu. Der Junge war sensibel und hatte seit einem Jahr Probleme mit dem Sprechen. Prohaska schlurfte weiter. In vier Tagen würde Hitler's 56. Geburtstag sein.

München, Maxburgstraße, 7. September 2008, 8:00 Uhr
Rattelsberger stand um Punkt acht im Büro. Klar fragte sich, ob der Mediziner wegen neuer Kenntnisse so ungewohnt früh auftauchte. Lächelnd blicke er zur Assistentin.
Annette kraulte Zitas Ohren. Die Hündin stand auf drei Beinen und kratzte sich mit dem rechten hinteren Lauf am Bauch. Das tat sie immer, wenn ihr Kopf gestreichelt wurde. Als er dies einmal im Spaß als weibliches Nervenleiden abgetan hatte, hatte er einen strafenden Blick seiner Assistentin geerntet. Die Hündin erhielt einen freundschaftlichen Klaps auf den Rücken. Annette stand aus der Hocke auf und beschloss, frischen Kaffee zu besorgen. Ohne Morgenkoffein wurde der Tag mit dem Chef unerträglich.
„Was wissen Sie über mitteleuropäische Linden, Herr Klar?"
Wenn Rattelsberger förmlich war, wurde es ernst.
„Linden? Beeindruckend große Bäume. Im Herbst produzieren sie 'ne Menge Laub. Mein Vater hat sich früher über den Baumabfall vom Nachbarn mokiert. Den musste ich wegfegen und entsorgen."
Das war fünfundzwanzig Jahre her.
„Ich möchte Sie nicht damit langweilen, welche Spezies von Linden es gibt und an welchen Orten der Welt sie wachsen. Doch zwei Informationen dürften interessant sein. Der älteste Baum Münchens ist eine Winterlinde und steht in Nymphenburg. Genauer gesagt, in der Nederlinger Straße. Alter gute dreihundert bis dreihundertfünfzig Jahre."
„Okay ..."
Der Hauptkommissar fragte sich, was diese Mischung aus Biologie und Heimatkunde-Unterricht mit dem Fall Geber zu tun hatte.
Rattelsberger schmunzelte.
„Genaues weiß man allerdings nicht, da erst der natürliche oder ein von Menschenhand herbeigeführte Tod dieses Baumes und sein Sezieren eine exakte Altersbestimmung ermöglichen würden. Das möchte natürlich niemand."
„Natürlich nicht."
„Lassen Sie mich weiter den Besserwisser spielen, Herr Klar, den Sie an mir mögen."
Der Arzt grinste.

„Einige der zweitältesten Linden der Stadt, von der Spezies der Winterlinden, stehen im Englischen Garten. Diese außergewöhnlichen Exemplare sind zwischen fünfunddreißig und vierzig Meter hoch, der Stamm misst im Durchmesser zwischen 1,50 und 1,80 Meter."
Die gestelzte Sprache von Rattelsberger und das Dozieren trübten Klars positives Bild über den Mediziner ein. Langatmige Ausführungen nervten den Hauptkommissar. Er liebte zackige Informationsvermittlung, keine schwülstigen Ausführungen.
Der Arzt wühlte im Papierstapel.
„Sie fragen sich, warum ich das erzähle. Wir haben in unserem Labor Spuren von Blattresten unter Gebers Fingernägeln gefunden, die von Linden im Alter von circa zweihundert Jahren stammen."
Rattelsberger blickte von seinen Unterlagen auf und ließ fröhlich die Lesebrille in der Rechten kreisen. Er dachte nicht daran, auf einen Einwurf Klars zu warten. Ohne die Stimmmodulation zu ändern, schob er die nächsten Sätze hinterher.
„Diese Laubbäume stehen im nördlichen Teil des Englischen Gartens. Die meisten Orte in Mitteleuropa hatten früher ihre Dorflinde, die das Zentrum für Nachrichtenaustausch und Brautschau war. Anders als die Stieleiche zum Beispiel gilt die Linde als weibliches Wesen."
Annette stellte das Tablett mit dem Kaffee auf den Schreibtisch Klars. Ohne etwas zu sagen, ging sie aus dem Zimmer.
„Die Gegend, wo die Winterlinden exzellent gedeihen, wird bei Homosexuellen Ledernest genannt. Treffpunkt für Männer, die den schnellen sexuellen Kontakt suchen."
Endlich hatte er die Kurve gekriegt. Klar stimmte dem Pathologen zu. Am Anfang seiner Karriere in München, war er als junger Polizist mit Kollegen nachts das eine oder andere Mal im Englischen Garten hinter dem P1 Streife gefahren. Dort hatten sie in der Parkverbotszone mit Handsuchscheinwerfern in Audis, BMWs und Mercedesfahrzeuge geleuchtet. Es waren nicht nur Schwule, die sich vergnügten, das eine oder andere Mal waren Kindersitze auf den Rücksitzbänken befestigt.
„Geber ist mit hoher Wahrscheinlichkeit im Verlauf des Abends, an dem er ermordet worden war, im Englischen Garten gewesen. Möglicherweise starb er an einem vorher eingenommenen oder verabreichten Giftcocktail im Ledernest, ist dann in seine Wohnung geschafft worden, oder er war im Verlauf des Abends an dem Schwulentreff gewesen und wurde kurz danach ermordet.
Rattelsberger verschränkte demonstrativ die Arme und streckte den Oberkörper. Er schien Gedanken lesen zu können.

„Dann wäre es eine Vergiftung mit Zeitansage gewesen."
„So würde man es ausdrücken."
Klars Handy klingelte. Ein Smiley auf dem Display wies die Anruferin als Favoritin aus. Anna Wolff war eine sehr gute Freundin. Sie arbeitete ehrenamtlich im Waisenhaus Ammerland und betreute sein Patenkind.
„Hallo, Gregor! Ich mach´s kurz!"
Die Stimme der alten Frau klang höher als sonst und besorgt.
„Julia hat vorgestern einen schweren Schub bekommen. Der Zustand unserer Kleinen ist sehr schlecht, sagt der Arzt. Ich bin so traurig. Die Süße hat nach dir gefragt. Kannst du bitte mit ihr sprechen?"
Ein kurzer Anruf war nicht Annas Art. Schon gar nicht legte sie ohne Verabschiedung auf. Klar musste sich schleunigst um Julia kümmern. Überstürzt dankte er Rattelsberger für die Informationen. Er bat ihn, die Analyseergebnisse rasch schriftlich und elektronisch zur Verfügung zu stellen.
Der Volvo war direkt vor dem Haupteingang des Kommissariats geparkt. Was war mit Zita los? Widerwillig trottete die Hündin mit hängendem Kopf Richtung Ausgang.
Endlich war sie am Auto angekommen und sprang mit einem Satz auf die Rücksitzbank des Oldtimers. Er ließ den Vierzylinder an. Ohne Stau würde er in fünfzig Minuten in Ammerland sein. Für das Treffen mit Julia hätte er zwei Stunden, denn am frühen Nachmittag musste er wieder in München in der Bavariabank sein, um die Vorstände zu befragen. Wirtschaftsleute mochten es nicht wenn man unpünktlich war. Schon vor Rattelsbergers Besuch hatte er die Namen auf Gebers Kontaktliste gelesen und danach telefoniert. Alle wollten ihn persönlich sprechen. Am Nachmittag würde er mit Dr. Wilhelm Aurus, dem Vorstandsvorsitzendem, beginnen.
Klar war vor zwanzig Monaten auf das Waisenhaus gestoßen, in dem Julia lebte. Hundertfünfzig elternlose Mädchen und Jungen waren hier dauerhaft untergebracht.
Er war mit einem Freund zum allabendlichen Spaziergang mit Nero, einem Blue Marlin Australian Shepard, unterwegs. Kurze Zeit danach starb der Rüde an Altersschwäche.
Anna Wolff spielte vor dem alten Gebäude mit einer Jungenmeute Fußball. Sie kamen ins Gespräch. Die Heimleitung suchte ehrenamtliche Helfer. Anna gab ihm den Tipp mit dem Verein zur Integration und Betreuung behinderter Kinder in München. Annette war von der Idee zu helfen hellauf begeistert. Vier Wochen später lagen einige Vorschläge zu betreuender Kinder in der Post. Nach Durchsicht der Profile und

dem Studium der Lebensläufe war die Entscheidung auf Julia gefallen. Ihre Geschichte, kurz nach der Geburt ohne Eltern zu sein, hatte ihn besonders angerührt. Das Mädchen liebte ihn. Es war ein erhebendes Gefühl, für jemanden da zu sein.

Ammerland, 7. September 2008, 10:10 Uhr
Klar drückte den Klingelknopf des Heimes. Die Gegensprechanlage schien zu bersten. Annas Wolffs helle, laute Stimme überschlug sich. Schnell öffnete sich das Tor. Eine Minute später eilte die Siebzigjährige ihm strahlend mit offenen Armen entgegen.
„Lass dich erst mal umarmen, mein Lieber!"
Bei 1,55 Metern musste sie sich strecken, um Klars Schultern zu erreichen und seinen Körper zu drücken.
„Gut schaust du aus! Julia wartet sehnsüchtig!"
Anna Wolffs Herz schlug wie ein Bergwerk. Zum Glück sprach sie nicht dialektfrei. Er mochte die gebürtige Berlinerin, die mit zwanzig wegen der Liebe nach München gezogen war und immer wieder aufs Neue lebendig aus den wilden Schwabinger Tagen der 60er und 70er Jahre berichtete. Seit 1990 lebte sie mit einem Allgemeinmediziner in der Sendlinger Hirsch-Gereuth-Straße. Beherzt gab die alte Frau ihm einen Kuss auf die Wange.
„Gut riechst du. Ist das der neue Baldessariniduft, von dem du letztens erzählt hast?"
Klar rieb sich schnell nickend ungeduldig die Hände.
„Wo ist meine Hübsche? Du behandelst Julia wie deine eigene Tochter."
„Wie meine Enkelin."
Anna Wolff zeigte ein feines Lächeln.
„Mir geht die Geschichte unserer Kleinen wahnsinnig nah. Du glaubst nicht wie. Dr. Hoffmann kann nichts über die Rückfallursache sagen."
Ihr ausweichender Blick ließ sein Herz schneller schlagen.
Unvermittelt stand der dünne, blasse Zivildienstleistende in langen, olivgrünen Umschlaghosen und grauem Schlabberpullover vor ihnen. Mit dem rechten Fuß betätigte er die Feststellbremse des Rollstuhls mit den überdimensioniert wirkenden Reifen. Schnell trollte er sich.
Klar beugte sich nach unten und umarmte Julia. Er fühlte die Röte ins Gesicht steigen. Das passierte, wenn er Mitleid empfand oder ihn die Ohnmacht übermannte. Julias Gliedmaßen standen ungewohnt in einem steilen Winkel zueinander. Klar schaute aus dem Fenster.
Ich kann nicht klagen. Bald ist Schule. In der Ersten haben wir Mathe. Lesen mag ich viel lieber. Und bei dir?"

Julias Gesicht sah schief aus. Er hatte sich nur mit Mühe an den Anblick gewöhnt.

„Hoffentlich hast du Zeit für die Spazierfahrt mit deinem Fünfgang-Luxusgerät."

Julias Augen begannen zu leuchten. Hektisch bewegten sich die Arme nach oben, der Körper vibrierte.

„Eine Rallye durch den Park ist geil. Bis Mathe losgeht, haben wir 'ne Stunde Zeit."

Klar schob den Rollstuhl Richtung Ausgang. Julias Gesichtsmuskeln zuckten. Plötzlich schien sie nur noch mäßig begeistert zu sein. Er hatte keine blassen Schimmer über die Ursache.

„Du magst doch Überraschungen. Zita wartet im Auto!"

Julias Gesichtszüge hellten sich mit einem Mal wieder auf. Klar hatte Mühe, dem Rollstuhl zu folgen.

„Tschüss, Anna! In dreißig Minuten sind wir wieder zurück!"

Strahlend winkte ihnen die Pflegerin nach.

Der Volvo stand vor dem Gebäude an der Uferstraße. Die Hündin hielt die Schnauze ans Fenster und konnte es kaum erwarten, aus dem Auto zu hüpfen. Klar öffnete die Beifahrertür einen Spalt. Sofort drückte das Tier nach, um heraus zu springen. Zita schlabberte die Kleine vollständig ab. Julia strahlte.

„Igitt, hör auf! Das ist eklig."

Klars Stimme klang streng. Das Tier gehorchte und näherte sich in schnurgerader Linie dem Starnberger Ostufer.

Der Elektromotor schaltete in die mittlere Geschwindigkeitsstufe. Die Kleine fuhr einen flotten Reifen. Wie sie liebte Klar die Stimmung am Starnberger See und besonders diese Seite.

Das junge Mädel hatte Probleme, mit dem Finger über die Uferstraße zu der Gruppe von Schwänen zu zeigen, die sich majestätisch aus dem Wasser erhoben.

„Ich lese ein Buch über die Geschichte unseres Waisenhauses. Aufm Buchumschlag gibt's Schwäne."

„Das sind aber nicht die, die dort drüber geflogen sind."

Klar Augen folgten schmunzelnd den Vögeln, die in zwanzig Meter Höhe zum Rundflug ansetzten. Er bewunderte die ausladenden und gleichzeitig grazilen Bewegungen.

„Weiß ich!"

Beleidigt zog Julia eine Grimasse.

„Ein Schwan kann bis zu fünfzig Jahre alt werden, habe ich in Bayern 2 gehört. Das sind achtunddreißig mehr als ich!"

„Theoretisch stimmt das."
Der Hauptkommissar schluckte. Seine Hand umklammerte die Rückseite des Rollstuhls und drehte ihn um 180 Grad.
„Ich kann mir nicht vorstellen, was so ′ne Heimchronik für einen hübschen Teenager interessant macht."
Ausgelassen zeigte Klar Richtung Wasser.
Zita flitzte dem Holzstück hinterher. Mit weitem Satz sprang sie in den See.
„Ich find Geschichte cool. Keine Ahnung warum."
Der Rollstuhl drehte.
„Das Waisenhaus stand früher in Nymphenburg in der Waisenhausstraße 20. Im Krieg haben sie dann die Mädels und Buben in andere Heime an den Tegernsee oder nach Ammerland verlegt."
„Vermutlich wegen der Luftangriffe."
Die Hündin schüttelte am Ufer gekonnt die Nässe aus dem Körper.
„Stimmt, Greg! Stand im Buch. Irgendwann sind fünfzehn Heimschwestern und Oberinnen gestorben. Bombenvolltreffer. Schlimm! Zum Glück waren keine Mädels oder Buben im Haus."
„Sehr traurig. Du bist ′ne wissbegierige Leseratte. Ich würde dir gerne länger zuhören. Aber wir sollten zum Haus zurück. Die Pflicht ruft. Ich muss nach München fahren, arbeiten."
Gekonnt wendete die Behinderte enttäuscht den Rollstuhl auf dem morastigen Uferuntergrund und schaltete in die niedrigste Geschwindigkeitsstufe.
„Ist wie beim Fahrertraining aufm Hockenheimring."
Klar lächelte das Mädchen an.
„Ich bin bald wieder hier, und dann möchte ich mehr zur Heimgeschichte erfahren. Beim nächsten Mal lese ich dir was aus dem Buch vor."
Sie waren am Eingangstor angekommen. Anna Wolff wartete mit roten Backen und angespanntem Körper. Zita kam mit langsamem Schritt angetrottet. Die Hündin schien über das Ende des Spaziergangs betrübt. Pflegerin und Julia verabschiedeten den Freund mit Handküssen am Eingangstor. Kurze Zeit später fuhr der Volvo so zügig wie möglich Richtung München. Der Termin war für 16:00 Uhr angesetzt. Er musste Gas geben.
Er hoffte, der Arzt hatte mit den Medikamenten Erfolg. Die körperlichen Auswirkungen der Multiplen Sklerose und die belastenden Schübe mussten reduziert werden, hatte Dr. Hoffmann vor kurzem erklärt. Er beschleunigte mit einem Blick auf den Tacho den Oldtimer.

Dieser Dr. Aurus war der Auftraggeber Gebers, hatte auf der Liste Antonia Flussmüllers gestanden. Nur neben seinem Namen waren drei fette Ausrufezeichen gestanden. Vielleicht wusste die Frau mehr über das berufliche Tun ihres Geliebten als sie in der Vernehmung zugeben wollte.

München, Sonnenstraße, 7. September 2008, 16:00 Uhr
Fünfzehn Minuten später stand Klars Wagen vor der Tiefgarageneinfahrt der Bavariabank. Sofort fielen ihm die vielen Kameras um das Gebäude auf. Die Frauenstimme aus dem kleinen, runden Lautsprecher der Sprechanlage flötete: „Besucherparkplätze im 3. Untergeschoß direkt neben dem Aufzugsbereich."
Zita musste im Auto bleiben. Sie stöhnte.
Das helle Klingeln kündigte den herabschwebenden Fahrstuhl an. Gedämpft hörte der Polizist die Begrüßung der weiblichen Stimme auf der anderen Seite der Panzerglasscheibe.
Das sah nach Hochsicherheitstrakt aus. Zur Probe klopfte er mit dem Knöchel des Zeigefingers ans dicke Glas. Wie von Geisterhand gesteuert öffnete sich die Tür im Zeitlupentempo.
Die Frau versuchte, den Rock schnellstmöglich herunterzuziehen, was an den langen Beinen scheiterte. Klar genoss den Anblick.
Eine Minute später waren sie mit dem Vorrechtschlüssel ausgestattet in der obersten Etage angekommen. Eine durchsichtige Sicherheitstür trennte den Vorstandsbereich vom öffentlich zugänglichen Raum.
„Vor sieben Jahren sind ein paar Kunden bis hier nach oben gekommen und haben Stinkbomben verteilt. Unglaublich, die Schlafmützen vom Wachdienst hatten nichts bemerkt. Diese Leute haben Anfang 2000 Aktien gekauft und dann ging`s abwärts. Danach haben die Bauarbeiten mit den Sicherheitsmaßnahmen begonnen. Fünf Monate Staub und Dreck. Fürchterlich!"
Mit wippendem Gang bewegte sich die Frau einige Schritte vor dem Polizisten und bat in den Besprechungsraum.
Zumindest war hier kein nörgelnder, qualmender Loiperdinger. Er blickte sich im nüchternen Besprechungsraum um.
„Herr Dr. Aurus telefoniert. Er wird gleich bei Ihnen sein."
„Können Sie mir ein Glas Wasser oder einen schwarzen Kaffee ohne alles bringen?"
Erst jetzt bemerkte der Hauptkommissar die Originalbilder. Vermutlich waren es Chagalls.
„Guten Tag!"

Der Bankchef betrat, mit ausladender Geste auf drei Besucherstühle zeigend, den Raum.
Der Kerl war Anfang bis Mitte Sechzig und maß um die 1,80 Meter. Ungepflegte, mittellange Haare hingen in das teigige Gesicht des Übergewichtigen. Kein besonders attraktiver Mann, der nicht viel aus sich zu machen schien, ungepflegt, auf den ersten Blick untypisch für einen Banker. Klar wunderte sich.
Aurus trug die Brille einer Discountkette. Der schlecht sitzende, graue Anzug und die blasse rote Krawatte waren von der Stange.
„Ich begrüße Sie, Herr Klar! Genießen Sie die Aussicht?"
Aurus zwang sich zu einem Lächeln.
„Kunstkenner können sich klassizistischen Fassaden nicht entziehen. Ich habe vorhin durch die halb offene Tür gesehen, mit welchem Interesse, oder gar Faszination, Sie die Bilder unseres französischen Expressionisten bewundert haben. Entschuldigen Sie bitte, wenn ich zu naseweis wirke."
Freundlich bot er dem Hauptkommissar den Platz an.
„Das mit unserem Herrn Dr. Geber ist eine tragische Geschichte! Der Vorstand und die Mitarbeiter dieses Hauses trauern um diese herausragende Persönlichkeit. Wir fühlen mit den Angehörigen."
Der Bankchef schlug die Augen nieder.
„Frau Artmann, ich möchte in den nächsten exakt neunzig Minuten keine Störung, wenn ich mit Herrn Klar spreche. Hören Sie, keine Störung."
Aurus drückte den Knopf auf der Uhr. Auf der glatten Stirn des Vorstandsvorsitzenden war kein Fältchen zu erkennen. Scheinbar bemühte er sich doch das eine oder andere Mal um Körperpflege.
Eingeschüchtert bejahte die Chefsekretärin und zog sich wie eine Bedienstete im chinesischem Kaiserpalast mit dauernd zum Herrscher gerichteten Blick zurück.
Klar nippte an dem Glas.
„Beginnen Sie, Herr Kommissar. Wir haben uns gestern am Telefon schon kurz vorgestellt und ein wenig geplaudert."
„Lassen Sie uns mit der Frage nach Herrn Dr. Gebers Aufgabenbereich in der Bank starten."
Der Vorstandsvorsitzende erhob sich und ging langsamen Schrittes zum Fenster.
„Zur Beantwortung dieser Frage muss ich ein wenig ausholen. Wir im Vorstand der Bavariabank waren immer selbstbewusst und sehr stolz auf unseren nachhaltigen Erfolg. Der zeigt sich durch hohe Gewinne

sowie in zufriedenen Mitarbeitern als auch Kunden. Daran hat sich in den vergangenen dreißig Jahren nichts geändert. Ehrgeiz spornt nicht nur uns drei in der Geschäftsführung, sondern die ganze Mannschaft an. Mit einer Bilanzsumme von 60 Milliarden Euro ist unser Haus nicht umsonst mit Abstand die größte Regionalbank Deutschlands. Die personelle Kontinuität im Vorstand konnte in der Vergangenheit den einen oder anderen vom Nutzen einer Fusion mit unserem Haus überzeugen."
„Ich verstehe nicht. Was heißt überzeugen?"
„Sie nehmen es richtigerweise sehr genau und sind intelligent genug, eine Frage, deren Antwort sie nicht verstanden haben, der guten Ordnung halber zu konkretisieren. Offensichtlich muss ich meine Meinung über Kriminalpolizisten revidieren. Eine derartige Intelligenz hätte ich einem simplen Beamten nicht zugetraut."
Selbstgefällig griente der Bankchef.
„Wir haben die Entscheidungsträger in anderen Instituten dazu gebracht, an unser großes Geschäftsgebiet anzudocken."
Klar fehlte die Vorstellungskraft, dass sich Banker freiwillig diesem unsympathischen Aurus unterordnen, oder sich gar für ihn begeistern würden. Wenn die weiteren Vorstände der Bavariabank einen Charakter wie dieser Fettsack hatten, wäre das Arbeiten für neue Kollegen die reine Qual.
Der Hauptkommissar hatte keine Ahnung, warum der Mann ihn offensiv anging. War das seine Art oder verfolgte er einen Zweck?
Der Bankchef stand auf, verschränkte die Arme hinter dem massigen Rücken und blickte auf den Königshof.
„Unsere Argumente sind besser gewesen. Wir haben in den vergangenen drei Jahrzehnten die Eigentümer kleinerer oder betriebswirtschaftlich schwacher Häuser vom Nutzen des Zusammengehens überzeugt. In einem größeren Haus lassen sich höhere Gewinne ausweisen und Synergien heben. Landräte, Bürgermeister wie auch Kämmerer erhalten mehr Gewerbesteuer. Das bringt zufriedene Wähler, weil damit Kindergärten, Straßen und andere nützliche Dinge finanziert werden können. So nimmt das dann seinen guten Lauf."
„Jetzt kann ich wieder folgen! Mit Synergien meinen sie arbeitslose Väter oder Mütter."
Klar sah alle Vorurteile über Banker bestätigt. Aurus schien ob der impertinenten Anmerkung sprachlos.
„An der einen oder anderen Stelle haben wir uns zu unserem großen Bedauern von Mitarbeiterinnen und Mitarbeitern in der neuen Struktur trennen müssen. Stimmt!"

Er drückte die Flügel der großporigen Nase zusammen.
„Auf der anderen Seite gibt es bei Fusionen Ertragssynergien. Schwächere profitieren zum Beispiel von besseren Vertriebsstrukturen des Starken. Und der war in allen Fällen natürlich unser Haus. Sie haben bestimmt nichts anderes vermutet, habe ich Recht?"
Der Hauptkommissar schüttelte den Kopf.
„Der eigentliche Schlüssel des Erfolges liegt in unserer Kapitalstärke. Das sichert Arbeitsplätze, was wiederum den Politikern gefällt. Seit langem hat unser Haus die dreifache Eigenkapitalausstattung einer vergleichbaren Bank. Das ist in den heutigen Zeiten das Ass im Ärmel schlechthin. Wir wirtschaften seit Jahren besser als Andere und erledigen die Hausaufgaben hervorragend. Unser Haus hat seinen Sitz nicht in Berlin, sondern in München, wo die Welt in Ordnung ist. Kommen Sie aus der Hauptstadt?"
Der Chef der Bavariabank zog genüsslich den doppelt gebundenen Krawattenknoten in Position. Überlegen lächelte er den Hauptkommissar an.
„Für einen Laien wie mich heißt das, die Bank ist wohlhabend. Trotzdem muss ich die Frage wiederholen, welche Rolle Dr. Geber in diesem Spiel gehabt hat."
Klar rutschte auf dem Stuhl herum. Dass der andere stand, während er saß, war für ihn schwer zu ertragen. Doch er wollte es nicht zeigen.
„Herr Dr. Geber hat das Haus bei den Übernahmen betriebswirtschaftlich beraten und die eine oder andere politische Tür bei Regierungsbehörden geöffnet. Seit 2007 hat er für den Vorstand ein Konzept ausgearbeitet. Die kleinen Regionalbanken sollten unter ein gemeinsames Dach. Wir wollten das so. Er war bei den wichtigen Sondierungsgesprächen mit Politikern oder Vorständen dabei, in alle Interna eingebunden. Es ist gut vorstellbar, dass der Mord etwas mit der Tätigkeit Gebers für die Bank zu tun hat. Am Ende des Tages hat einer dieser enttäuschten Banker ihn aus Hass getötet. Logischerweise werden wir zunächst in Ihrem Haus und in seinem Umfeld recherchieren. Dazu bräuchte ich die Liste der Bankenvorstände, die Sie so großzügig, natürlich auch selbstlos, integriert haben. Dann machen wir Termine."
Klar hielt die Luft an. In Gedanken begann er zu zählen. Der Polizist war auf die Wirkung der Frage gespannt.
Aurus hatte Platz genommen und saß mit fest an die Brust gepressten Armen. Der Sessel gab unter dem Gewicht des Bankchefs nach und brachte das faltige Sitzleder weiter in Unordnung. Mit einem Mal hatten seine Lippen die Form eines dünnen Bleistiftstrichs angenommen.

Klar schien es, als glänzte die glatte Stirn ein wenig mehr als vorhin.
„Selbstverständlich lief das Projekt für alle Beteiligten unproblematisch. Der Vorstand war mit der Arbeit Dr. Gebers sehr zufrieden. Im Übrigen war das ein Millionenauftrag."
Das Klimaanlagengeräusch dominierte den Raum. Keiner der Männer sagte Minuten ein Wort.
„Ich biete die vollständige, bedingungslose Einsicht der Projektakten an und lasse Ihnen sowie Ihren Leuten eine Zugangsberechtigung für den Datenraum verschaffen. Dadurch werden alle Aktivitäten Gebers ohne Wenn und Aber transparent."
Die Provokation hatte dem Hauptkommissar das gewünschte Ergebnis gebracht. Er hätte zwar ohnehin den Zugang zum Datenraum mit staatsanwaltlichem Beschluss erzwingen können, trotzdem freute ihn das überraschende Entgegenkommen von Aurus. Der Mann hatte verstanden.
„Sie müssen mir versprechen, in den Ermittlungen strikte Diskretion walten zu lassen."
Mit einem Taschentuch tupfte sich der Vorstandschef den Glanz zwischen Nase und Mund weg.
„Ich will nichts über die Tätigkeit Gebers für die Bavariabank in der Öffentlichkeit sehen, lesen oder hören. Das würde zu völlig unnötigen Irritationen führen und uns als Regionalbank in Zeiten der Finanzmarktkrise außerordentlich schaden. Wir spüren wegen des Debakels in den Großbanken Rückenwind. Die starke Brise soll uns weiter tragen."
Klar streute noch mehr Salz in die Wunde.
„Selbst wenn durch unsere eigene Professionalität nichts nach außen dringt, würde die Presse blitzschnell von der Geschichte Wind bekommen. Die Polizei kontrolliert nicht alle Informationskanäle des Landes. Außerdem wollen wir das nicht."
„Das weiß ich. Mein einziger Wunsch ist Diskretion."
Mit einem Kamm aus der Sakkoinnentasche richtete der Bankchef die vollen Haare aus und blickte erstaunt nach rechts.
Der Mann im Türrahmen war von derselben Körpergröße wie der Vorstandsvorsitzende. Im Gegensatz zu Aurus wirkte er wie aus dem Ei gepellt. Er durfte einiges jünger als dieser sein.
Der marineblaue Anzug war aus fein konturierten, kaum sichtbarem, quadratischem Muster. Runde, hellrote Manschettenknöpfe mit Silberumrandung passten farblich perfekt zur rot-weiß gestreiften Krawatte. Die Füße steckten in Schuhleisten eines amerikanischen Edelanbieters. Das rechte Armgelenk schmückte eine schwarze Rolex Perpetual.

„Ich habe doch ausdrücklich keine Störung gewünscht!"
Hilflos zuckte Frau Artmann hinter dem Mann mit den Achseln.
Klar zwang sich, nicht direkt auf das braunschwarze Muttermal in der Glatzenmitte zu glotzen. Es hatte die Form wie auch Größe eines mittleren Eichenblattes und verlief in einer sauber gezogenen, geraden Linie von vorne nach hinten. Circa vier Zentimeter über der Mitte der Augenbrauen war das Ende. Das Ding dürfte mindestens fünf Zentimeter lang sein, mächtiger als bei Gorbatschow.
„Sie fühlen sich hoffentlich nicht gestört!"
Der Mann reichte beiden die Hand.
„Vorstandskollege Rath."
Unbemerkt sog Klar den leicht süßlichen Geruch des neuen Eau de Toilette von Kiton ein. Mit ein wenig Wehmut erinnerte sich der Hauptkommissar an das Weihnachtsgeschenk der vorvorletzten Freundin.
„Rath zeichnet in der Geschäftsführung unseres Hauses seit fast drei Amtsperioden für den Handel mit Geld, Devisen und Wertpapieren sowie das Firmenkundengeschäft verantwortlich. In ein paar Monaten steht die Vertragsverlängerung um weitere fünf Jahre an."
Aurus nickte lachend dem Kollegen zu.
„Eine schreckliche Geschichte, was Geber passiert ist. Ich habe natürlich selbstredend ausgesprochen gerne mit ihm zusammen gearbeitet."
Schauspielerisch gekonnt wischte sich Rath über die pulvertrockenen Augenhöhlen.
„Wir stehen am Anfang der Ermittlungen. Da kann ich noch nicht viel sagen."
„Na dann ..."
Ohne Vorwarnung ließ der Vorstand Klar und Aurus zurück. So schnell der Mann gekommen war, verschwand er wieder. Seine Neugierde schien gestillt.
Die unerwartete Flucht des Bankvorstands war ein guter Anlass, sich zu verabschieden. Allein wollte der Hauptkommissar mit Aurus nicht im Raum sein.
Das rasche Aufstehen des Bankchefs überraschte.
Die Hände knetend, begleitete er Klar steifen, doch schnellen Schrittes durch das Vorzimmer zur Sicherheitsglastür. Fast hatten sie Aurus' Kollegen eingeholt.
„Geben Sie Draam Bescheid! In genau fünfzehn Minuten setzen wir uns zur Vorstandssitzung zusammen. Übrigens: ich lege zwar nicht viel Wert auf Äußerlichkeiten, dafür hasse ich schlechten Stil, zum Beispiel sich ohne Verabschiedung aus dem Staub zu machen", rief er laut in den Gang.

„Ich informiere Frau Artmann. Sie soll den kleinen Sitzungssaal vorbereiten."

Mit rotem Ballonkopf stand Rath wie angewurzelt, fünf Meter weiter vorne auf den Boden starrend, im Gang. Offene, laute Maßregelung war peinlich. Wie ein kleiner, bei einem Streich ertappter Schuljunge schlich er von dannen.

Der Hauptkommissar machte sich schleunigst auf den Weg, um der unangenehmen Szene zu entkommen.

Zita wartete gelangweilt im Auto. Knapp zwei Stunden hatte er sich für die Befragung Zeit genommen. Der eine Banker war ausgesprochen selbstbewusst. Aurus gab den zielorientierten, überheblichen Choleriker und Machtmenschen. Über Rath hatte er kein eindeutiges Bild. Als nächstes würde er Loiperdinger beauftragen, die Liste mit den Verlierervorständen aus den übernommenen Banken abzuarbeiten. Vorher musste der Kollege den Verwaltungsratsvorsitzenden zu Hause besuchen und befragen. Er selbst würde sich mit diesem Fabian aus dem Netz treffen.

Berlin, Wilhelmstraße, 16. April 1945, 11:00 Uhr

Die Nazis schafften es zum Führergeburtstag die Fassaden der Regierungsgebäude für Filmaufnahmen des Propagandaministeriums aufzumöbeln.

Prohaska bahnte sich mit dem Klumpfuß den Weg zwischen den Trümmern auf der Wilhelmstraße.

Sie mussten es tun, damit das Volk glaubte, alles würde wie früher funktionieren. Er hielt inne und fragte sich, was passierte, wenn die Regierung den Leuten das erzählte, was tatsächlich war und nicht das, von dem sie dachte, dass sie es erzählen musste, weil das erwartet wurde.

Erschrocken starrte er einen alten, zerlumpten Mann an, der ihn aus drei Metern Entfernung fixierte.

„Wissen sie, dass der Iwan genau zwei Stunden und fünf Minuten braucht, um Berlin zu erobern?" Zwei Stunden, um sich kaputt zu lachen und fünf Minuten, um unsere Panzersperren zu überrollen."

Prohaska zwang sich zum Mitlachen.

Vierzehn lange Jahre kannte er den Charme der Reichshauptstädter. Am Anfang war er mit dem Berliner Charakter nicht zurechtgekommen.

Er war in Linz geboren und aufgewachsen. Seine Frau brachte ihm das Innenleben der Hauptstadt näher. Das war, bevor sie Sarah nach Theresienstadt deportierten.

Der bucklige Alte im verschlissenen Mantel schlich grußlos weg. In einer Stunde würde er Steimle in dessen Büro in der Wilhelmstraße gegenübertreten. Er musste erfahren, wie es Sarah ging. Seit vier Wochen bat er um diesen Termin beim Standartenführer und war jeden Tag im Amt persönlich vorstellig gewesen. Steimle hatte ihn nicht ein einziges Mal empfangen. Er musste wissen, dass er seit den gemeinsamen Linzer Studientagen mit Kaltenbrunner befreundet war.
Vor sechs Monaten war ein nichts sagender, kurzer Brief aus Theresienstadt gekommen.
Prohaska zitterte bei dem Gedanken, ihr könnte etwas zugestoßen sein. Seit knapp drei Jahren war sie im Vorzeige-Konzentrationslager der Nationalsozialisten. Die Nazis hatten sie mitten in der Nacht ohne Ankündigung von zu Hause abgeholt. Kleidung für einen Tag durfte sie mitnehmen, außerdem notwendiges Waschzeug. Die Gestapomänner drückten den zerbrechlichen Körper in den schwarzen Mercedes und fuhren mit quietschenden Reifen weg. Ein Adieu auf den Lippen war das Letzte, was sie ihm aus dem Heck der Limousine hatte zurufen wollen.
Mühsam fanden Prohaskas Gedanken in die Gegenwart. Der Versuch Himmlers, einen Sonderfrieden mit den Alliierten abzuschließen, würde seine Frau retten. Der Reichsführer SS musste die Alliierten für akzeptable Bedingungen eines Separatfriedens an der Westfront gut stimmen. Sagten die Gerüchte. Steimle hatte beim letzten Treffen vor acht Wochen geprotzt, dass nur er allein den Transport mit einem Sonderzug der Reichsbahn Anfang Februar in die Schweiz organisieren und überwachen könnte.
Prohaska schöpfte Hoffnung. Plötzlich wollte dieser Kotzbrocken was von ihm und hatte das gestern durch einen SS-Boten ausrichten lassen. Steimle musste endlich raus mit der Sprache, ob Sarah bei dem Transport dabei gewesen war. Dann wäre die Zeit der Ängste und Alpträume endlich vorbei.

München, Sonnenstraße, 9. September 2008, 17:00 Uhr
Aurus tippte mit dem Zeigefinger auf den dicken Unterlagenstapel. Die Tagesordnung war dreigeteilt. TOP 1 behandelte die Auswirkungen der Finanzmarktkrise auf die Bank. TOP 2 war ihrem aktuellen Risikostatus geschuldet, TOP 3 dem Mord an Geber.
„Gibt es etwa schon Anmerkungen oder Ergänzungen an dieser Stelle?" Lediglich eine Sekunde blickte er die Kollegen über die randlose Lesebrille hinweg an. Jede Antwort außer einem Nein wäre eine Überra-

schung gewesen. Er führte den Vorstand seit über dreißig Jahren. Rath hatte mit ihm in der Bank angefangen und saß seit 1994 im Leitungsgremium des Hauses. Draam war vor zehn Jahren dazu gestoßen. Der Bavariabankchef führte das Protokoll der heutigen Sitzung selbst.

„Ich beginne. Danach kommt Korpu mit einem detaillierten Einblick in die aufsichtsrechtliche Dimension der Finanzmarktkrise für unser Haus."

Kerzengerade saß der Bankchef im Stuhl während die Kollegen mit krummen Rücken die Tischvorlage durchblätterten. Frau Artmann hatte sie ihnen auf ausdrücklichen Wunsch ihres Chefs erst kurz vor der Sitzung vorgelegt.

Rath rückte nervös hüstelnd den Maßanzug in die richtige Form.

„Der erste und zweite Tagesordnungspunkt sind direkt verbunden. Lassen sie mich zum Ultimostatus der ersten Septemberwoche kommen. Circa 20 Milliarden, ein Drittel unserer Bilanzsumme sind in Aktien, festverzinslichen Wertpapieren und Derivaten investiert."

Seine kleinen Hände lagen neben dem Papierstapel auf dem Tisch. Der Bankenchef begann zu schwitzen.

„Dieser Kursrutsch an den Aktienmärkten hat in der letzten Woche zu einem Verlust von zwanzig Prozent der Positionen geführt."

„Habe ich richtig gehört?"

Das Hüsteln des Handelsvorstands hatte sich in Keuchhusten verwandelt.

Ungeduldig pochte Aurus mit dem Zeigefinger auf die Unterlage. Er hasste es, wenn ein Vorstandskollege Aussagen in einer Sitzung mit Protokoll in Frage stellte. Professionalität sah anders aus.

„Natürlich stimmt es! Das Minus beträgt ein Fünftel des Gesamtwertes. Ursächlich liegt das an unserem überdurchschnittlichen Engagement in den von der Finanzmarktkrise besonders betroffenen osteuropäischen und asiatischen Märkten. Dazu haben wir uns wegen des Zinsanstiegs bei den Bonds Verluste von knapp zehn Prozent eingefangen."

„Autsch!"

Zehn quälende Sekunden verrannen.

„Meine Experten aus dem Risikocontrolling haben gerechnet. In den letzten drei Wochen minus drei Milliarden Euro auf der Aktivseite. Das Geld müssen wir am Jahresende abschreiben, sollte der desolate Marktzustand bis dahin so bleiben."

Auf der Stirn des Bankchefs hatten sich Schweißperlen gebildet.

„Was ist mit den strukturierten Wertpapieren, Dr. Aurus? Meiner Meinung nach sind die in den Zahlen nicht berücksichtigt."

Besorgt zuckten die Mundwinkel des Privatkundenvorstands. Der Vorstandsvorsitzende räusperte sich, während er an den Hemdsärmeln herum nestelte.

„Die Trust Invest hält Credit-Link-Notes und Corporate-Debt-Link-Anleihen mit einem Nominalwert von etwas über einer Milliarde Euro. Ich habe mir die genaue Bestandspositionen für den gestrigen Abend melden lassen und die Verträge sofort meinem Chefsyndikus zur Prüfung weitergeleitet."

„Sind die Papiere Eigentum der Bank? Dann stecken noch viel mehr Gefahren dahinter. Das macht mir Angst."

Dieser Mensch ging Aurus mit seiner besserwisserischen Fragerei seit Langem auf den Wecker. In der nächsten Unterredung mit dem Verwaltungsratschef unter vier Augen würde er den Typen anzählen. Solche öffentlichen Fragen müsste der Mann bereuen.

„Herr Draam! Meine Juristen haben die Vertragsbedingungen in der letzten Nacht durchgearbeitet und in der Summe über fünfzig Einzelverträge geprüft."

Unter den Achseln des Vorstandschefs wurden Untertassen große Schweißflecken sichtbar. Er deutete mit einem Rollerball auf den Papierstapel.

„Siebzig Prozent der Geschäftspartner sind US-Investmentbanken oder deren Töchter. Letztlich sind wir eine Wette eingegangen. Wenn die Gegenseite mit dem Einsatz zwanzig Prozent Rentabilität in einem bestimmten Investment schafft, zahlt sie die dreifache Verzinsung der zehnjährigen US-Anleihe zum Kurs des Erfüllungszeitpunkts an die Bavariabank."

„Mich stört die Unsicherheit über die Verlusthöhe, sollte unser Haus die Wette verlieren. Die Frage nach der Wahrscheinlichkeit des Wettgewinns durch die Trust Invest ist offen, Herr Dr. Aurus!"

Rath drehte nervös am Manschettenknopf. Sein Teint glich der Farbe eines beigen Wandanstrichs in einer abgewohnten Altbauwohnung.

Der Vorstandsvorsitzende antwortete wie aus der Pistole geschossen. Nach dieser Frage hatte er gegiert.

„Sie sind Handelsvorstand. Als solcher müssen Sie am besten einschätzen können, was die Märkte bis Jahresultimo hergeben. Oder irre ich mich?"

Die Augen des Bankchefs funkelten. Er wischte sich die nass spiegelnde Stirn mit einem Stofftaschentuch ab.

„Korpu macht hierzu in ein paar Minuten detaillierte Ausführungen. Von ihnen ist zu dem Thema nichts Substanzielles zu erwarten!", fügte er kurzatmig hinzu.

Erich Rath wusste, nun war die Zeit des Schweigens angebrochen. Aurus wurde besonders gefährlich, wenn er sich in provokanten Ausführungen selbst gefiel. Danach entwickelte der Bankchef meist persönliche Angriffe. Die endeten für das Gegenüber ausnahmslos ungut.

„Es wäre schön gewesen, wenn Sie sich als Trust Aufsichtsratschef in die Diskussion um die Wahl der Kontrahenten stärker eingebracht hätten."

Aurus beugte sich nach vorne und drückte fest den Knopf der Sprechanlage.

„Nun Korpu", presste er ins Mikrophon.

Draam hielt gähnend die Hand vor das Gesicht. Endlich war der Kollege von Aurus öffentlich gerügt worden, und es würde im Protokoll niedergeschrieben werden. Da war er sicher, dafür war Aurus viel zu erregt gewesen. Dieser großkotzige Typ hatte längst eine Abreibung verdient. In den letzten Jahren war er wegen hoher Beiträge des Handelsgeschäftes am Gewinn der Bank immer gefährlicher geworden. Es stand pari.

Der Neuankömmling ließ ein freundliches Nicken folgen.

Draam sah entsetzt in die Raummitte.

Es durfte nicht wahr sein. Dieser durchschnittlich große Mittfünfziger mit leichtem Bauchansatz und Haarkranz im grauen Einreiher bei einfarbig dunkelblauer, korrekt gebundener Krawatte in einer Haltung wie ein Gefreiter in Habt Acht-Stellung, wollte was erzählen? Beim Anblick des traurigen Erbsenzählers konnte man sich als Vorstand nur in Schadenfreude flüchten. Der Mann war ihm vorher nicht aufgefallen.

„Dr. Korpu erstellt seit kurzem den Risikostatus der Bavariabank und meldet ihn an das Bundesaufsichtsamt für Finanzdienstleistungsaufsicht. Das muss er wegen der aktuellen Marktturbulenzen seit zwei Wochen täglich tun. Was man aus der Szene hört, sind Sie bei Aufsichtsbehörden, Bundesbank sowie Verband gut besprochen und gelten als ausgesprochen kompetent. Ich bin froh, Sie persönlich vor drei Monaten von der Deutschen abgeworben zu haben."

Aurus nickte dem Risikocontroller gönnerhaft zu. Der Bereichsleiter schien in einer halben Sekunde um zehn Zentimeter zu wachsen und schlug die Hacken mit einem leisen Klack zusammen.

Draam fühlte sich in der Einschätzung Korpus voll und ganz bestätigt. Dieser Banker spielte den devoten Fachmann. Die wenigen Haare des Typen hatten sich bei der billigen Schmeichelei von Aurus aufgestellt. Der Vorstandsvorsitzende drückte den winzigen, messingfarbigen Beamer-Knopf und lehnte sich selbstzufrieden im Sessel zurück. Die zweite Ebene sollte die aktuellen Zahlen des Institutes erläutern.

„Ich gehe davon aus, dass Sie Dr. Aurus über die möglichen Auswirkungen der Krise an den Aktien- und Rentenmärkten auf das Ergebnis der Bavariabank AG hervorragend informiert hat."
Der Mann sprach dialektfrei, schnell und mit akzentuierter Modulation. Der Leuchtstab in seiner Hand malte weiße, kleine Kreise auf die Wand.
Konzentriert blickten die Vorstände mit zusammengekniffenen Augen auf das Schaubild.
„Das Institut, das Sie führen, hat auf den Tag genau vor zwei Jahren als Zweckgesellschaft die Trust Invest AG gegründet, hundertprozentiges Eigentum der Bavariabank."
„Wissen wir, Korpu."
Ungeduldig wippte Aurus mit den Füssen.
„Durch die Konstruktion bleiben der Bankenaufsicht Kontrahentenrisiken aus den Geschäften mit US-Investmentbanken verborgen. Einerseits glücklicherweise. Letzten Endes haben wir eine Lücke im bestehenden Aufsichtsrecht genutzt. Die BaFin prüft die verschiedenen Risiken der Konzerngesellschaft, nicht aber die ihrer Töchter."
Der Risikocontroller blickte an die Decke, als wenn er dort versteckte Mikrofone einer übergeordneten Instanz vermutete.
„Haben wir die Risiken absichtlich vor den Prüfern versteckt?"
Offensichtlich war der Beitrag des Kollegen Rath ernst gemeint, sonst wäre er wie üblich bei peinlichen Szenen rot wie ein Streichholzkopf angelaufen. Kopfschüttelnd kritzelte der Bankchef die Kollegenfrage in seinen schwarzen Notizblock. Die nächste Verwaltungsratssitzung kam bestimmt, und dann könnte sich der Kollege auf einiges gefasst machen.
Korpu ließ sich Zeit, bevor er fortfuhr.
„Es kann selbstverständlich nicht die Intention eines ehrbaren Bankiers sein, Risiken intransparent zu lassen. Was denken Sie? Ansonsten wären wir auf der moralischen Ebene von Investmentbankern. Das wollen wir uns wegen Rufschädigung auf gar keinen Fall leisten."
Draam kratzte sich am Mittelscheitel. Der spießige Zahlenfreak war wesentlich raffinierter als angenommen. Seine Rhetorik war geschliffen.
Durch die protokollierten Formulierungen würde man ihn später nicht an die Kandare bekommen. Im Gegenteil. Die Schriftform würde entlasten.
„Die Papiere in den Trust Invest-Büchern sind im Konzernabschluss der Bank zu nahezu hundert Prozent abgeschrieben und stehen mit

einem wirtschaftlich bedeutungslosem Erinnerungswert von einem Euro in der Beteiligungsposition. Sie sind wertlos. Doch das ist nur eine Seite der Wahrheit."
Korpu unterbrach seine Ausführungen und atmete tief durch. Das schwache Lungenrasseln eines Asthmakranken war zu hören.
„Sollten die Vertragspartner der Bank grundlegende wirtschaftliche Probleme bekommen, müssen sie ihrer Nachschusspflicht nachkommen", fuhr er fort.
„Diese Art ökonomischer Probleme von Investmentbanken sind mir unklar. Sie wissen, ich bin seit vielen Jahren für das Privatkundengeschäft verantwortlich und in Kapitalmarktgeschäften nicht bewandert."
Draams Stimme hatte sich stark beschleunigt. Wenn er schnell sprach, war er fast nicht mehr zu verstehen.
Aurus bewegte den massigen Körper langsam im Sessel. Der Bankenchef verdrehte stöhnend die Augen.
„Interessant, so was von einem zu hören, der mit seiner Unterschrift für Entscheidungen des gesamten Vorstandes haftet. Meiner Erinnerung nach haben Sie zugestimmt, wenn wir die Trustgeschäftsführung ermächtigt haben, die Papiere zu erwerben. Da können Sie nicht so tun, als wissen Sie davon nichts."
Selbstzufrieden wandte sich der Vorstandsvorsitzende wieder dem Referenten zu.
Korpu fuhr fort. Wie von Geisterhand gesteuert kreuzte das Licht drei Zahlenspalten an der Wand.
„Wir unterscheiden zwischen gutem, mittlerem oder schlechtem Szenario. Aus heutiger Sicht müssten sie bei Insolvenzen unserer Kontrahenten hundert Prozent der Wertpapiernominalwerte nachschießen."
Wie ein Mehlsack in einer Mühle hing der Satz im Raum.
„Das hieß zusätzlich eine halbe Milliarde oder im schlechtesten Fall zwei Milliarden Euro zusätzlich aus dem Eigenkapital!"
Draams Stimme überschlug sich.
Korpu schluckte kurz.
„Korrekt. Das Haus hat die strukturierten Papiere zunächst in das Eigendepot genommen und sofort danach an die Trust Invest ausgelagert, um sie aus dem Blickfeld der Aufsicht zu bekommen. Dieses Manöver ist gelungen. Das entlässt die Bank allerdings nicht aus der Gesamthaftung, den rechtlichen Verpflichtungen der Trust Invest aus den abgeschlossenen Kontrakten nachzukommen. Harte Patronatserklärungen der Bavariabank zugunsten der Trust Invest sprechen eine eigene Sprache. Wir sind machtlos!"

Aurus erholte sich als erster. Der Bankchef nahm die Brille ab und legte sie mit besonderer Sorgfalt auf den Tisch. Er brauchte Frischluft. Der Stachus war voller Menschen, die Einkaufstüten durch die Gegend schleppten oder nach Hause kommen wollten. Straßenlärm drang durch das geöffnete Fenster.
„Dreieinhalb bis fünf Milliarden Euro Verlust bei einem Kapital von zehn Milliarden sind das Aus für die Bank. Dann sind wir fertig."
Aurus flüsterte die Sätze, während er sich mit den Handflächen auf den Fenstersims stützte.
Rath stand langsam auf und stand kerzengerade hinter dem Tisch.
„Als Handelsvorstand muss ich Rede und Antwort geben. Mir leuchtet nicht ein, wie wahrscheinlich das Szenario ist und was man gegen die Folgen tun kann. Doch ich habe eins gelernt in meiner Karriere - und das ist sicher. Treffe keine hektischen Entscheidungen! Angst ist nie ein guter Ratgeber. Der Markt wird bald wieder Vertrauen fassen."
Er machte eine kurze Pause.
„Fast kein Kreditinstitut leiht zur Zeit einer Bank Geld, wenn, dann zu abwitzigen Konditionen. Die Margen im Interbankenhandel sind, abhängig von Fristigkeit und Rating der Counterparts, in den letzten Tagen um bis zu fünfzig Prozent gestiegen. Man kann das bedauern, oder sagen die freien Kräfte sind entfesselt. Tatsache ist: Die Märkte sind wie sie sind."
„Mag stimmen oder nur zum Teil richtig sein. Was heißt das konkret für unsere Bank?"
Draams Stimme flog durch den Raum, während die Finger auf dem Tisch trommelten. Rath konterte auf der Stelle.
„Wir werden bald eine andere Situation wie heute sehen. Die Regierungen müssen was zur Entspannung und Stabilisierung der Situation tun."
„Die Antwort reicht nicht. Angestiegene Margen und Preise für Kreditausfallversicherungen sprechen eine andere Sprache. Sie als Handelsvorstand kennen am besten die Regel: Der Markt hat immer Recht! Lehmann ist pleite, Fannie Mae ebenso. Ich frage mich, welcher unserer Partner es morgen sein wird. Die Landesbanken, die CoBa oder gar die Deutsche? Was sagt denn unser Investmentbanker hierzu?"
Draam atmete mit dem Gefühl des doppelten Punktsiegers tief ein und aus.
„So kommen wir nicht weiter, Herr Kollege. Das geht mir zu weit."
Aurus sprang Rath bei und wandte sich ruhig dem Risikocontroller zu.
„Der Vortrag war ausgezeichnet, Korpu. Er hat mich in meiner Perso-

nalentscheidung bestätigt! Vor allem die Beschreibung der Ausgangssituation und die Problematisierung, hervorragend herausgearbeitet. Wir gehen im kleineren Kreis zum zweiten Tagesordnungspunkt über, ich danke Ihnen."
Wie auf Samtpfoten schlich der Bereichsleiter Richtung Ausgang.
„Es ist vollkommen in Ordnung, existenzielle Fragen im Vorstand zu diskutieren und auch mal zu streiten. Aber ich dulde keinen offenen Zwist vor Personen außerhalb dieses Gremiums. Haben Sie mich verstanden, meine Herren?"
Aurus war auf Betriebstemperatur. Der Bankchef rückte den Stuhl nach vorne, um seiner Aussage Nachdruck zu verleihen.
„Im Übrigen hat das Gremium viel gewichtigere Probleme als das, was Korpu vorgetragen hat. Es darf nicht sein, dass wir uns mit Scharmützeln im Vorstand verschleißen!"
Rath schloss die Augen. Er ahnte, was kommen würde und wollte am liebsten der Situation entfliehen.
„Die Bavariabank ist stark in Fristentransformation investiert. Wir haben in der Vergangenheit sehr gut daran verdient, kurzes Geld in großen Mengen rein zu holen und lang heraus zu legen. Doch in der jetzigen Situation kostet uns das viel mehr als in der Planung angesetzt. Die Zinsen im Interbankenhandel sind am kurzen Ende, beim Tagesgeld, in den letzten Wochen um 20 Basispunkte angestiegen."
Rath nickte wie in Trance.
„Die Refinanzierung der Bank hat sich in der Tat in den letzten Tagen drastisch verteuert. Kein Gläubiger leiht uns Geld, wenn die Abschreibungen auf unserer Aktivseite wegen der Probleme im Handelsbuch oder in der Trust Invest publik werden."
Der Bankchef schluckte.
„Pleite", flüsterte er.
„Es muss eine Möglichkeit geben, außer auf Prinzip Hoffnung zu setzen oder für eine Markterholung zu beten."
Rath war aufgesprungen und lief wie ein gefangener Löwe im Gehege hin und her. Draam zuckte mit den Schultern.
Summend fuhr der Rechner runter.
„Im Grunde gibt´s eine einzige Möglichkeit, raus zu kommen."
Das faltige, weiße Hemd spannte über dem gewaltigen Bauch. Längst hatte der Bankchef das muffelnde Sakko abgelegt.
„Wir müssen die Einlagenzinsen erhöhen. Das löst zumindest unser kurzfristiges Liquiditätsproblem. Wir ersetzen Bankeneinlagen durch Termingelder privater oder gewerblicher Kunden oder Spareinlagen."

Er räusperte sich.

„Das geht nur, wenn uns die Kunden weiterhin vertrauen."

Parallel nickten Draam und Rath um die Wette.

„Man muss es probieren."

„Was heißt man, Herr Rath? Wir müssen es probieren - nicht irgendeine dritte Person!"

Wütend wandte Aurus dem Handelsvorstand den Rücken zu.

„Es gibt keinen anderen Ausweg aus dem Liquiditätsengpass heraus zu kommen."

Der Bankchef hatte sich umgedreht und legte die verschränkten Arme auf den Bauch.

Es reicht! Wir haben genug gehört und palavert. Es macht keinen Sinn mehr, sich heute mit dem Projekt von Geber auseinanderzusetzen. Das Thema kläre ich persönlich."

Im Vorstand machte er die Hauptarbeit. Ohne ihn ging gar nichts. Die Kollegen liefen mit. Als Chef musste er den Eigentümer schnell über die aktuelle betriebswirtschaftliche Situation der Bank und den Ausblick informieren. Der Vorstandsvorsitzende hatte bereits während der Sitzung an der Agenda für das Gespräch mit Flussmüller gearbeitet und sich die drei wichtigsten Botschaften stichwortartig notiert. Diese waren inhaltlich auszukleiden und adressatengemäß zu formulieren. Korpu sollte schnellstmöglich einen Vorschlag für ein neues Konditionentableau machen und morgen Vormittag Bericht erstatten. Anschließend wollte er mit seinem besten Mann bis zur nächsten Sitzung Maßnahmen für die Beseitigung des Kapitalengpasses erarbeiten. Der Risikocontroller war gut. Wenn den andere in die Finger bekämen, würde er nicht die volle Leistung bringen. Das musste er verhindern.

„Weitere Vorschläge oder Anregungen?"

Auch an dieser Stelle erwartete Aurus keine Antwort.

„Nun steht harte Arbeit auf der Tagesordnung. Wer in die Kirche gehen möchte, sollte ein paar Kerzen für die Bank anzünden."

München, Poschinger Straße, 10. September 2008, 18:30 Uhr

Der Auspuff des rostigen, weißen Golfs aus den Achtzigern klapperte auf den breit gesäumten Straßen Bogenhausens. Zwischen Piezenauer und Mauerkircher wohnten die Prominenten sowie Reichen der Stadt. Sie lebten in Villen, die durch hohe Mauern, Hecken und tief gestaffelte Rasenflächen vor den Blicken Neugieriger geschützt waren. Der Herzogpark galt in München als bevorzugte Wohngegend für erfolgreiche Geschäftsleute, Schriftsteller oder Künstler. Grünwald hingegen war der Ort der Filmsternchen und Fußballprofis des FC Bayern. Jenem Vorort der Stadt hing der Ruf des belächelten, oberbayerischen Neureichendorfes an.

Als verbeamteter Politiker konnte man im noblen Herzogpark fein leben. Loiperdinger griff in die Jackentasche und fingerte nach einer Zigarette. Poschinger Straße, Ecke Thomas- Mann-Allee, war eine feine Adresse. Der Kommissar überlegte, ob er neidisch auf die hier lebenden Menschen sein sollte.

Der Beginn der ersten Strophe der Bayernhymne riss ihn aus dem Gedanken. Wahrscheinlich musste die Türglocke eines bayerischen Lokalpolitikers so klingen. Das Tor aus Stahl und Messing maß über drei Meter Höhe. Es bestand aus Ornamenten männlicher Löwenköpfe mit aufgerissenem Maul. Dahinter zeigte sich ein weißer Bungalow mit anderthalb Geschossen aus den späten siebziger oder beginnenden achtziger Jahren. Flussmüller stand an der Eingangstür der Villa und war im Begriff, eine halb ausgerauchte Zigarette mit der Schuhspitze im Kies auszutreten. Loiperdinger wunderte sich über das ziemlich scharfe Kraut bei einem Elder Statesman.

„Guten Abend, Herr Kommissar. Lassen Sie uns in den Besprechungsraum gleich links hinter dem Eingang gehen."

„Grüß Gott, gerne."

Auf dem runden Glastisch in der Raummitte stand ein violetter Asternstrauß in einer dunkelroten Porzellanvase. Die Blumen waren mit Orangenscheiben garniert und füllten den Raum mit einer fruchtigen, gleichzeitig würzigen Geruchsnote. Loiperdingers Kommen war durch Annette telefonisch angekündigt worden. Er plumpste in einen schwarzen Corbusier Sessel. Das rechteckige, kleine Ölbild an der gegenüberliegenden Wand zeigte den Chiemsee im Winter.

„Haben Sie etwas zu trinken für mich? Darf ich eine qualmen?"

Der Mund des Landrats blieb offen stehen. Die Frage des Polizisten war unverschämt und passte zur unfreundlichen Verabschiedung aus dem Kommissariat vier Tage zuvor. Gleich morgen würde er seinen Kommilitonen über das ungebührliche Benehmen des Möchtegernsheriffs telefonisch informieren.

„Sie müssen sich mit der Zigarette gedulden, mein Herr."

Zerknittert fand die Kippe in der Jacke den Sekundentod unter den Fingerkuppen des Kommissars.

„Welches Verhältnis hatten Sie zu Geber?"

„Ich habe Roland danach beurteilt, ob er Antonia gut tat."

„Ne spontane Antwort. Ihre tatsächliche Meinung?"

Wie eine fies grinsende Grimasse hing die Frage an der Wand.
„Die Antwort kann man als Vater nie richtig geben. Wer will nicht das Beste für sein Kind? Allerdings wusste ich manchmal nicht, was das war."
Langsam erhob sich der Landrat, ging Richtung Tür und verschränkte die Hände hinter dem Rücken. Seine Stimme senkte sich.
„Antonia ist depressiv, seit 2001 in psychotherapeutischer Behandlung. Meine Frau und ich machen uns große Sorgen."
„Hat Ihnen ein Dandy wie Geber ohne traditionelle Beziehungsregeln gefallen? Ich hätte Sie als ausgesprochen Werte bewusst eingeschätzt."
„Die Beiden sind seit vielen Jahren zusammen gewesen, ohne zu heiraten. Heutzutage gibt es unterschiedliche Ausprägungen, wie Menschen ihr Zusammenleben organisieren. Mir fällt es schwer, Normen zu benennen, nach denen beurteilt werden kann, was eine richtige von einer falschen Beziehung unterscheidet. Die Gesellschaft ist bunter geworden."
„Wie Sie Recht haben! Aber drücken Sie sich vor der wirklichen Antwort?"
Provozierend zog Loiperdinger die Augenbrauen nach oben. Der Typ quatschte wie in einer Talkshow: bloß keine Fehler machen.
„Ob die Münchner Polizei zu sehr in Klischees denkt? Was viel schlimmer ist, ermittelt sie so? Natürlich habe ich mir Enkelkinder gewünscht, doch Roland war mit einer anderen Frau verheiratet. Zumindest in dieser Hinsicht hat er uns nichts vorgespielt. Nicht alle Wünsche gehen in Erfüllung."
„Mir ist zu Ohren gekommen, dass die Nähe zu Ihnen und dem Amt Gebers Karriere zumindest nicht geschadet hat."
„So?"
Der Landrat grinste. Bald würde der nervöse Polizist in die Luft gehen. Viel fehlte nicht mehr.
„Ich frage und erwarte Antworten. Rang oder Titel spielen keine Rolle."
„Bin ich als unbescholtener Staatsbürger deshalb verdächtig, weil ich bei der Antwort vorhin nicht vorurteilsgemäß den Vorstellungen eines Münchener Ermittlungsbeamten der weiß ich wievielten Ebene entsprochen habe? Da kommen wir ruckzuck Richtung Polizeistaat, wenn man den Gedanken zu Ende führt. Vielleicht bringt die Befragung nur Unzulänglichkeiten in der Gesprächsführung des Herrn Kommissars zu Tage."
Flussmüller schob eine Pause ein. Spöttelnd wiegte er den Kopf.
„Die Erfahrung lehrt, an der passenden Stelle zu fragen oder überlegt zu antworten. Ich kann mich in andere hineinversetzen. Ein Landrat weiß

die Tasten zu drücken, damit Menschen seine Melodien nachpfeifen."
„Selbstgefällig. So kommen wir nicht weiter. Wir haben einen Mord aufzuklären und nicht eitle Politikergefühle zu bedienen."
Angespannt verlagerte Loiperdinger das Körpergewicht von einem aufs andere Bein.
„Geber hatte eine Abneigung gegen Kumpanei und Jovialität, was im Übrigen auch für mich gilt. Er war geradlinig. Diese positive Eigenschaft ist weiß Gott nicht allen Menschen gegeben. Die Antwort muss reichen!"
Der Landrat lächelte.
„Nein, sie reicht nicht."
Überheblich schaute Flussmüller den Kommissar an und atmete genervt aus.
„Im Fall eines begriffsstutzigen Polizisten der unteren Charge versuche ich es nochmal. Roland hatte Probleme, Hilfe anzunehmen. So ein Typ muss möglichst viele eigene Erfahrungen machen. Diese Art Spezies verachtet das Geschwätz der Arbeitskollegen. Roland war stur. Aber korrupt war er nicht. Er hat ohne meine Hilfe Karriere gemacht."
Flussmüllers Tochter kam herein. Ein schmuckloses, weißes T-Shirt und eine graue Jogginghose hingen an ihr herab. Sie hatte deutlich an Gewicht verloren.
„Hier, die Namen."
„Die haben Sie meinem Lieblingschef vor drei Tagen persönlich vorbeigebracht."
Loiperdinger war unsicher, ob sie sich wichtig machen wollte oder die Übergabe der Liste schlicht vergessen hatte. Hochroten Kopfes blickte Antonia Flussmüller auf den Boden und ließ die Hände tief in den Hosentaschen verschwinden.
Fast teilnahmslos schaute Loiperdinger aufs Papier. Dr. Konstantin Aurus, Vorstandsvorsitzender der Bavariabank AG, Erich Rath, Vorstandsmitglied der Bavariabank AG, Michael Kandlbauer, Leitender Regierungsrat bei der Bezirksregierung Oberbayern, Dr. Peter Korpu, Bereichsleiter Risikocontrolling der Bavariabank AG, Dr. Otto Rubin, Abteilungsleiter Kreditwesen und Bankenaufsicht im Ministerium für Finanzen der bayerischen Staatsregierung.
Auf den ersten Blick war kein neuer Name zu lesen.
Achtlos stopfte Loiperdinger die Liste in die Sakkotasche und wandte sich erneut dem Landrat zu. Fragen stellen half bei dominanten Alpha-Tieren, um sie aus der Reserve zu locken. Das brachte sie in die bestimmende Erzählerrolle und dort fühlten sie sich zu Hause. Diesen

Mechanismus hatte Klar aus dem letzten Psychokurs in der Akademie mitgebracht. Chefs machten manchmal doch Sinn. Wenn dieser Typ ihn unterschätzte, musste er auf klein und blöd machen. Die Masche zog.

„Ich kenne mich im Finanzwesen nicht aus. Sie sind also Chef der drei Vorstände, oder etwa nicht?"

Verärgert schüttelte Flussmüller den Kopf. Seine sonore Stimme klang eintönig. Langsam strich er mit der Hand durch das gewellte, silbergraue Haar.

„Offensichtlich wollen Sie nichts verstehen! Ärgerlich! Die Bank ist Eigentum des Landkreises Oberbayern. Ich bin Verwaltungsratsvorsitzender, für die Kontrolle der Geschäftsführung verantwortlich und habe mit der operativen Leitung des Hauses nichts am Hut."

„Vielen Dank für das Aha-Erlebnis!"

„Gerne."

„Wo waren Sie am 2. September zwischen 16:00 und 23:30 Uhr?"

Der Landrat fixierte einen Punkt an der Decke und kniff die Augen zusammen.

„Eigentlich waren Sie mir in den letzten Minuten sympathisch geworden. Das war ein Samstag. Zu dieser Zeit bin ich daheim. Ein engagierter Kommunalpolitiker mit einer Vielzahl von Pflichtveranstaltungen ist froh, wenigstens einen Abend in der Woche privat nutzen zu dürfen. Meine Frau und ich haben einen Krimi angeschaut."

Der Landrat gähnte.

„Jetzt muss ich mich auf den Abendtermin vorbereiten. Die Abschiedsrede für den vierzig Jahre amtierenden Dorfener Bürgermeister ist nicht geschrieben. Sie gestatten!"

Loiperdinger räusperte sich.

„Ich wollte ohnehin eine rauchen!"

Drei Minuten später trat er aus dem Hauseingang in den Vorgarten. Antonia Flussmüller schien ihn vor dem Haus abgepasst zu haben.

„Welche Überraschung …!"

Freudig schüttelte der Kommissar die Hand der Frau, während er mit der anderen zitternd die Kippe aus dem Sakko nestelte.

Sie schloss den Zippverschluss der grünen Trainingsjacke bis zum Kragen. Es war unangenehm kühl geworden. Der frische Westwind kündigte den Herbst an.

„Darf ich Ihnen was erzählen?"

„Ich gehe Richtung Englischer Garten, die Beine vertreten. Begleiten Sie mich!"

Weißgrauer Zigarettendunst stieg in feinen Schleifen zum grauschwarzen Bogenhausener Himmel. Verlegen schob sie mit dem rechten Fuß einige Kieselsteine zur Seite.
„Die Geschichte ist mir peinlich."
Antonia Flussmüller hüstelte zitternd.
„Ich habe ein Telefonat von Roland vor einer Woche mitgehört. Der Autoschlüssel vom Mini lag in der Wohnung. Ich wollte ihn nicht bei der Arbeit stören. Bin auf Zehenspitzen geschlichen. Mein Mann hat im Nachbarzimmer gesprochen."
Beide Hände verschwanden in ihrem Mantel und bohrten sich tief in die Taschen.
„Roland hat die Lautsprecherfunktion des Blackberrys aktiviert. Komisch, oder?"
Ängstlich drehte sie sich zum Haus und strich sich die Haare aus dem Gesicht. Jemand hatte die Funktion der elektrischen Jalousie betätigt.
„Auf jeden Fall hat er mit so 'nem Kerl telefoniert. Den Namen habe ich nicht verstanden. Die müssen sich sehr gut gekannt haben."
Sie stotterte.
„Der Typ hat zu Hause vergeblich auf meinen Mann gewartet."
Ein Zittern durchlief ihren Körper, als sie sich an Gebers kalte Stimme erinnerte.
Loiperdinger verstand.
„Mann, war der wütend. Hat dauernd Drohungen und wüste Beschimpfungen ausgestoßen. Das sagt man so, oder? Ich war komplett unter Schock und bin dann leise aus der Wohnung raus. Roland durfte auf gar keinen Fall merken, dass ich das Gespräch mit angehört habe. Sein Jähzorn ... "
Sie standen vor dem Golf.
„Interessante Geschichte und wichtige Informationen! Vielen Dank, Frau Flussmüller. Leider muss ich ins Präsidium. Kommen Sie morgen zum Protokollieren in der Maxburgstraße vorbei."
Schüchtern gab sie ihm die Hand und blickte auf den Boden.
Vermutlich war der Mann der Internet-Lover Gebers. An dem war der Chef dran. Dieses Arbeitstier würde in seinem Perfektionsdrang spätestens morgen früh ein Protokoll zur Zeugenbefragung erwarten. Um es sattelfest zu machen, musste er das Alibi diesen unsympathischen Flussmüllers überprüfen. Der Typ widerte ihn an mit seinem opportunistischen Gerede. Die Aussage der Ehefrau würde wenig wert sein. Gierig zog er an der Zigarette. Morgen würde ihm bestimmt eine Idee kommen.

Berlin, Wilhelmstraße, 16. April 1945, 19:30 Uhr
Drei schwarz uniformierte Wachen kontrollierten den Gebäudeeingang Wilhelmstraße 101. Hastig übergab Prohaska die Papiere. Die finster schauenden SS-Männer mit der Totenkopfmaske an der Koppel brachten seinen Körper in Wallung.
„Passieren lassen", rotzte der Gruppenführer die Untergebenen aus dem Hintergrund an.
Amt III, Gruppe D-Wirtschaft, Standartenführer Steimle, stand auf dem rechteckigen Schild aus Bronze. Es war zehn Zentimeter von der Türrahmenkante entfernt sauber ausgerichtet. Prohaska befand sich im ersten Stock des Hauptgebäudes im Reichssicherheitshauptamt und wartete auf den SS-Offizier. Der Gang schien erst vor kurzem gesäubert worden zu sein. Es roch nach frischem Linoleum.
„Heil Hitler, Volksgenosse Prohaska!"
Der Standartenführer war aus der Tür getreten und hatte die rechte Hand im korrekten Winkel zum Führergruß gehoben.
Wenige Zentimeter vor ihm blieb der Offizier stehen und musterte ihn streng.
Prohaska musste auf der Hut sein. Er wusste um die Macht von Steimles Chef, dem Leiter des Amtes III im Reichssicherheitshauptamt, deutsche Lebensgebiete, SS-Gruppenführer Schellenberg. Prohaska hatte ihn vor acht Jahren in Linz kennengelernt, als dieser zusammen mit Kaltenbrunner und Speer in einem Hinterzimmer des Restaurants Horberstein in der Altstadt zu Abend aß und mit ihnen über die Umsetzung der Führerpläne sprach. Hitler wollte die oberösterreichische Metropole zur kulturellen Reichshauptstadt machen, sich dort nach dem Endsieg zur Ruhe setzen. Prohaska wischte die Erinnerungen an das Treffen weg. Er musste sich auf das Gespräch mit Steimle konzentrieren und erwiderte den Gruß. Sein Gegenüber von Gesprächsbeginn an zu beeindrucken, würde den Anschein von Waffengleichheit herstellen. Er verdrängte den Schmerz im pochenden Fuß. Warum blickte der Standartenführer so misstrauisch? Vermutlich traute der Mann mit Jüdinnen verheirateten Deutschen nicht oder dachte, er würde die deutsche Gesinnung bloß heucheln.
„Sie konnten in den letzten Tagen aufgrund Ihrer exzellenten Beziehungen bestimmt mit Ernst Kaltenbrunner sprechen, Standartenführer!"
Prohaska hoffte, dass Steimle nichts über die gemeinsamen Linzer Studientage mit seinem Freund gehört hatte. In diesem Fall würde er hellhörig werden und aus Neugierde versuchen, mehr über die alte Beziehung herauszufinden.

„Der SS-Oberstgruppenführer ist auf dem Weg mit dem Ziel nach Salzburg, um für das Reich die Alpenfestung auszubauen und dort eine neue Frontlinie zu errichten, an der sich die Feinde Großdeutschlands die Zähne ausbeißen werden."
Steimle wandte sich ab und bemühte den Körper mit eckigen Bewegungen hinter den mächtigen Eichenschreibtisch. Einsalben ließ er sich bestimmt nicht von diesem Halbjuden. Der andere hätte früher aufstehen müssen.
„Sie kennen die Gegend dort unten, Volksgenosse, stimmt`s?"
„Ja."
Prohaskas Schultern fielen schlaff nach vorne. Er nickte mit nach unten gesenktem Blick.
„Wir wissen, dass Sie in den vergangenen Monaten Produktionsanlagen Ihrer Schuhfabrik nach Toplitz ins Salzkammergut haben verlagern lassen. Das sagen Gestapoberichte. Die stimmen immer!"
Gönnerhaft hielt ihm Steimle eine Zigarette vor die Nase.
„Vielen Dank, Standartenführer! Nichtraucher."
Eine Minute später breiteten sich weiße Rauchschwaden der Memphis langsam im Zimmer aus. Fenster blieben wegen des Verdunkelungsbefehls geschlossen.
„Der Oberstgruppenführer äußert sich besorgt über den Zustand der Administration im Südabschnitt. Er braucht Vertraute, welche die Infrastruktur ausbauen, um den Krieg bis zum Endsieg fortzusetzen, selbst wenn die Bolschewisten Berlin kurzzeitig und durch eine geniale Führerlist gelockt, einnehmen sollten. Natürlich gehen Regierung und Partei nicht davon aus, doch was spricht dagegen, in Alternativen zu denken? Nur wer frei von Mauern denkt, kann Großes schaffen. Mit seiner Meinung des Aufbaus eines Südabschnitts ist sich der Oberstgruppenführer einig mit dem Führer, Reichsminister Goebbels und dem Reichsführer-SS, mein lieber Volksgenosse."
Genüsslich zog Steimle an der Zigarette. Prohaska hielt kurz die Luft an. Er hasste es, so angesprochen zu werden. Doch für Sarah würde er alles tun und den Widerwillen gegenüber diesem Parteiekel herunterschlucken. Er schnupperte. Selbst beim Tabak blieben die SS-Schergen linientreu. Prohaska verabscheute den Memphis-Geschmack. An Zigaretten dieser Marke zogen Millionen Wehrmachtssoldaten und Nazis. Verstohlen wedelte er den Rauch weg. Der Offizier kroch wie eine Kröte, kalt lächelnd, hinter dem Schreibtisch hervor. Seine grauen Augen hatten jeden Glanz verloren. Prohaska begann wieder zu schwitzen.
„Morgen wird der Führer die Befehle Clausewitz und Entführung aus

dem Serail ausgeben. Das heißt nicht, dass sie in der Reichskanzlei ab sofort Mozart spielen."
Mit nach oben gezogenen Mundwinkeln lachte Steimle leise über den eigenen Witz. Feine Rauchkringel flogen zur Seite. Der Standartenführer stülpte die vollen Lippen vor.
„Die Reichsinstitutionen in einer Entfernung von höchstens hundert Kilometern hinter den Frontlinien sind angehalten, alle kriegswichtigen Dokumente zu vernichten oder ihre Verbringung in die Alpenfestung unter Eid des Offiziers vor Ort sicherzustellen."
Prohaska spürte starke Angst. Das letzte Mal hatte ihn dies beklemmende Gefühl beschlichen, als sie Sarah abholten. Er öffnete die beiden obersten Hemdknöpfe und verschaffte sich Luft. Schweiß floss den Rücken herunter, der Klumpfuß pochte wieder stärker. Der SS-Mann schien freudig erregt die Luft einzuziehen. Dieser Unmensch roch Unterlegenheit. Der Krieg brachte die animalischen Eigenschaften zum Vorschein. Steimle war ein Raubtier.
„Als Freund des SS-Obergruppenführers aus gemeinsamen Linzer Tagen kennen Sie Oberösterreich sowie große Teile des Protektorates Böhmen und Mähren, Volksgenosse."
Er wusste also genau Bescheid über sein Verhältnis zu Ernst Kaltenbrunner. Kurz ärgerte sich Prohaska darüber, dass er sich zu Gesprächsbeginn der Illusion des Gegenteils hingegeben hatte. Dieser arrogante SS-Mann benahm sich unerträglich.
„Als Person des öffentlichen Interesses unterstehen Sie dem Schutz des Großdeutschen Reiches."
Erneut zog der Offizier genussvoll an der Zigarette.
„Nun zum eigentlichen Thema. Ich will zum Geburtstag des Führers in Linz sein und dann unverzüglich mit dem Ausbau der Verwaltung im Südabschnitt beginnen. Morgen Nacht brechen wir mit einer Waffen-SS-Kompanie auf. Sie haben exakt von jetzt an gerechnet zwanzig Stunden Zeit, persönliche Sachen zu packen, Volksgenosse. Sohn Alexander kommt mit. Für Ihre Mutter sorgen in Berlin Parteistellen."
Steimle überreichte die Papiere und verabschiedete sich knapp mit deutschem Gruß. Die tadellosen Zähne des Standartenführers wurden sichtbar.
„Noch etwas. Ihre Jüdin ist in Theresienstadt. Sie soll doch weiterleben Volksgenosse, oder?"
Prohaska schluckte den aufkommenden Kloß hinunter.
„Wie geht es meiner Frau?"
„Wache!"

Die sich schnell nähernden Knobelbecher knallten hart auf dem Steinboden.
„Sie haben genug gehört und einen klaren Auftrag! Weiteres Fragen reine Zeitverschwendung! Ich muss mich um wichtige Dinge kümmern. Die dralle Blondine in Schellenbergs Mannschaft wartet schon vier Wochen auf die Einladung zum Abendessen im Stammrestaurant von Goebbels in der Kantstraße."
Sarah lebte, sie würden sich wiedersehen. Prohaska musste schnellstens in die Barbarossastraße, seine Mutter und Alexander informieren. Die Vorbereitung auf den nächsten Tag duldete keinen Aufschub. Es gab keine Alternative zu dieser Reise ins Ungewisse. Er fasste sich ans Bein. Der Schmerz hatte nachgelassen.

München, Poschinger Straße, 10. September 2008, 18:30 Uhr
Die Vorhänge im Esszimmer waren zugezogen. Der Landrat saß seiner Frau an der großen Tafel gegenüber. Mit graufaltigem Gesicht stocherte Christian Flussmüller im Blattsalat. Seit Beginn des Abendessens vor einer Stunde monologisierte er und zog über Geber her.
„Dieser charakterlose Emporkömmling hat unsere Antonia belogen, sie schamlos betrogen. Keiner hatte eine einzige Vermutung, aus welcher Kloake dieser Hochstapler kam. Du bestimmt nicht!"
Katrin Flussmüller blickte zu Boden. Ihre sorgfältig manikürten Hände bewegten sich kreisförmig an den Schläfen.
„Schrei mich bitte nicht so an, Christian. Meine Migräne …"
Wütend schmiss er das Besteck auf den Boden und sprang auf.
„Du musst doch all die Jahre gemerkt haben, wie sie gelitten hat. Niemand außer mir hat etwas getan. Ihr habt alle hinter Antonias Rücken geredet, sie bedauert! Mitläufer, Feiglinge …"
Seine Frau schaute ihn mit offenem Mund an. Für sie schien der Wutanfall aus dem Nichts gekommen zu sein.
„Dieser Kerl sollte mir nicht ungeschoren davonkommen. Den habe ich durch einen Sicherheitsservice beschatten lassen. Seit zwölf Monaten hatte er eine Affäre mit einem Typen aus der Bank. Hommel hat eine Menge Bilder in Österreich geschossen. Das kannst du mir glauben. Die waren Arm in Arm. Den Rest erspar ich dir!"
Erschöpft nahm der Landrat auf der Holzbank Platz. Sein Atem ging schwer.
„Aber wenn das rauskommt, Christian? Was sollen die Leute denken?"
Fassungslos legte Katrin Flussmüller das Besteck zur Seite und tupfte die Lippen mit einer Serviette ab.

„Wenn was rauskommt? Dass der Typ mit einem Kollegen im Bett war? Das ist mir egal. Die Kanaille hat nur den eigenen Vorteil gekannt, ist seiner Geilheit gefolgt. Dem Tier ist es recht geschehen, dass es jemand im Lauf die Knochen gebrochen hat."
Zögernd nickte seine Frau. Entsetzt zeigte sie auf den Spiegel an der gegenüberliegenden Wand und senkte die Stimme. Diese Wortwahl hatte sie ihm nicht zugetraut.
„Meine Freundinnen aus dem Golfclub dürfen das auf gar keinen Fall wissen, Christian. Dass Roland einen Geliebten gehabt hat, wie du sagst. Außerdem mache ich mir große Sorgen um dich! Schau deine Halsadern an!"
Er nickte. Der Hausarzt beschwor ihn seit Jahren, zur Blutdruckstabilisierung Sport zu treiben und weniger fette Speisen zu essen.
„Dieser Parvenü hat Antonia abhängig gemacht. Als unerreichbar hat er sich inszeniert und ihr in regelmäßigen Abständen kleine Zuckerstückchen hingeworfen. Die Arme hat wie eine Drogensüchtige geschluckt. Entwürdigend, wie oft sie ihn wegen eines gemeinsamen Urlaubs angebettelt hat. Nie hat er eine klare Antwort gegeben, nie!"
„Woher weißt du das alles, Christian?"
Irritiert schob sie sich drei kleine Salatblätter auf die silberne Vorspeisengabel.
„Ich habe ihr Tagebuch gelesen. Fast jeden Tag hat die Kleine über die unglückliche Beziehung zu Geber geschrieben."
Entgeistert starrte seine Frau ihn an. Etwas Grünes hing aus dem geöffneten Mundwinkel.
„Was hast du …? Erst lässt du Roland beschatten. Dann liest du Antonias Tagebuch. Das kann nicht wahr sein. Ich bin entsetzt!"
Pikiert legte sie das Besteck auf den Tisch und richtete mit geradem Rücken ihre Bluse. Der Landrat sprang erregt auf.
„Egal, der Zweck heiligt hier die Mittel", rief er.
„Dieser Geber hat sich unseres Mädchens bemächtigt und abhängig gemacht. Keinen klaren Gedanken konnte sie mehr fassen. Ich jedenfalls weiß auf den Tag genau, seit wann unsere Tochter beim Psychotherapeuten war. Was ist mir dir?"
Flussmüller musste für den Fall vorsorgen, wenn Katrin von diesem penetranten, schlecht gekleideten Polizisten nach seinem Alibi gefragt wurde. Auf ihre Aussage konnte er sich nicht hundertprozentig verlassen. Er hatte ein großes Problem, wenn sie sich verplapperte. Der Landrat eilte aus dem Zimmer, nicht ohne seiner Frau einen vorwurfsvollen Blick zugeworfen zu haben. Sie würde ihn umso mehr unterstützen,

je mehr er sie kränkte. Ausschließlich der Druck Angehöriger holte dieses Weibsbild aus der oberflächlichen Lebensweise heraus, versetzte es in Angstzustände und brachte es zum Denken. Viel traute er seiner Frau diesbezüglich ohnehin nicht zu, doch hatte er sie schließlich nicht wegen ihrer intellektuellen Fähigkeiten geheiratet. Aus Angst vor dem Skandal würde sie ihm helfen. Erst nach dem Abschluss der Ermittlungen in seinem Sinne würde er ihr seine Liebe wieder offen zeigen.

München, Sonnenstraße, 11. September 2008, 9:50 Uhr
Der Wachmann öffnete die Sicherheitsschleuse und grüßte in freundlichem Berliner Dialekt.
Dienstbeflissen fuhr der blau Uniformierte den Hauptkommissar im gläsernen Aufzug nach oben. Die beiden blickten auf die schnell kleiner werdenden Menschen im Erdgeschoss. Verlegen schaute der Mittfünfziger auf seine aneinander gepressten Schuhe. Heute Morgen hatten alle Stadtblätter von Gebers Ermordung durch eine Giftspritze auf der Titelseite berichtet. Vermutlich wusste der Mann davon, da die Fotos der Ermittlungskommissionsmitglieder in allen Boulevardzeitungen abgebildet waren. Der Staatsanwalt war verärgert über die Indiskretion gewesen und hatte Klar ausdrücklich getadelt. Sie wussten nichts über den Maulwurf. Abrupt verlangsamte der Aufzug die Geschwindigkeit.
„Morgen, Frau Artmann!"
Sympathisch lächelnd führte die Vorstandsassistentin Klar in den Besprechungsraum.
„Dr. Aurus und Herr Rath sind in wenigen Minuten bei Ihnen. Die Herren sitzen in einer Vorstandssitzung. Machen Sie es sich schon mal bequem, bitte."
Der Wachmann trollte sich schnell. Klar blickte auf die Uhr. Es waren dreißig Minuten über der Zeit. Er hasste Unpünktlichkeit. Nervös trommelten seine Finger den ersten Takt des Anfangsstücks der neuen Kalkbrenner-CD auf der Tischplatte.
„Herr Dr. Aurus lässt sich vielmals entschuldigen. Unser Vorstandsvorsitzender muss bald in einer ausgesprochen dringenden Angelegenheit im Gesamtbankinteresse in den Verwaltungsrat. Aber wir haben uns bereits vor kurzem kennengelernt, ich stehe Ihnen selbstverständlich für Fragen zur Verfügung."
Die Stimme des Bankers klang euphorisiert. Kräftig drückte Erich Rath dem Kommissar die Hand. Der Vorstand stand zu nahe vor ihm. Unwillkürlich trat der Hauptkommissar einen Schritt zurück, um dem penetranten Eukalyptusgeschmack zu entgehen.

„Herr Dr. Aurus hat mich gebeten, Ihnen höchstvorsorglich und mit Nachdruck zu übermitteln, dass uns an absoluter Diskretion sowie möglichst schneller Aufklärung des, formulieren wir es so, Falles gelegen ist. Für die Bank ist es ausgesprochen ärgerlich, im Zusammenhang mit dieser pikanten Sache unverschuldet in die Schlagzeilen gedrängt zu werden. Unser Haus ist in den vergangenen Jahren deutlich größer geworden. Für künftiges Wachstum benötigen wir das Vertrauen von Eigentümern, Geschäftspartnern und Kunden. Unruhe tut einem Finanzdienstleister nicht gut, Sie verstehen?"
Rath musste Jurist sein. Lediglich Vertreter dieser Berufsspezies konnten Sachverhalte derart kompliziert und gestelzt ausdrücken, dass der Empfänger die Botschaft übersetzen musste, um ihren Zweck zu entschlüsseln.
Ruhig schüttelte der Banker mehrere Bonbonpastillen aus der kleinen Blechdose in seine Hand.
„Dann ist alles gut."
Klar verdrehte stöhnend die Augen.
„Aurus hat angedeutet, dass Geber die Bank bei der Expansion unterstützt hat. Plötzlich haben sich die Türen wie durch ein Wunder geöffnet. Komisch, oder?"
„Berater haben gute Kontakte in die Politik, zu anderen Banken, in die Verbandsgremien und Aufsichtsräte. Mit ihrer Hilfe haben wir in den vergangenen Jahren Kollegen anderer Institute von unseren herausragenden Vorzügen überzeugt. Den Herren, leiden waren es nie Damen, konnte der Nutzen einer Fusion dank der Unterstützung Dr. Gebers in den meisten Fällen transparent gemacht werden."
Rath zog die Worte nicht mehr so stark in die Länge. Seine Stimme klang geerdeter.
„Warum hat das durch die Unterstützung dieses Doktor Gebers geklappt?"
„Menschen wollen Geld verdienen und gieren nach Anerkennung. Das Erste sichert oder erhöht den Lebensstandard, das Zweite tut der Seele gut."
Sorgfältig blies der Banker in die Innenseite der Fingerspitzen.
Die Nägel waren schmutzig. Er straffte, sich vorsichtig umschauend, den trainierten Oberkörper, obwohl er wissen wusste, dass neben ihnen niemand im Zimmer war. Außerdem schloss eine Doppeltür den Raum zum Gang hermetisch ab. Raths Augen fixierten Klar.
„Die Bank hat in weiser Voraussicht bei veränderungsunwilligen Entscheidungsträgern nachgeholfen. Der Eine fand sich mit einer hohen

Position in einem größeren Haus wieder. Der Andere bekam eine höhere Vergütung oder sonstige Vergünstigungen, eine zwanzig Jahre jüngere Gespielin zum Beispiel."
Er strich mit der Hand über die Vollglatze. Das Muttermal leuchtete feuerrot. Seine Stimme senkte sich.
„Geber konnte die geheimsten Wünsche der Menschen identifizieren, Die Bank hat mit ihm dafür gesorgt, dass sie befriedigt wurden. Der Mann ist richtig gut gewesen. Das eine oder andere Mal sind wir an Vorstände geraten, die sich partout nicht überzeugen lassen wollten. Das war aber nur ein Bruchteil der Fälle, sicher deutlich unter zehn von Hundert."
„Die interessieren mich."
Loiperdinger hätte die Liste mit den Kandidaten längst vorlegen und mit den Befragungen beginnen müssen.
Rath kicherte dumpf.
Spontan dachte Klar an das Geräusch einer Antilopenknochen vertilgenden Hyänenrotte in der tansanischen Serengeti.
Augenzwinkernd pulte der Bankvorstand mit einem Zahnstocher Dreckpartikel unter dem Fingernagel heraus. Das Benehmen passte gar nicht zur adretten Erscheinung.
„Sie müssen mir versprechen, es nicht weiterzuerzählen."
Es wurde witzig. Klar fühlte sich in die Zeit der Einträge in das Poesiealbum seiner Schwester zurückversetzt. Er zwang sich, nicht auf das riesige Muttermal zu glotzen.
„Das hier ist eine Befragung in einem Mordfall, kein privates Treffen, in dem es um irgendwelchen Büroklatsch geht, der rumerzählt wird."
Der Vorstand zuckte mit den Schultern.
„Wir haben jede Bank bekommen, die wir wollten. Nach dem juristischen Fusionszeitpunkt sind die Führungspositionen schnell doppelt besetzt gewesen. Dann haben wir unsere Leute mit der Zeit vorrangig behandelt und die anderen weggemobbt. Hier keinen Urlaub, dort eine ausgesetzte Beförderung, ein Informationsstopp - oder aus Versehen keine Einladung für ein wichtiges Meeting. So ist das gegangen. Die von der falschen Seite waren schnell zermürbt. Aufgegeben haben letztlich alle. Die Klügeren schnell, die Widerspenstigen später. Bei Übernahmen gibt`s nicht nur Sieger. So ist das. Geber hat im Vorstandsauftrag Beziehungen aufgebaut, gepflegt oder zu Ende gebracht. Jeder in der Szene wusste das."
Klar fröstelte. Rath war ein Kotzbrocken, dem Mobbing zu gefallen schien. Die sadistische Ader hatte er an den funkelnden Augen heraus-

gelesen. Vermutlich hatte der Vorstand mit dem Toten zu dessen Lebzeiten ein funktionierendes Team gebildet. Mit Unbehagen dachte er an die frustrierten, enttäuschten Führungskräfte, die Jahre oder sogar Jahrzehnte geschuftet hatten und nach der Übernahme null Perspektive sahen.
Sie mussten sich endlich die übernommenen Häuser zur Brust nehmen und die Verlierer identifizieren. Möglicherweise gab es dort Tatverdächtige in Hülle und Fülle. Klar ärgerte sich über die Schlamperei. Schnell verabschiedete sich der Hauptkommissar. Hier wollte er - wie bei Aurus zwei Tage zuvor - keine Minute freiwillig bleiben.

München, Maxburgstraße, 12. September 2008, 8:00 Uhr

Loiperdinger pfiff in Erwartung neuer Erkenntnisse durch die nikotingefärbten Zähne. Ausnahmsweise war er früh im Büro. Die Leistungsbeurteilung durch Klar nahte, und er wollte sich ein paar Pluspunkte holen. Die winzige Paketsendung in seinen Händen war am Vorabend durch einen Boten aus der Nebenstelle abgegeben worden. Der Kommissar öffnete sie sofort. Kollegen der Spurensicherung hatten die Aufzeichnungen der beigelegten SIM-Karten der letzten sechs Monate ausgewertet und die Ergebnisse im Bericht festgehalten. Geber war mit drei Speicherkarten sowie einer Menge USB-Sticks ausgestattet gewesen. Zwei der Sets waren in seinen Privaträumen gefunden worden, eine Karte hatten sie vom Bürolaptop heruntergeladen. Der Tote hatte die ersten Beiden für berufliche oder private Internet-Recherchen benutzt. Mit der dritten Speicherkarte bewegte er sich privat in Chatrooms und telefonierte über das Internet. Ausgesprochene Vorsicht schien eine Maxime des Unternehmensberaters gewesen zu sein. Die Karten eins und zwei wurden ausschließlich im stationären Rechner, Karte Nummer drei ohne Ausnahme auf dem Laptop verwendet. Spektakuläres hatten die Jungs auf den ersten Blick nicht entdeckt. Es waren Informationen über Banken sowie Versicherungen gespeichert, in den letzten Wochen verstärkt Abfragen zur Finanzmarktkrise. Dazwischen war die eine oder andere Suche über Online-Nachrichtendienste als auch Recherchen. Der Unternehmensberater hatte für die Bavariabank Ausschreibungsprozesse begleitet und sich Informationen über Dienstleistungsanbieter beschafft.
Auf der zweiten Karte waren Anfragen an Hotels und Restaurants in der Steiermark und auf Bodrum abgelegt. Geber verbrachte mit seiner Familie in den vergangenen Jahren die Sommerurlaube in Österreich oder der Türkei. Der Mailverkehr auf seinem privaten Account hatte

außer Chats mit der älteren Tochter und der Ehefrau nichts Spannendes hervorgebracht. Es ging um übliche Alltagsfragen, liegen gebliebene Handwerkerrechnungen, Wochenendplanungen. Geber wollte für die Familie in der Gegend südlich von Salzburg, nahe dem Wolfgangsee, eine Berghütte erwerben. Wanderungen im Dachsteingebirge schienen dem Berater wie seinen Kindern zu gefallen. Altaussee hatte zudem einige brauchbare Kulturinstitutionen. Es konnte ein Literaturmuseum vorweisen und war im neunzehnten Jahrhundert ein pittoresker Sommerfrischeort für Künstler gewesen. Enttäuscht faltete Loiperdinger den Bericht zusammen. So kamen sie nicht weiter. Beförderung ade! Hoffentlich hatte sein Chef neue Erkenntnisse.

Altaussee, Bahnhofstraße, 2. Mai 1945, 15:24 Uhr
Berlin, den 02. Mai 1945. Das Oberkommando der Wehrmacht gibt bekannt: Heeresgruppe Weichsel: An der Spitze der heldenmütigen Verteidiger der Reichshauptstadt ist der Führer gefallen. Von dem Willen beseelt, sein Volk und Europa vor der Vernichtung durch den Bolschewismus zu erretten, hat er sein Leben geopfert. Dieses Vorbild, getreu bis zum Tod, ist für alle Soldaten verpflichtend. Die Reste der tapferen Besatzung von Berlin kämpfen im Regierungsviertel, in einzelne Kampfgruppen aufgespalten, erbittert weiter.
Steimles rechter Ringfinger war bis auf die innere Nagelhaut abgekaut. Der Transportzug der Reichsbahn mit schwerem Kriegsgerät stand seit wenigen Minuten auf dem Altausseer Bahnhof. Sie waren mit zwölf Tagen Verspätung eingetroffen. Die Kämpfe mit amerikanischen Bodentruppen im Großraum Nürnberg hatten Tage gedauert und drei Mann Verlust bedeutet. Er stand unter dem Bahnhofsdach. Drei Züge Waffen-SS-Männer waren in Kampfmontur vor dem Zug aufgestellt. Der Dampf der auskühlenden, zischenden Bremsen der Lokomotive durchdrang die Bahnhofsluft. Der Wehrmachtsoffizier hatte die Rechte an den Stahlhelm gelegt. Wieder ein typischer Vertreter der alten Offiziersmischpoke. Nicht mal den deutschen Gruß kannte er. Steimle spuckte aus. Er hasste diese preußischen Offiziere mit ihrem arroganten Gehabe. Sie waren die Wurzel aller Verschwörungen gegen das Reich. Dieser Krieg war ein ideologischer Feldzug gegen den Bolschewismus und das internationale Judentum. Nach dem 20. Juli hätten sie die Verbrecher hinrichten müssen, wie Stalin das mit seinem Offizierskorps in den Dreißigern wie auch mit dem polnischem Adel einundvierzig gemacht hatte. Bauer war erst vor zwei Monaten in die Waffen-SS aufgenommen worden und hatte vorher drei Jahre als Haupt-

mann in der Heeresgruppe Mitte gedient. Sein Bataillon war Dezember in den Westen verlegt worden. Er hatte zehn Panzer bei Bastogne abgeschossen und war zum Major befördert worden. Die Augen des Standartenführers suchten das Zugende. War Hitler tatsächlich tot, wie es der Großdeutsche Rundfunk bekanntgegeben hatte? Die Männer sollten beim Geräteumladen auf die Wehrmachtslaster helfen. Unter den Stoffplanen der Eisenbahnwagen steckten acht Tigerpanzer. Die Konturen der Geschützdächer und die mächtigen Rohre lugten unter den grauen Hauben hervor. Der elfte, letzte Waggon war mit einem Holzverschlag verbaut.

„Fünfzig Mann angetreten, Standartenführer!"

„Sie haften mit Ihrem Kopf, Sturmbannführer! Nur die eigenen Männer laden die Flakgeschütze von den Eisenbahnwagen auf die Lastwägen um, haben Sie verstanden? Diesen Beutedeutschen und Hilfswilligen aus den Ostgebieten ist nicht zu trauen. Ratten wittern Morgenluft. Um die Reichsschmarotzer kümmern wir uns, wenn wir das hier erledigt haben."

Steimle zeigte mit hochrotem Kopf Richtung Fremdarbeiter, die schlotternd und ohne Schuhe am Bahnhofsrand standen. Durch den grauen Fernstecher observierte er den klaren Himmel. Das Wetter konnte sich hier Anfang Mai schnell ändern. Sie mussten sich beeilen. Er kannte das aus den Dreißigern. Damals hatten sie als junge SS-Männer bei Übungen in den deutschen Alpen den Wetterwechsel erlebt. Es goss tagelang jede Minute wie bescheuert. Die Straßen und Wege wurden unpassierbar.

Der Standartenführer blickte zum Zug. Die eine Hälfte seiner Männer hatte bereits die Seitenwände der Eisenbahnwaggons abmontiert. Auf den offenen Plattformen wurden fest auf den Boden geschraubte Zwillingsflakgeschütze sichtbar, deren Rohre bedrohlich in die Luft ragten. Sie sollten den Tross vor Bordwaffenbeschuss aus der Luft schützen. Die Amerikaner griffen alles in der Umgebung von Salzburg mit Mustangs, Thunderbolts und Wildcats an.

Steimle seufzte, während er den Blick vom Kriegsgerät abwandte. Eine phantastisch malerische Gegend. Mit geschlossenen Augen sog er die Frühlingsluft ein. Nach dem Krieg würde er hier mit Gret und den Kindern Urlaub machen. Leise summte er die Anfangsakkorde der vier Jahreszeiten von Vivaldi. Vor dem Krieg hatte er in Dresden Musik studiert. Seine Frau fragte ihn vor vier Wochen, was das für sie sowie die Kinder bedeuten würde, dass der Generaloberst die Aktion persönlich leitete und die Pläne zur Evakuierung der Verwaltung in

die Alpenfestung bis ins kleinste Detail ausarbeiten ließ. Gret Steimle hatte seine Ausrede nicht als Lüge gewertet. Er würde in Jodls Stab als Verbindungsmann von Kaltenbrunner arbeiten und für den Fall, dass die Russen Berlin einkesselten, die Wirtschaftsverwaltung im Südabschnitt aufbauen. Seine Frau freute sich mit einer Hingabe, wie das nur eine Liebende konnte. Das gab die Sicherheit, die er brauchte. Dankbar hatte er sie in den Arm genommen und geflüstert, er würde sie mit den beiden Prinzessinnen am nächsten Tag nach Itzehoe zur Schwester bringen. Dort waren sie sicher.
Sein Angst einflößender Blick fand die Soldatengruppe. Die Männer sollten arbeiten. Er brauchte die Bilder aus dem elften Waggon in Sandling.
Seine Gedanken führten ihn in die Berliner Parteizentrale. Vermutlich war dieser Intrigant Bormann längst auf dem Weg nach Südamerika. Der Sekretär des Führers hatte ihm Mitte April hundert große Kisten aus der persönlichen Kunstsammlung Hitlers anvertraut. Alles sollte für den Endsieg gesichert werden, lautete der Befehl. Die Bilder in den Kisten waren die Grundausstattung für das Führermuseum am Opernplatz in Linz für die Zeit nach dem Endsieg. Er sollte die Gemälde sicher nach Altaussee bringen und ihn nicht enttäuschen. Mit einem Sieg Heil hatte er ihn stehen lassen. Nun war er vor Ort und wartete auf den Gauleiter.

München, Maxburgstraße, 15. September 2008, 19:25 Uhr
Klar war mit der Hündin eineinhalb Stunden an der Isar spazieren gewesen und erneut ins Büro gegangen. Skeptisch zog er beim Betreten des Zimmers die Augenbrauen hoch. Loiperdinger arbeitete bestimmt nicht mehr, sondern war längst in der Kneipe. Langsam schloss der Hauptkommissar die Tür des Kollegenbüros.
Er konnte nicht nachvollziehen, wie ein Mensch ein intimes Verhältnis zu drei Personen emotional aushielt. Möglicherweise gab es Geber den sexuellen Kick. Der Mann verdiente viel Geld mit der Ausarbeitung von Strategien für die Bankexpansion und deren Umsetzung mit fragwürdigen Mitteln. Der konservative Flussmüller war Verwaltungsratschef des Instituts und nach eigenen Angaben nicht gegen offene Beziehungen seines Quasi-Schwiegersohns, von denen dieser mehrere mit Männern sowie Frauen eingegangen war. Loiperdinger hatte aus der Befragung des Landrats berichtet. Sein Protokoll lag ausnahmsweise ohne Rechtschreibfehler und strukturiert pünktlich auf dem Tisch. Flussmüllers Ehefrau bestätigte sein Alibi. Sie hatten am Abend des

2. September einen langweiligen Krimi gesehen. Etwas aus Schweden mit einem Kommissar Smörebröd oder so ähnlich. Danach waren sie schlafen gegangen.
Der Hauptkommissar senkte den Kopf und drehte mit geschlossenen Augen die Büroklammer im Ohr, um es vom Schmalz zu reinigen. Die Technik hatte er sich bei dem glatzköpfigen Banktypen abgeschaut. Der Geruch knoblauchgetränkten Atems lag in der Luft. Klar war gestern mit einem Spezi beim Griechen in der Boschetsrieder Strasse gewesen und hatte die üblichen Gratisrunden von Freundschaftsouzo sowie Tsatsiki genossen. Er lächelte der neben dem Schreibtisch eingerollten, schnarchenden Hündin zu und rieb das Kinn. Nach der Trennung von Claudia vor sechs Jahren war er tierorientiert geworden. Annettes Bemerkung vor fünf Wochen war eindeutig gewesen. Er kümmerte sich zu sehr um die Hündin, dagegen weniger um Menschen.
Schnell tippten die Zeigefinger Namen und Code auf der Gay Julian-Startseite ein.
„Lass uns heute treffen, Kuss, Fabi."
„Wir können uns gerne spontan sehen. Schlage Treffpunkt am E-Garten vor. Eingang Café Reitschule. 8 Uhr, ok?"
Ein Harfengeräusch erklang. Seine leichte Aufgeregtheit amüsierte ihn. Mit feuchten Händen drückte er die Enter-Taste.
„Cooler Profilname! Sexy Pics, du siehst geil aus. Passt für dein Alter ... ☺, Treffen um 8 geht klar, Ort passt!"
Klar fand eine Sekunde nach Mailversand ihren Empfang bestätigt im Postfach. Er errötete. Seine Zeigefinger hackten in die Tastatur. Der Hauptkommissar hatte dreißig Minuten bis zum Date.
„Komme in schwarzer Lederjacke."
„Freu mich, Kuss. Fabi."

München, Königinstraße, 15. September 2008, 20:00 Uhr
Klar erkannte ihn sofort. Fabian Runkel stand mit Händen in den Hosentaschen vor dem Springbrunnen am Haupteingang der Munich Re in der Königinstraße und winkte herüber. Der junge Mann war mit einer schwarz-roten Pepe-Jeans sowie einem gestreiften Versace Hemd bekleidet. Den modisch-mittellangen, beigen Trenchcoat trug er offen. Das Zahnpastalächeln erinnerte an Annette. Wenn das keine Enttäuschung für den Jungen würde. Der Hauptkommissar hob die Hand. Die Taxen vor der Versicherung rückten fast gleichzeitig einen Platz nach vorne. Ein Mann im Maßanzug hatte dem ersten Fahrer in der Schlange lautstark den Auftrag einer Flughafenfahrt erteilt. Aufgeregt

blickte Fabian Runkel nach rechts und links. Das dauernde Auf und Ab Hüpfen ließ ihn unsicher wirken. Oder er war nervös. Seine Augen leuchteten neugierig.

„Hey, bist du meine Verabredung?"

„Servus, ich bin Greg, das ist die Zita."

Klar schaute dem Banker direkt in die Augen. Neugierig schnupperte die Hündin an Runkels Hosenumschlag und setzte einen dicken Nasenstüber auf die Jeans.

„Eindeutig Sympathie. Du kannst mit Tieren."

„Finde die fast gleichen Namen von Herr und Anhang witzig."

Ein scheues Lächeln folgte. Sanft streichelte Runkel der Hündin über den Rücken und strich sich anschließend selbstverliebt mit der Handaußenseite über das Gesicht.

Seine Backen hatten, nachdem er Klar gesehen hatte, eine blasse Rottönung angekommen. Tippelnd trat er mehrere Schritte näher.

„Im Vergleich zu meiner Haut ist deine auf jeden Fall glatter und anziehender."

„Siehst live besser als auf den Bildern aus, du suchst bestimmt ein schnelles Abenteuer. So eine Bi-Schnecke wie du schleppt viele Typen ab! Finde es geil, dich zu kriegen!"

Blasiert steckte Klar die Hände in die Taschen der Lederjacke, zog die Schultern zusammen und schaute zu den Kastanienkronen im Cafégarten.

Zwei männliche Reiter trabten auf frisch gestriegelten, braunen Rassepferden knapp an ihnen vorbei Richtung Englischer Garten. Die Situation wurde zunehmend unangenehm.

Er würde sich lieber outen, bevor sie länger aneinander vorbeiredeten und zwangsläufig Missverständnisse aufgrund diametral entgegengesetzter Erwartungshaltungen entstanden. Er setzte sein sympathischstes Lächeln auf.

„Mein Name ist Klar, Gregor Klar, Kripo München. Ich ermittle in einem Mordfall!"

Der Junge musste den Schlag verdauen. Eine Gesprächspause war jetzt normal.

„Das ist das Krasseste, was ich im verrückten Chat erlebt habe. Du bist ein Perverser und willst mich entführen. Später mit Handschellen, Uniformen und so Zeug fertig machen. Dich alten Sack macht Käfighaltung geil!"

Runkels ursprünglich roter Gesichtsfarbton hatte einen leicht grünen Anstrich bekommen. Wie ein Roboter stand er wie angewurzelt vor

Klar. Der Hauptkommissar musste handeln. Entweder würde der Junge gleich weglaufen, was er trotz des Altersvorsprungs wegen seines guten Trainingszustands schnell bereuen würde, oder, was wahrscheinlicher war, auf der Stelle ohnmächtig umkippen und auf Beton knallen. Energisch fasste er ihn am Arm und hielt ihm den Dienstausweis dicht unter die Nase, um jeden Zweifel zu zerstreuen. Runkel massierte sich die Schläfen. Die Nachtbeleuchtung des Springbrunnens war angegangen und bestrahlte die Wasserfontänen in Minutenabstand in wechselnden Farben.
„Hören Sie mir zu, Herr Runkel!"
Klars Stimme war eine Mischung zwischen Bitten und Befehlen.
„Woher kennt dieser kranke Chatter meinen Namen? Es wird immer schräger! Erst schleichst du dich fies ein. Was ist das für'n Ausweis?"
Der junge Mann versuchte sich aus dem Griff des Hauptkommissars zu befreien.
„Aua, lass meinen Oberarm los, das tut weh! Ich schreie gleich los!"
Sie waren einige Schritte Richtung amerikanisches Konsulat gegangen. Der Verkehrslärm der nahen Leopoldstraße war deutlich zu hören. Klar musste die Notbremse ziehen.
„Roland Geber ist vor kurzem ermordet aufgefunden worden."
„Woher kennst du … Roland? Woher …?"
Klar hielt ihm den Dienstausweis erneut vor die Augen.
„Roland soll tot sein!"
Der Hauptkommissar nickte langsam.
„Es tut mir sehr leid, glauben Sie mir."
Runkel setzte sich auf den Randstein und kreuzte die Hände hinter dem Kopf. Langsam begann er mit wippendem Kopf leise zu weinen.
„Habe vor ein bisschen mehr als zehn Tagen mit ihm gechattet. Am 1. oder 2.. Genau weiß ich's nicht mehr. Für heute Abend sind wir im E-Garten verabredet gewesen, hier um die Ecke."
Immer noch starrte er auf den Asphalt der Königinstraße. Das Schluchzen war lauter geworden. Eine Politesse in schwarzer Uniform näherte sich interessiert aus Richtung des Allianzgebäudes. Klar winkte mit dem Dienstausweis und die Sache mit der berufsbedingten Neugierde hatte sich erledigt.
„Haben Sie nichts über den Fall gelesen?"
„Bin letzten Donnerstagabend zuletzt ins Netz gegangen. Sofort nachdem ich off gewesen bin, bin ich mit Kumpels an den Wilden Kaiser gefahren. Machen jedes Jahr die Tour, immer dieselbe Zeit, weg vom Konsumterror. In Tirol, da haben wir 'ne Hütte. Ohne Netz. Bei der

ersten Klettertour am Kitzbühler Horn ist das Handy auf Nimmerwiedersehen verschwunden. Fünfzig Meter tiefe Felsspalte. Zeitung les' ich nicht, wenn, dann online."
Mit dem Ärmel wischte er sich über die Augen.
„Ich wollte den Roland nach dem Stress im Mano zappeln lassen und hab' weder geschrieben noch angerufen. Heute bin ich nicht dazu gekommen."
Klar ließ ihm eine Pause. Die Aussagen des Jungen würde er später überprüfen lassen.
„Habe den Roland vor einem Jahr in der Kantine von der Bank kennen gelernt. Ein Typ zum Verlieben! Einen Monat später wollte er, dass ich in die Herterichstraße ziehe. Seitdem sind wir ein Paar."
Der Mann zitterte. Verkrampft umschlangen die Hände seine Knie. So laut er konnte, schrie er den Asphalt an.
„Ich verstehe Ihre Reaktion. Sollen wir Sie nach Hause fahren, Herr Runkel? Wir unterhalten uns übermorgen, sobald Sie zur Ruhe gekommen sind. Kommen Sie bitte um zehn Uhr in mein Büro."
„Nein, drüben auf der Leo is' der nächste Taxistand."
Klar griff ihm unter die Arme und half beim Aufstehen. Mitfühlend wischte er Dreck vom Trenchcoat. Der Hauptkommissar war verwundert. Es hatte keinen Menschenauflauf wegen der Szene gegeben und die Leute waren nicht glotzend stehen geblieben. Der junge Mann ging mit schleppendem Gang Richtung Schellingstraße. Klar bemerkte das kleine, braune DIN-A5-Buch auf dem Boden. Sofort rannte er Runkel hinterher und winkte vergeblich. Das Taxi hatte soeben den Blinker gesetzt und fuhr Richtung Ludwigstraße.

München, Sonnenstraße, 16. September 2008, 13:50 Uhr
„Bitte entschuldigen Sie vielmals, Herr Draam. Ich habe in der Unternehmenskommunikation vorbeischauen müssen. Eine meiner Damen hat einen Bericht für die Pressekonferenz am Nachmittag zum Fall Geber abgeliefert. Ich musste ihr einfach gratulieren. Richtig gute Arbeit! Diese Frau wird befördert. Jetzt freue ich mich, Protokoll zu schreiben!"
Außer Atem ging der Mann in die Knie. Heute standen die Punkte erweiterter Risikobericht der Bavariabank und Sonstiges auf der Agenda der Vorstandssitzung. Trotz seines Alters und der Erschöpfung schaute der Manager seinen Chef erwartungsvoll wie ein hungriger Welpe an.
„Da muss ich Sie enttäuschen, mein Lieber. In diesen Zeiten führt der Vorsitzende selbst Protokoll. Es werden bestimmt eine Menge Mög-

lichkeiten kommen, sich zu positionieren. Da bin ich mir sicher. Auch wenn sie kurz vor der Rente stehen."

Der Endfünfziger wirkte enttäuscht. Er hatte sich aufgerichtet und blickte verächtlich an Draam herab. An den Schuhen blieben seine Augen hängen. Das schien die Retourkutsche zu sein. Der Privatkundenvorstand entdeckte den Fleck auf dem schwarzen Schuh und errötete. Schnell wischte er mit dem Papiertaschentuch den Dreck weg. Er musste sich sputen, um pünktlich in die Sitzung zu kommen. Vier Minuten für drei Stockwerke.

„Lassen Sie mich mit der Darstellung des erweiterten Risikoberichts für Mitte September beginnen."

Aurus saß schlecht gekleidet, dafür kerzengerade in der Mitte der langen Tischseite vor dem Fenster mit Blick in den Raum. Streng musterte er den zwei Minuten zu späten Draam. Zu diesem Kollegen häuften sich die Negativmeldungen im Notizbuch. Süffisant schmunzelte der Vorstandsvorsitzende wegen der tatsächlichen Machtverhältnisse im Haus. Wer Kollegen bewertete, Zahlen aufschrieb und berichtete, war am Drücker. Da konnte der Gesamtvorstand formal das relevante Gremium sein. Entscheidend war er.

Draam sowie Rath schlugen die zweite Reportseite auf.

„Diese Tischvorlage darf diesen Kreis nicht verlassen! Vor einer Woche habe ich das Entscheidungsgremium über den Marktwert der Vermögenswerte und die Risikotragfähigkeit informiert. Der Solvabilitätskoeffizient hat sich in den vergangenen sieben Tagen dramatisch verschlechtert. Mark-to-Market bewertet müssen wir Abschreibungen auf Aktien und Festverzinsliche von dreieinhalb Milliarden Euro konstatieren. Dazu kommt in der aktuellen Rechnung eine neue Minusposition. Die stillen Reserven des Kreditbuchs sind wegen der deutlich schlechteren Aussichten unserer Realwirtschaft gesunken. Aus heutiger Sicht werden wir zum Jahresultimo die Risikovorsorge für das Kreditbuch deutlich erhöhen müssen. In der Summe hat das Haus im Vergleich zum Vormonat eine um zwanzig Prozent niedrigere Risikotragfähigkeit. Viel schlimmer wirkt, dass sich die Risiken aus den Wertpapieren der Trust Invest drastisch erhöht haben. Meine Risikocontroller stufen drei US-Kontrahenten nächsten Dezember als pleite ein. Obama und Co. werden die amerikanischen Banken nicht stützen. Das ist das Worst-Case-Szenario von Korpu aus der letzten Woche. Aufgrund rechtlicher Verpflichtungen aus den Partnerverträgen müssen wir zwei Milliarden Euro zusätzliches Kapital nachschießen. Wenn das nach außen dringt, bekommen wir massive Liquiditätsprobleme."

Nervös pochte der Bankchef mit dem Zeigefinger auf die Unterlage.
„Zumindest einen Augenblick lässt sich dieser Kollegenmonolog unterbrechen", grummelte Rath unhörbar für die Kollegen vor sich hin und hob die Stimme. Auf beide Arme geschränkt lehnte er sich vor.
„Dürfen wir mehr über die Auswirkungen auf die Kennzahlen der Bankenaufsicht erfahren?"
„Schon gut. Der Solva-Koeffizient fällt unter acht Prozent und die Kernkapitalquote auf exakt dreikommasechsnull Prozent. Mein Korpu hat genau gerechnet. Die Bank ist in der Rangliste der Aufsichtsbehörden nach ganz oben gerutscht und steht unter verschärfter Beobachtung."
Aurus klappte den Schnellhefter zu. Er kannte die Zahlen in- und auswendig. In Gedanken war der Bankchef bei den Bonner sowie Berliner Erbsenzählern und verdrehte genervt die Augen.
„Unsere Bank muss mit einem Zahlungsmoratorium rechnen, wenn wir die Kapital- und Liquiditätssituation bis Ende Oktober nicht nachhaltig gedreht bekommen. Der BaFin-Brief ist gestern reingekommen. Höchstpersönlich vom Präsidenten unterzeichnet. Danach kommt der Run, das ist das Aus für die Bank."
Draam schob schluckend den Blackberry in die Tasche.
„Ein Hammer!"
„Ich habe unseren lieben Landrat gestern telefonisch bereits informiert. Flussmüller weiß um die Dringlichkeit der Situation. Ein Politiker versteht, dass wir in den nächsten vier Wochen zwischen einer und zwei Milliarden Euro benötigen oder zumindest einen Weg gefunden und gegenüber der Aufsicht sauber beschrieben haben müssen, wie wir uns die Liquidität bis Oktoberultimo beschafft haben."
„Vollkommen illusorisch, bei der aktuellen Situation eine Milliarde Euro zu kriegen! Ich bin die potenziellen Investoren durchgegangen. Städte und Gemeinden haben kein Geld, da geht's in die andere Richtung, die erwarten Ausschüttungen oder Spenden. Oder hat Herr Flussmüller eine reiche Schwiegermutter mit einer offenen, schweren Privatschatulle?"
„Dieser Sarkasmus geht mir schon lange auf den Wecker. Nie weiß man, wo man bei Ihnen dran ist, Herr Rath. Sie ziehen alles ins Lächerliche sobald es kritisch wird."
Die Augen des Bankchefs blitzten.
„Wo wir dabei sind: Wir erledigen im Gesamtvorstand den Job, den Sie seit Jahren nicht machen. Wenn ich genauer darüber nachdenke, erledige ich die Aufgaben fast alleine. Sie haben viel zu viele risikoreiche Papiere direkt in die Bilanz genommen oder die Deals über Ihr Aufsichtsratsmandat in der Trust abgesegnet."

„Der Aufsichtsrat ist nicht nur durch den Kollegen Rath besetzt, Dr. Aurus!"
Leise regte sich aus der anderen Ecke des Zimmers Widerstand. Zumindest eine Minute schien Draam seinem Feind rhetorisch zur Seite stehen zu wollen. Verschmitzt zeigte er den Vorstandskollegen die Lücke in der oberen Zahnreihe.
„Das lasse ich nicht gelten! Der Gremienvorsitzende führt, das ist in diesem Fall seit der Gründung Trust Invest der Kollege Erich Rath!"
Kochend vor Wut zerbrach der Handelsvorstand den Lamy Füller. Die anderen am Tisch sahen ihn groß an. Ein Raunen war zu hören.
„Ich empfinde keine große Lust, mich jedes Mal auf's Neue in dieser Sitzung vorführen zu lassen! In drei Monaten zum dritten Mal. Das geht nicht!"
Flink hatte Rath den Laptop aufgeklappt und las die Zeilen der sorgfältig dokumentierten Maßregelungen.
„Mir egal! Wir müssen Private von Investitionen in unser Haus überzeugen. Das klappt nur über einen Zinsaufschlag auf stille Einlagen. Der Landrat hat sich bereits mit dem Innenministerium abgestimmt, eine schriftliche Zustimmung erhalten. Rechtliche Rahmenbedingungen sind schnell geschaffen. Es gibt wegen der Ausnahmesituation an den Märkten keine Alternative. Wir finden Kapitalgeber, meine Herren, mit Sicherheit, glauben Sie mir."
Aurus fuhr sich, die Hände knetend, mit der Zunge über die Lippen. Er hatte den Investor vor Augen. Der musste von der Anlagequalität überzeugt werden.

Altaussee, Bahnhof, 2. Mai 1945, 16:45 Uhr
Steimle hatte einen Plan B. Es war klug, Prohaska neben sich zu haben, sollten sie ungeplant auf Kaltenbrunner treffen. Der Mann würde ihn im Lastkraftwagen zum Salzbergwerk begleiten. Ausschließlich seine Intimfreundschaft mit dem Oberstgruppenführer aus Studentenzeiten schützte diesen Judenfreund.
Er hätte mit dem Typen längst kurzen Prozess gemacht. Mit einer Semitin 20 Jahre verheiratet zu sein und ein Kind gezeugt zu haben, war Blutschande. Wer wusste, welche Arierin dieser Klumpfuß darüber hinaus geschwängert hatte! Der Standartenführer griff an den Unterleib. Warum war er in Berlin nicht zum Arzt gegangen? Der stechende Schmerz quälte ihn seit Wochen.
Prohaska stand mit seinem Sohn unter dem Vordach des Bahnhauses und hörte laut trommelnde Regentropfen auf dem Weißblechdach. Ale-

xander schmiegte sich wegen der Kälte eng an ihn. Die Mantelknöpfe waren geschlossen und der Kragen zum Schutz vor Nässe nach oben geklappt. Darüber hing ein alter Jutesack. Liebevoll nahm der Vater seinen Sohn in den Arm und drückte ihn an den Bauch. Verschüchtert blickte der Kleine hoch.

„Komm mit", befahl Prohaska leise. „Wir fahren im LKW des Standartenführers und suchen später eine Unterkunft im Ort."

„Aufbruch!"

Steimle schaute aus dem Führerhaus an den Lastern vorbei zum Kolonnenende und gab den Befehl, zum Salzbergwerk aufzubrechen. Eine Minute später erschütterte das Dröhnen der fünfzig Wehrmachtslaster die frühlingshafte Bergwelt.

Langsam holperten die grauen Fahrzeuge auf dem nassen Waldboden in Schlangenlinien bergauf. Steimle saß vor sich hin summend im LKW neben Prohaska und dessen Sohn. Im Innenraum war es stickig. Der Fahrer kurbelte ein Fenster herunter. Sofort drang frische Regenluft über die kleine Luke in den Laster ein.

„Meldung für den Standartenführer!"

Steimles Funker reichte den Zettel von außen in den Wagen. Prohaska konnte das Gesicht des Boten wegen des eng fallenden Regens nicht erkennen. Sofort entriss der SS-Offizier dem Mann den Fetzen und überflog ihn.

„Eigruber erwartet uns vor dem Eingang des Salzbergwerks. Dieser Gauleiter ist aus rechtem Holz geschnitzt, Volksgenosse. Der Mann hat neun Holzkisten ins Bergwerk schleppen lassen. In denen liegen Blindschleichen. Amerikanische Fliegerbomben. Unsere erfahrensten Frontkämpfer werden sie ruckzuck in Gang setzen. Diesem feigen, internationalen Judentum wie seinen Verbündeten darf nicht der Triumph gegönnt werden, germanische Kunstschätze zu verschleudern und die reine, deutsche Volksseele zu besudeln."

Zufrieden grinsend drückte Steimle sich in den Beifahrersessel und ließ das sorgfältig zusammengelegte Papier in die Brusttasche gleiten. Der Fahrer schaltete zurück, der Mercedesmotor heulte auf. Mit einem Ruck sprang der LKW aus dem tiefen Loch. Prohaskas schmächtiger Körper schleuderte aus dem Sitz. Hart schlug sein Kopf an die blecherne Decke.

„Das ist Wahnsinn! Sie wollen jahrhundertelang zusammen getragene Bilder, Statuen und Kunstschätze zerstören lassen. Europäische Kulturgüter, unwiederbringlich vernichtet? Hitler ist tot. Das sagt der Volksempfänger. Dies sinnlose Mordens muss endlich aufhören!"

Steimle hielt sich mit gebeugtem Oberkörper beidhändig am Armaturenbrett fest. Der Stahlhelm wippte aufgeregt hin und her. Die Hände des Standartenführers waren zu Fäusten geballt. Voller Wut starrte er auf die herausstehenden, schneeweißen Fingerknochen.
„Hochverrat! Du Halbjude stellst die Macht des höchsten Befehlshabers in Frage. Das melde ich dem Oberstgruppenführer! Eigentlich müsste man dich sofort erledigen. Diese Soldaten und SS-Männer haben einen Eid auf den Führer geschworen. Du fällst dem Reich in den Rücken! Alles andere als Befehlsausübung ist Defätismus!"
Der Fahrer öffnete den Wagenschlag des VW-Kübelwagens. Eigruber stand direkt vor dem Salzbergwerk in der Mitte einer Gruppe von Waffen-SS-Männern. Waffenklirren war zu vernehmen. Der Standartenführer bewegte den Körper, die Hand zum Gruß gehoben, theatralisch nach vorne. Steimle wusste, wie man Menschen dieser Region für sich einnahm. Eigrubers Gesichtsmuskeln zwangen sich zu einem Lachen. Die senfbraune Parteiuniform wirkte viel zu groß für den kleinwüchsigen Körper. Mit einem Ruck zog er die schwarzen Lederhandschuhe fester. Stumm zeigte der Gauleiter mit der Hand Richtung der LKW.
„Was liegt denn außer der Kunst in den Kisten? Das Bergwerk fliegt bald in die Luft, wenn die Negertruppen näher rücken."
Vorsichtig, voller Stolz zog Steimle den Umschlag aus der grauen SS-Kampfjacke und entfaltete das weiße Papier.
„Geheime Reichssache. Der Führerbefehl verbietet, über die Kisteninhalte zu sprechen."
Eigruber erfasste mit der Auffassungsgabe eines politisch erfahrenen Goldfasanen schnell. Sein hässliches Gesicht war ob der Bedeutung von Hitlers Unterschrift runzliger geworden.
„Alle Reichsorganisationen haben den Inhaber des Papieres jederzeit, unverzüglich und in vollem Umfang Unterstützung bei Maßnahmen zu gewähren, wenn es dem Inhaber des Schreibens erforderlich erscheint. Behinderungen werden mit dem Tod bestraft. Zuständig sind die Standgerichte vor Ort."
Barsch erscholl der Gauleiterbefehl:
„Der Standartenführer darf unverzüglich abladen und im Stollen einlagern. Die Arbeiter haben zu helfen."
Steimle ließ die Männer absitzen. Ein erschöpftes, doch erfreutes Raunen folgte der Ansage Eigrubers. Die Soldaten waren froh, von den Pritschen zu kommen und etwas zu tun. Die Lastermotoren erstarben. Prohaska musste Kaltenbrunner finden. So konnte er Gewissheit darüber erlangen, wie es Sarah ging.

Ammerland, Seeufer, 16. September 2008, 12:00 Uhr
Zita raste auf das Kinderheim zu. Anna Wolff stand winkend auf Zehenspitzen hinter dem schmiedeeisernen Tor. Zwei Meter vor der Freundin schwang die Hündin wie ein Resonanzkörper. Mit einem Ruck flog das angelehnte Gitter auf.
Anna umarmte Gregor Klar mit beiden Armen und drückte ihn. Sanft schob er den zierlichen Körper von sich. Verlegen wischte die Pflegerin mit dem Jackenärmel die Tränen weg, betreten zum See schauend.
„Der Julia geht es schlecht, Gregor. Unsere Kleine hat gestern Morgen wieder so einen schweren Schub erlitten, die Arme!"
Schweigend gingen sie die letzten Schritte zum Haus. Sorgfältig gesäubert von Asche und Tabakfasern verschwand der Zigarrenrest im Mini-Humidor. Klar leinte die Hündin am dicken Baumstamm mit großzügigem Auslaufradius an. Dort konnte sie sich unter dem Schatten des Ahorns im satten Gras ausruhen.
Der leicht gebräunte Mann im weißen Kittel bat sie leise sprechend ins Haus. Kurz blickte der Hauptkommissar in das fein gezeichnete Gesicht des Arztes Mitte fünfzig. Klar schätzte ihn auf knapp zwei Meter. Gewissenhaft rückte der Mediziner die Bügel seiner Brille zurecht und schlug den dunkelblauen Ordner auf.
„Hinter unserer Patientin liegt der dritte Schub in zwölf Monaten. Ihr Körper spricht kaum auf Langzeitmedikamente an. Bis heute hat das Mädchen den Elterntod nicht verarbeitet. Es ist depressiv und braucht die Liebe ihrer engsten Bezugspersonen. Dann lässt sich ihr Seelenhaushalt stabilisieren, in der Folge reduzieren sich die Schübe. Nach einer Weile versuchen wir es erneut mit der Medizin."
Der Arzt klappte die Krankheitsakte zu, fuhr sich über Wange und Kinn. Annas Hände zitterten. Sie liebte Julia wie ihre eigenen Kinder und blickte ängstlich zu ihrem Freund.
„Wir haben verstanden."
„Julia wartet."
Sie nahmen die wenigen Stufen in die Behandlungsräume. Anna Wolff zwang sich zu einem Lächeln. Im Hintergrund lief gedämpfte Musik von Tokio Hotel. Das Mädchen schaute mit fahlem traurigen Gesicht aus dem Kokon weißer ineinander verschlungener Bettlaken. Im Krankenzimmer roch es nach Desinfektionsmitteln. Aus einem halben Dutzend Plastikschläuchen flossen verschiedenfarbige Infusionen in regelmäßigen Abständen durch den ausgezehrten Körper. Erwartungsvoll zeigten Julias Augen Richtung Couchtisch. Das Mädchen vermochte

nicht, den schmächtigen Körper aufzurichten. Kraftlos fiel sie in die Kissen zurück. Sachte strich Klars Hand über die Vorderseite des Bestellers von Cornelia Funke.
Mit einer gehaspelten Entschuldigung schnäuzte Anna in ihr Taschentuch, um sofort danach das Zimmer zu verlassen. Julias Gesichtsmuskeln waren entstellt. Jeder Betrachter musste zwischen großem Mitleid und Ekel schwanken, für den er sich im nächsten Moment schämte. Bedächtig schlug Klar die Chronik des Münchener Waisenhauses auf. Das Bild irritierte ihn für Sekunden. Er kramte im Gedächtnis. Die kahl geschorenen Burschen auf dem Foto kamen ihm bekannt vor. Schnell wischte er den Gedanken weg. Unmöglich, die Aufnahme war 1949 geschossen worden, vor fast 60 Jahren.
„Ist was, Gregor?"
Klar erinnerte sich an die Arztbitte.
„Alles in Ordnung. Wie lautet der Plan, Julia? Ich hab zwei Stunden Zeit."
„Lies mir was aus Tintenblut vor! Bitte!"
„Ok …."
Enttäuscht legte Klar die Waisenhaus-Chronik zur Seite. Er hätte gern mehr über die Geschichte des Instituts erfahren. Doch das konnte warten. Ruhig schlug er die erste Romanseite auf.

München, Maxburgstraße, 17. September 2008, 8:05 Uhr

Nichts und niemand war so wichtig, dass ein Münchener Kommissar seiner Klasse mitten in der Nacht antreten musste. Loiperdinger rieb sich die Schlafreste aus den Augen. Müde schaute er auf den gelbbraunen Teppichboden. Ein schwarzer Kaffee ohne alles konnte den Polizisten retten. Klar streckte sich im Sessel nach hinten.
„Eine Stunde nach dem Treffen habe ich den Tagebuchinhalt en détail gekannt, Loipi. Geber ist mit seinem Freund vor vier Wochen im Mandarin Oriental gewesen. Direkter Blick auf den Chao Phraya. Dieser Typ muss richtig Asche gehabt haben. Doppelzimmer gibt's in der Zeit nicht unter 400 Dollar pro Nacht, sagt Annette. Die muss es wissen. Sie ist unsere Weltmeisterin im Sparreisen finden. Egal. Runkel hat wenige Tage zuvor eine gemeinsame Wohnung mieten wollen und darauf gesetzt, Geber würde anspringen. Der hatte ihm ein paar Monate vorher angeboten, in Solln einzuziehen, allerdings nachdem er eine Menge gesoffen hatte. Pustekuchen! Runkel hätte mit der S7 über dreißig Minuten in die Innenstadt zur Arbeit fahren müssen und darauf hatte der absolut keinen Bock."

Loiperdinger fuhr sich mit der Hand Kopf schüttelnd durch die fettigen Haare.

„So ein Charakter wie Geber gibt nicht ein Leben auf der Überholspur auf. Gregor."

Im Zeitlupentempo glitten die abgegriffenen, an den Rändern angegrauten Seiten des kleinen Buches durch die Hand des Hauptkommissars und stoppten in der 34. Kalenderwoche. Verzweiflung und Wut standen in dem knapp drei Wochen alten Eintrag. Der Text war mit orangenen und pinkfarbenen Filzstiftmarkierungen versehen. Am Rand wechselten sich kunstvoll gezeichnete Herzen mit Totenköpfen ab. Der Lover ließ sich nicht unter Druck setzen. Geber hatte ihn angepflaumt, er solle Beweise bringen, bevor er ihn und den anderen anschuldigte. Er hätte sich wie üblich alles ausgedacht. Der gemeinsame Zukunftstraum in einer anderen Stadt, weit weg von allen, die Roland an sein altes Leben erinnerten und ihn von seiner wahren Bestimmung abhielten, hatte sich in Luft aufgelöst. Kurz darauf war Runkel am Telefon beleidigt worden. Jetzt wars genug. Den Geliebten durfte und sollte niemand für sich haben.

„Der Typ war diesem Geber völlig verfallen, hörig wie ich der Geli aus meinem Dorf zwischen LA und Straubing."

„Hä?"

„Mann, Landshut!"

Loiperdinger grinste.

„Dass du einen sprunghaften Kantonisten überhaupt im Kreis der möglichen Täter siehst. Der Runkel hätte nie sein Ein und Alles umgebracht."

„Sagt Meier 2, oder?"

„Nein, ich!"

Die Haare des Kommissars glänzten in der Morgensonne. Es war lang geworden gestern in der „Roten Sonne". Bedächtig strich er über den Stoppelbart. In zwei Punkten hatte sein Chef recht. Entweder wusste Runkel mehr als er zugab. Die im Tagebuch angedeutete Erpressung ließ vermuten, wichtige Zusammenhänge der gemeinsamen Arbeit in der Bank seien bewusst verschwiegen worden. Oder er war in Gefahr, weil ein Dritter verwickelt war und den Banker unter Druck setzte. Geber war ermordet worden. Sie mussten den Zeugen befragen.

München, Hans-Sachs-Straße, 17. September 2008, 10:00 Uhr

„Vier, vierundfünfzig, eins von Florian. Ihr Standort?", knödelte das Funkgerät im silbernen Dienstfünfer. Die Sicherheitsgurte rasteten mit hellem Klick ein.

„Präsidium."
Loiperdinger tippte die Zieladresse ins Navi.
„Drehen Sie in Richtung Lenbachplatz."
Die angenehme Frauenstimme duldete keinen Widerspruch. In wenigen Minuten würden sie über Karlsplatz und Sonnenstraße am Ziel sein. Nervös blickte Klar in den Rückspiegel, sich erleichtert zurück lehnend.
„Vier, dreiunddreißig, vier, fünfundvierzig, von vier, vierundfünfzig, Blaulichter ausschalten und Sirenen ausmachen. Die Bezirksschwestern müssen nicht aus den Betten fallen."
Über den eigenen Witz grinsend hängte Loiperdinger das Mikro in die Armaturenhalterung und drückte den ausgerauchten Zigarettenstummel auf dem Autodach aus. Schnell zog der Qualm aus dem Seitenfenster des ausrollenden, grünsilbernen Streifenwagens.
Erst als Klar und er ausstiegen, fing sich der Kommissar den tadelnden Kollegenblick ein. Beide Männer blickten durch das Erdgeschossfenster ins indische Restaurant.
Drei eifrige laufende, heftig gestikulierende, dunkelhäutige Kellner in weißen Schürzen und schwarzen Hosen waren mit dem Servieren von Unmengen Tandoori Hühnchen mit Reis sowie Linsenwaffeln beschäftigt.
Loiperdinger schüttelte sich entsetzt.
„Lieber bleibe ich beim bayerischen Schweinebraten mit Knödeln und Kraut."
Die Stirn des Hauptkommissars legte sich in Falten. Mit diesem nervenden, provinziellem Dauerqualmer und den sechs Schupos waren sie zu acht.
„Karakus und Mörtelbacher begleiten Loipi und mich. Schafhuber Eins und Maierthaler bewundern die Innenhofbegrünung und kontrollieren das Pflanzenwachstum. Lallinger und Schafhuber Zwei bleiben auf der Straße vor dem Haus und sichten die Glockenbach-Hundehaufen. Nicht reintreten, Jungs!"
Klar schaute in die Runde, nach seiner P7 tastend. Keiner außer ihm und Loiperdinger war über Dreißig. Vier der Männer verstanden seinen Humor nicht. Das hatte er an ihren Blicken gesehen. Klar lachte leise vor sich hin. Der stuckverzierte, sanierte Altbau zählte fünf Stockwerke. Hinter dem Haus befand sich der gläserne Aufzug.
„Hallo, wer is denn do? Hallo?"
Kurz darauf summte der Türöffner. Die verbrauchte Luft eines Altbautreppenhauses schlug den Polizisten entgegen. Fies grinste Klar den kaum Jüngeren an.

„Für einen Siebenunddreißigjährigen atmest du schwer, Wolfgang. Mit so einer Lunge lässt sich kein 10-Kilometer-Lauf mehr bestehen."
Karakus und Mörtelbacher konnten ein Schmunzeln nicht verbergen und grunzten, während sich Klar den Stinkefinger von Loiperdinger einfing. Die grau gefärbte Wohnungstür aus massivem Holz dämpfte das zweimalige, intensive Klopfen der beiden Schupos. Klar, der mit Loiperdinger ein wenig hinter den Kollegen stand, drehte sich verärgert um.
„Machen Sie die Tür zu! Sofort!"
Klars eindeutiger Wink überzeugte die Alte. Verstohlen blickte Klar auf die Armbanduhr. Fünf Minuten waren vergangen, seitdem sie im obersten Stockwerk angekommen waren. Die Schweißausbrüche der beiden jungen Kollegen bestätigten seine Vorurteile über Auswahl und Ausbildung von Polizeinachwuchskräften. Auf der Agenda der nächsten Führungsrunde war mit Sicherheit Charakterstärkung weit oben. Dafür würde er sorgen.
„Zugriff!"
Mit einem Stoß flog die Tür auf. Das klirrende Geräusch von zerspringendem Glas ließ die Männer zusammenzucken. Eine schwarze Katze rannte vor den Beamten weg. Der starke Luftzug kam von der Straße. Das tiefe Grollen eines Jaguar Zwölfzylinders und das Knattern von Rollermotoren waren zu hören. Loiperdinger stakste zwei Schritte voran. Klar entsicherte die Waffe. Mit Fingerzeichen lenkte er Karakus und Schafhuber Eins in die links und rechts vom Flur abzweigenden Zimmer. Fabian Runkels Oberkörper lag mit nach rechts gedrehtem Kopf vornüber auf dem Esstisch. Der rechte Arm zeigte ausgestreckt in Richtung des offenen französischen Balkons. Die Augen des Bankers waren geschlossen.
Er war aus nächster Nähe getötet worden. Gott sei Dank war es kein aufgesetzter Schuss gewesen, der dem Opfer den Kopf weggeblasen und die Gehirnmasse zum Fliegen gebracht hätte. Die Jungkollegen hätten das auf ihrem Ersteinsatz nicht verarbeitet. Der Täter hatte den Mann aus circa einem Meter Entfernung hingerichtet. Prophylaktisch fühlte Klar seinen Puls. Mit einem Ruck zog er den Vorhang aus Chiffon-Seide zur Seite. Er brauchte Frischluft. Lallinger und Schafhuber Zwei blickten achselzuckend hoch. Die Kriminaltechniker mussten her.

München, Hans-Sachs-Straße, 17. September 2008, 11:00 Uhr
Das Schloss der Riegelversperrung klickte dreimal.
„Jo, jo. Is ja guad. I kimm scho."
Die Alte hatte garantiert vierzig Minuten ununterbrochen durch das

winzige Guckloch ihrer Wohnungstür gestarrt. Die Sicherheitskette aus Chrom blitzte auf.
„Ich bin Kommissar Loiperdinger. Grüß Gott!", rief er laut.
In der Wohnung roch es nach Haarspray, Kaffee und Mottenkugeln. In zerschlissenen, schwarzen Filzpantoffeln schlurfte die Frau über das abgenutzte Stabparkett aus heller Eiche Richtung Küche.
„Sie brauchan net so schrei'n. Kemman's' rei", murmelte sie.
„Wos is denn los? I hob imma g'wusst, dass do wos ned stimmt."
Loiperdinger verdrehte die Augen. So hatte er sich vor seiner aktiven Polizeiarbeit die ideale Zeugenbefragung vorgestellt. Sympathische, vorurteilsfreie, attraktive und intelligente Frauen sowie Männer waren seine Sache.
„Da Dokda Runkel hod oft und lang Bsuach, der oiwei lang bleib'n duad. Des san oiwei andre Manna. Des is oiwei ziemli laud wor'n in dera Wohnung."
Sie schüttelte den Kopf. Ihre spindeldürren Finger zeigten Richtung Hausflur.
„Wisst's ihr scho, wos der is?"
„Wollen Sie etwa sagen, dass Herr Runkel homosexuell veranlagt war?"
Ihr kleiner Kopf bewegte sich hektisch. Unwillkürlich wurde er an die Bewegungen der Nähmaschinennadeln erinnert, als Oma vor knapp dreißig Jahren durch Heimarbeit das Haushaltsgeld der niederbayerischen Großfamilie aufbesserte.
Der Kommissar zwang sich zur Ruhe. Die zu Fäusten geballten Hände waren in den Tweedsakkotaschen verschwunden. Diese vergreiste Hardcorebayerin kam ihm recht mit ihrer homophoben Einstellung. Die Alte schlurfte zum Herd. Bedächtig fuhr sie sich über den Unterarm.
„Fabian Runkel ist in seinem Apartment ermordet worden, Frau Pischetsreuter!"
„Wos, des gibt's doch ned! In deram, unserm Haus? Umbrocht? Mei o mei, wos is denn des für a Zeit? Ja, ja, so hoaßt ma des heid. Friahra war'n des de 175er, wisst's es scho …"
Langsam floss der Kaffee durch den Handfilter. Loiperdinger ging über die Bemerkung hinweg. Der Tod des Nachbarn schien die Frau nicht im Geringsten zu berühren.
Ein wenig zu kokett rückte sie das dünne Haarnetz über dem grauen Dutt zurecht. Tiefe Augenringe machten sie älter als sie war. Schaudernd zog die Greisin die dünne, weiße Strickjacke über den Rundrücken.

„Wenn i genauer nochdenk', ist da Herr Runkel eigendli ganz nett g'wesn, er war des oane oder andere Moi eikauffa fia mi. Joa, des war er. Schod, dass er dod is. Dann konn er mia gor nimma de Sachan vom Tengelmann midbringa. Wenn i do nochdenk…. So umara hoibe neine war i zum Eikauffa am Hoizplatzl, und wia i mid`m Aufzug owe gfarn bin, san zwoa Manna im Gang auffeg'rennd. Im viertn Stock homs zua Wohnungsdiar 'nei g'schaugt, 'wia i im Aufzug owe gfarn bin. Herr Kommissar, i hob scho Angst g'habt, dass de zu mia woin hä'n. Ma woaß heitz'dog nimma, ob ma in da eigna Wohnung no sicher is. Friahra, wia mei Mo no g'lebt hod, is des ois ganz anderst g'wen. Doch seitdem da Alfred vor sechs Joahr g'storbn is, fuih i mi nimma sicher."
Verwundert sah Loiperdinger eine einsame Träne die runzligen Backen hinunterlaufen. Die Alte hatte Gefühle. Er fragte sich, ob das Trauerzeichen aus Angst vor dem vermutlich nahen, eigenen Tod herrührte oder der Erinnerung an ihren verstorbenen Gatten geschuldet war. Treffsicher fand der hellbraune Tassenfilter seinen Bestimmungsweg in den Abfallbehälter unter der Spüle.
„Woll'n's an Kaffä, Herr Kommissar?"
Immerhin nach fünfzehn Minuten, dachte Loiperdinger und nickte.
Hoffnungsvoll startete er eine neue Charme-Offensive. Er musste sie unter maximaler Selbstverachtung anlächeln.
„Beschreiben Sie die beiden Männer, Frau Pischetsreuter, bitte."
„Oana hod ziemli guad ausg'schaugt, der war vielleichd um de sechzge, da anda war oansfünfasiebz'ge oder so, hod – glaub i – a Kappe aufg'habt und war mit am schwarzen Montl o'zog'n. I hob de zwoa nur von da Seit'n g'seg'n. Do war no wos."
Sie zog die Schürze mit dem riesigen Kochlöffel glatt.
Loiperdinger horchte auf. Er hoffte die dritten Zähne der Alten spuckten was Verwertbares für die Fahndung aus. Die Hoffnung starb zuletzt.
„I här' narrisch guad für mei Oidda, miassn's wiss'n, Herr Kommissar. Ois i unt'n aus'm Aufzug g'stieg'n bin, hob i des Gereisch vo dem Feiazeig g'härd. Wissen's scho. Des hod si wia da Anfangston von am scheena Klinglgeräusch og'härd. A bissl wie der O'fang vo unserm Glockenspui. Wissen's scho. Des am Marienblods. Wo da Ude vo dera rod'n Partei hockt. Beim Hugendubel hoid."
Loiperdinger verstand nichts mehr. Er brauchte dringend einen Glimmstängel. Die Alte ließ nicht locker und wollte ihre Geschichte zu Ende erzählen.
„Jo, jo. Sie ham scho richti g'härd, junga Mo. Es hoad si o'ghärd wia a Klingeln. Mei Mo war über dreiß'g Johr passionierda Raucha und

hoad sich in de fuchz'ga Joahr a deias Feiazeig kafft. Des Gereisch, dös i g'härd hob, war des vo genau so am Feiazeig. I woaß scho, wos Sie dengan. Wia g'sogt, i här sehr guad und durch die Hoiztreppn schalld des im Treppenhaus."

Langsam schlurfte sie zum Tisch und stützte sich kurzatmig ab. Loiperdinger kratzte sich an der Nase.

Das Gedächtnis der Frau überraschte ihn. Möglicherweise hatte er sie unterschätzt. Verschämt beugte er sich an den halboffenen Töpfen schnuppernd nach vorne. Es musste Sauerbraten mit Knödeln und Blaukraut sein, was die Frau sich zu Mittag gönnen würde.

„Na, Herr Kommissar. I war dann beim Metzger und bei dem Gmias'türken am Gotzinger Blods eikaffa und nachdem i z'rugg kumma bin, war do Bolizei scho im Treppenhaus. I konn Eahna ned mehr sogn. Kriag i jetzad a Geld oder wos is', Herr Bolizist?"

Schwer atmend wandte sie sich dem Kommissar zu.

Schmunzelnd schüttelte Loiperdinger den Kopf.

„Warum denn ned? Des san schlimme Zeitn. I daad eahna helfa."

Ihr Kopf wackelte.

„Is scho recht. I begleit' eahna no zu da Dia, Herr Kommissar."

„Habe die Ehre, Frau Pischetsreuter."

Wenn Annette den Bückling gesehen hätte! Zumindest war die Alte höflich. Sie mussten das markante Geräusch eines teuren Feuerzeugs in einem Glockenbachaltbau mit dem Schmutz unter Gebers Fingernägeln aus dem Englischen Garten und den beiden Toten zusammenbringen. Ihm fehlte die Phantasie. Zumindest Fabian Runkel war als Tatverdächtiger ausgeschieden. Sein Tod war Fakt. Das machte die Ermittlungen nicht einfacher.

Altaussee, nördlich des Altaussees, 8. Mai 1945, 7:00 Uhr

Hauptquartier des Großadmirals, 08. Mai 1945: Am 09. Mai 1945, 0:00 Uhr, sind auf allen Kriegsschauplätzen von allen Wehrmachtteilen und von allen bewaffneten Organisation oder Einzelpersonen die Feindseligkeiten gegen alle bisherigen Gegner einzustellen. Diese Bekanntmachung gilt für jedermann als Befehl, der auf dem militärischen Dienstwege einen solchen nicht erhalten haben sollte.

Der Schrei des Russen kam von dort hinten. Warum waren das nicht die Amis? Mit einem Ruck zog Prohaska das behinderte Bein an. Steimle und er waren seit den frühen Morgenstunden mit dem Rest des Zuges unterwegs zu Kaltenbrunners Unterkunft. Der Oberstgruppenführer lebte mit einer Frau seit Anfang Mai in einer Berghütte zwanzig Kilometer von Altaussee entfernt am Fuße der Trisselwand. Nach seiner Ankunft agierte er zunächst aus einem Befehlsstand am See und hatte sich mit zunehmend unsicherer Kriegslage ins Umland zurückgezogen. Das Wasser lag einige Kilometer hinten ihnen. Ernst wollte sich in der Berghütte treffen um alles Weitere zu besprechen. So stand es im handschriftlich geschriebenen Brief. Kaltenbrunner wusste über Sarah Bescheid. Das war die wichtigste Information.

Ohne militärischen Begleitschutz wäre der Aufbruch viel zu gefährlich gewesen. Außerdem ließ Steimle ihn Tag und Nacht bewachen. Er hätte Altaussee niemals unbemerkt verlassen können.

Steimle schätzte die Entfernung auf achtzig Meter. Der Kopf des SS-Offiziers bewegte sich schnell zu beiden Seiten.

„Runter", formte er mit den Lippen und ging langsam in die Knie. Sofort verstanden die Männer den in unzähligen Kampfeinsätzen empfangenen Befehl. Der Standartenführer warf sich zur Seite, rollte knapp zehn Meter den Abhang hinunter und blieb vor einem großen Fels liegen. Kniehohes Gras und hohle Baumstümpfe boten den Männern neben dem natürlichen Geröll Deckung. Der Sturmbannführer musste das schwere Maschinengewehr in Stellung bringen. Zitternd rückte er den Helm zurecht. Durch den Handschuh zeigte der SS-Offizier auf den hundert Meter entfernten Hügel. Sie hatten eine Chance, wenn sie mit dem Maschinengewehr das russische Granatwerfernest auf halb drei Uhr ausschalteten.

„Konzentrier dich, Sepp! Press den Bauch auf Boden, winkle das Knie an, um das MG zu stabilisieren!"

Heftig rotzte er den schmächtigen, blassen SS-Mann an. Zitternd legte der junge, schwarz Uniformierte den Patronengurt in das schwere Maschinengewehr. Steimle entsicherte die Waffe mit der Faust und visierte das Ziel ruhig über das Fernrohr an. Ohrenbetäubender Lärm zerriss die Landschaft. Zwei Splittergranaten waren fünf Meter über ihnen in der Luft explodiert. Sofort sackte der Standartenführer weg. Gleichmäßiges Maschinengewehrfeuer und das dumpfe, rhythmische Hallen von Zweimillimetergeschossen zerrissen die Luft. Prohaska musste den Splittern ausweichen. Die Finger streichelten das Bild seiner Frau in der Jackentasche. Gott sei Dank war Sarah bei ihm. Blut tropfte aus den Hosenbeinen und versickerte im sumpfigen Boden. Der Schmerz im linken Bein war unerträglich. Er konnte sich auf dem glitschigen Untergrund nicht mehr stabilisieren und fiel auf die Knie. Zum Glück war es leichtes Kaliber. Einige Sekunden später lag sein Körper reglos auf dem sumpfigen Boden. Auf der Wiese war es ruhig. Alexander Prohaska lag zweihundert Meter hinter der Gruppe im Moos. Die Hände waren in das Holz des Kiefernbaumes gekrallt. Der Junge zitterte.

München, Balanstraße, 17. September 2008, 17:00 Uhr
„Nein!"
Ayse Gülent schrie den Schmerz heraus. Seit über einer Stunde weinte Runkels Freundin ununterbrochen. Klar wusste sich keinen anderen Rat mehr. Behutsam nahm er sie, die Stimme senkend, zur Beruhigung in die Arme.
„Ich weiß, wie sich das anfühlt ..."
Ein weiterer kalter Schauer durchlief den zierlichen Körper. Klar reichte die Jacke. Verstohlen taxierte er die Figur der jungen Türkin. Ihr schwarzer Zopf reichte fast bis zum Rückenende. Ihr Freund war ermordet worden, und er stellte sich ihren nackten Körper vor. Eine Sekunde schloss der Hauptkommissar die Augen.
Flüchtig strich sie sich die verklebten Strähnen aus dem Gesicht. Ein Seufzer entfuhr ihr.
„Fabi ist in diesen Scheißkerl verliebt gewesen. Ob die beiden ein Paar gewesen sind, keine Ahnung. Die haben viel Streit gehabt. Dieser Geber wollte Fabian irgendwann vorletzte Woche sehen, denke am Mittwoch. Mal wieder. Da gibt's so 'nen Treff im E-Garten."
Erneut verfingen sich ihre Hände in den Haaren.
„Fabi hat mich so gegen Mitternacht angerufen. Am 2., genau, es war der Dienstag. Ich dachte, er wollte schlafen, doch dann war er dran. Mann, war der durch den Wind und hat die ganze Zeit Wortfetzen ins Handy gehechelt. Ich hab schwören müssen, dass ich nix rauslasse. Beim schwarzen Schweif von Penelope. Nun ist er tot, und mein Versprechen zählt nicht mehr, oder was?"
Große, feuchte Augen bettelten um Zustimmung. Klar reichte ein Taschentuch. Langsam wischte sie sich das Gesicht trocken und schüttelte sich.
„Fabi hat den Geber tot im Park gefunden. Das muss krass gewesen sein. Der war superpanisch am Telefon. Ich hab ihn kaum verstanden, da er gerannt ist und so üble Geräusche im Hintergrund waren. Da hat's so 'ne Ansage im Lautsprecher gegeben, irgend'ne Tramlinie an der Kreuzung zur Prinzregentenstraße war gestört, MVV-Chaos."
Klar war nicht überrascht. Was die Frau sagte, stimmte mit Rattelsberger Analyse überein. Geber war nicht in der Wohnung, sondern im E-Garten zu Tode gekommen.

„Erinnern Sie sich an die Nummer?"
„27", schrie sie. Die Nerven Ayse Gülents arbeiteten in Höchstform und bewirkten einen starken Weinkrampf.
„Beruhigen Sie sich!"
Er würde einen Arzt rufen. Die Frau war fertig. Sie mussten rausfinden, warum Geber in seine Wohnung gebracht worden war und von wem. Klar tippte das Adressbuch im Blackberry auf. Außerdem wollte er Holtkötter fragen, wie es um die wirtschaftliche Situation der Bavariabank bestellt war.

**München, Sonnenstraße und Maxburgstraße,
18. September 2008, 13:40 Uhr**
In weniger als fünf Sekunden verfärbte sich Monika Artmanns Kopf puterrot. Klar registrierte amüsiert am Dekolleté der Vorstandsassistentin den parallel zum Kostümrand verlaufenden, drei Zentimeter hellen Streifen. Er war sicher: Diese Frau trug sonst wertvollen Schmuck.
„Könnte ich einen kleinen Schwarzen haben? Übrigens, Ihr Make-up passt hervorragend zu dem mediterranen Outfit."
Einer schüchternen Frage an eine Frau sollte eine Schmeichelei folgen, wollte man ein Ziel erreichen. Das hatte Klar die lange Erfahrung im Umgang mit dem weiblichen Geschlecht gelehrt. Südländisches kam an, sei es, dass der Mann ein antikes Alfa Cabrio mit ranzigem Verdeck fuhr oder norditalienische Schuhmodelle trug.
„Oh, das ist lieb von Ihnen, vielen Dank!"
Brav flötete die Aufgetakelte die Nettigkeit in den Raum, beugte sich frivol nach vorne und goss aus der dunkelblauen Porzellankanne ein. Einige Augenblicke später saugte das Papiertuch den schwarzen Kaffeefleck auf dem Tisch blitzschnell auf. Verärgert schaute sie auf den braunen Kreis.
Mit einem Ruck stand die Chefsekretärin auf und richtete die langstieligen Rosen in der Schreibtischvase aus. Blitzschnell verschwand der Ringfinger im Mund.
„Mein Tag hat mit Migräne begonnen. Nun dieser langstielige Dorn. Wieder Pech! Sie sind bestimmt nicht wegen mir hierher gekommen, sondern um was über Dr. Geber herauszufinden, stimmt´s?"
Ihr Schmollmund leuchtete rot. Klars Gesicht hatte den Ausdruck eines Mafiapaten.
„Wusste ich´s doch. Der Mann war Leiter vom Projekt Bavariabank Runs for 2015. Komplizierter Name, oder? Keine Ahnung, worum's geht. Dr. Aurus kann ihnen bestimmt viel mehr sagen."

Er hatte sie nicht dort, wo er sie haben wollte. Entweder wusste sie wenig übers Projekt, oder sie zickte absichtlich und wollte mit der Wahrheit nicht raus. Er entschied sich für die zweite Variante, da sie ihn bei der Begrüßung augenklimpernd angeflirtet hatte. Frauen dieser Kategorie liebten den Kampf und nicht den schnellen Sieg. Dann würde er mitspielen, zumal er sicher war, dass das Zieren von kurzer Dauer sein würde. Seine süßen Komplimente liefen durch. Er lächelte die Chefsekretärin an.
„Runkels Team hat Regieanweisungen für Bankübernahmen geschrieben. Das hat Dr. Aurus gesagt. Von der großen Wirtschaft habe ich keine Ahnung."
„Ok... Diskretion ist bei einem solchen Projekt bestimmt erste Bürgerpflicht."
Die Assistentin nickte während sie auf ihren verletzten Finger pustete. Einen Moment blitzten ihre Augen auf. Sie drehte ihm den Rücken zu und sah auf den geschwollenen Finger.
„Ich muss nachhaken, Frau Artmann. Mich interessiert ihre persönliche Meinung über das Team, betriebswirtschaftliche Kenntnisse sind unwichtig, verstehen Sie."
„Runkel ist im Projektteam gewesen. Ich leite das Projektbüro und protokolliere die LA-Sitzungen, auch die Treffen von Projekt- und Teilprojekt-Teams."
Sie hatte sich umgedreht und stand mit gefalteten Händen kerzengerade vor dem Hauptkommissar.
„LA?"
„Lenkungsausschuss, Herr Klar. Ein Gremium mit Chefs, die das Ganze steuern."
Selbstbewusst lächelte die Vorstandsassistentin ihn an und drückte mit einem Schütteln das Kreuz durch. Ihre Augenlider schlossen und öffneten sich eine Sekunde.
„Oha, da sehe ich einen Berg an Arbeit vor mir!"
Verständnisvoll schaute er sie mit dem charmantesten Blick an, den er draufhatte. Gleich hatte er sie. Zufrieden zeichnete sich ein leichtes Schmunzeln auf den Lippen ab.
„Es geht. Eine meiner Aufgaben ist es, die Sitzungsunterlagen für Dr. Aurus vorzubereiten. Runkel war Spezialist in der OE Risikocontrolling gewesen. Sehr beliebt."
Klar war erleichtert. Die Tussi war warm gelaufen. Es wurde höchste Zeit. Ansonsten hätte er an seinen empathischen Fähigkeiten gezweifelt.
„Organisationseinheit?"

Drei Sekunden war Stille. Anerkennend zog die Chefsekretärin die Lippen zusammen.
„Der junge Mann hat als Teilprojektleiter im Team Liqui-Management gearbeitet. Ich glaube, die mussten Geld für Bankübernahmen genau dann einplanen, wenn es gebraucht werden würde."
„Verstehe. Die im Team haben bestimmt Kenntnisse zu den Übernahmedetails gehabt oder?"
„Keine Ahnung, das weiß ich nicht, Herr Kommissar. Aber Runkel hatte Ahnung darüber, wohin das Geld der nächsten Jahre fließen sollte. Das ist in einem Investitionsstrategieplan oder so ähnlich drin gewesen."
Ein müdes Lächeln huschte über das Gesicht.
Klar zog die Schultern ein wenig nach hinten und lehnte sich vorsichtig zurück. Der verspannte Rücken schmerzte. Das kam vom Joggen auf dem Asphalt gestern. Morgen würde er sich neue Laufschuhe besorgen.
„Hat es in der Geschäftsführung oder bei Kollegen Zweifel an der Zuverlässigkeit Runkels gegeben? Jugendlichkeit verbindet sich ab und zu mit Sprunghaftigkeit. Kennen wir ja. Die Verführungen sind groß, ein junger Kerl kann in Versuchung kommen, Details auszuplappern, Halbwahres dazu zu dichten. Er hofft, dafür Kohle zu bekommen. Kann ich mir vorstellen."
„Runkel, nein, Der war integer, glauben Sie mir. Ich habe Menschenkenntnis. Wenn ich nachdenke, kann ich mich nur an eine Stressszene erinnern. Vor einer LA-Sitzung hab ich Gesprächsfetzen aufgenommen. Ohne Absicht. Ich musste schnell die Tischsets in der Küche vorbereiten. Daneben ist der Vorraum zum Besprechungsraum, wissen Sie. An dem Tag hat der Vorstand die Kapitalmarktgeschäfte und die Finanzierung der Übernahmen in Franken, also unser Franken hier in Bayern meine ich, besprechen wollen. Ich komme aus Haßfurt, daher habe ich mir das gemerkt, Herr Kommissar. Der Runkel ist außer sich gewesen, meine Güte. Stirn voller Schweiß. So wütend habe ich den nie erlebt. Leid hat er mir getan, der Arme. Dann habe ich Verbrechen, Betrug und Öffentlichkeit gehört. Um Schwarzgeld für Vorstände ist es gegangen. Der Kollege hat die Fäuste geballt und sie dem Geber ganz knapp vor die Nase gehalten. Ganz sicher, Herr Kommissar."
Die stahlblauen Augen der Chefsekretärin glänzten. Mit der unversehrten Hand umschloss sie den verletzten Finger.
„Unser Dr. Geber ist gefasster gewesen. Das hat sein Alter gemacht. Da war so 'n bisschen was von der Aura von US-Präsidenten, eine Mischung aus Clinton und Reagan, Sie wissen schon. Was Hübsches, nicht wie unsere Berliner, was zum nett anschauen. Was man anfas-

sen will, verstehen Sie. Wenn man könnte und dürfte. Groß, nicht ein Zwerg wie der Schröder oder was Hässliches wie der picklige Koch aus Hessen. Runkel hat Dr. Geber angeschrien. Alles wollte der öffentlich machen, wenn sie nicht zusammen ziehen würden. Das ist eine heftige Szene gewesen, wissen Sie, schrecklich. Nun ist er auch tot, der Arme."
Die Chefsekretärin setzte sich auf den Stuhl und schob verführerisch die Beine übereinander. Die Erinnerung an den heftigen Streit und Runkels Tod schienen ihr emotionales Gleichgewicht wie auch die Libido nicht beeinträchtig zu haben. Klar musste sich zusammenreißen und die Zeugenbefragung zu Ende bringen.
„Wann war das, Frau Artmann?"
„Ganz kurz."
Ruhig blickte die Assistentin auf den Parkettboden.
„Jetzt hab ich`s. Das war am ersten Dienstag im Monat. Vor der LA-Sitzung, so zwischen 8 und 10 Uhr. Stimmt! Die Ausschüsse finden vor der VoSi statt. Im großen Sitzungszimmer."
„VoSi?"
„Vorstandssitzung! Kurz nach dem Vorfall habe ich pflichtgemäß Dr. Aurus informiert, dass sich die beiden Herren über die Kapitalmarktgeschäfte der Bank unterhalten haben und aufgebracht gewesen sind."
„Natürlich …."
„Der Chef hat eine Klärung zugesagt und mit viermal gesagt, ich soll nichts weitersagen. Aber das mache ich sowieso nicht."
„Natürlich nicht …."
Klar räusperte sich.
„Die letzte Stunde hat mir jedes Zeitgefühl genommen. Sie haben mir geholfen. Entschuldigen Sie, dass ich das charmante Gespräch abrupt beenden muss. Ich muss zurück ins Kommissariat."
Er schaute auf die Uhr, zwang sich zu einem Augenzwinkern und stand in einem Ruck auf. Sie mussten schnellstens herausfinden, womit Runkel in seiner Enttäuschung Geber erpressen wollte. Die Tagebucheintragungen des Liebhabers hatten in die gleiche Richtung gedeutet. Möglicherweise war das der Schlüssel zur Lösung des Falls. Der Staatsanwalt stand ihm auf den Füßen und die Mutmaßungen in der Boulevardpresse wurden abstruser. Die Schwulenszene fing an, sich hochzuschaukeln.

München, Maxburgstraße, 18. September 2008, 18:00 Uhr
Holtkötter keuchte. Es war keine gute Entscheidung gewesen, die Treppe zu nehmen. Sichtlich erleichtert übergab er Klar den Risikoreport der Bavariabank. Selbst Wirtschaftskriminologen benötigten Ruhepausen.

Der übergewichtige Polizist stützte sich, hektisch ein und aus atmend, auf die Knie. Asthma machte dem Vater dreier Kinder seit seinem fünfzigsten Geburtstag vor neun Jahren zu schaffen.
„Die Papiere datieren vom 31. August 2008. Die Artmann hat sie vor einer Stunde gebracht."
Klar mochte den westfälischen Dialekt. Die Stimme des Dicken aus dem Referat Wirtschaftskriminalität erinnerte frappierend an Franz Müntefering. Wie dieser engagierte er sich für die SPD. In Arbeitnehmerrechten konnte man sich an Holtkötter wenden. Für den Sauerländer sollte in knapp drei Jahren der Vorruhestand beginnen.
„Ich kann gegen dein Schnaufen bestes Allgäuer Stilles aus dem Kühlschrank bieten! Tut auch Westfalen gut."
Routiniert wanderten Daumen und Zeigefinger des Hauptkommissars durch die Unterlage, während er den Flaschenverschluss aufdrehte. Nichts als triste Zahlen.
„Weiß schon. Für dich sind Banker Gangster oder Langweiler. Deren Geschäft ist allerdings spannend."
Laut gluckste das Wasser durch den Hals Holtkötters. Klar runzelte die Stirn und hielt die Präsentation Nummer Drei gegen das künstliche Licht.
„Auf jeder Seite der Unterlage ist mittig dieselbe Ziffer in blassem Schwarz aufgedruckt. Wenn eine Kopie der Unterlage oder ein Auszug daraus auftauchen sollte, ist der Maulwurf identifiziert. Man muss natürlich vor der Ausgabe die Adressaten der Exemplare vermerken und alles sicher aufbewahren."
Grinsend zog der Wirtschaftskriminologe die Augenbrauen hoch. Seine gefalteten Hände lagen auf dem dicken Bauch, der sich langsam auf und nieder senkte.
„Ich habe mir die Risikoberichte der Bavariabank von 2007 bis zur ersten Septemberwoche 2008 zur Brust genommen. Oh, là, là, 'ne Menge Sprengstoff ist drin. Die Vorstände haben viel Mammon ins Risiko gestellt. 2000 wurde 'ne Beteiligungsgesellschaft gegründet, hundertprozentiges Eigentum der Bank. Die investiert in Aktien, Zertifikate, festverzinsliche Wertpapiere und sogenannte strukturierte Papiere."
Mit leichtem Schaudern dachte Klar erneut an seinen schlecht schlafenden Vater.
„Was die einzelnen Investments wert sind, kann man nicht aus der Bankbilanz lesen. Dort ist ein Beteiligungswert ausgewiesen. Dahinter verstecken sich die Einzelrisiken. Ehrlich gesagt, guckt sich die Aufsicht die gar nicht an. Doch es geht einen Schritt perverser. Je mehr

angenommene Verluste der Beteiligungsgesellschaft der Laden abschreibt, desto besser. Das interpretieren Prüfer als besondere Vorsicht, da die maximalen Risiken berücksichtigt sind. An dieser Stelle gibt's ein Problem."
Holtkötters Stimme lief wie eine laute, unrunde Kreissäge. Der Wirtschaftskriminologe kratzte sich am Arm. Sein Gesicht hatte einen fettigen Glanz bekommen. Er war richtig in Fahrt.
„Der Wert in der Bilanz der Mutterbank ist 'ne Lachnummer. Neben Marktpreisrisiken der Aktien und festverzinslichen Papiere wirken sogenannte vertragliche Nachschusspflichten für strukturierte Papiere. Die Bavariabanker müssen Geld überweisen, wenn der Vertragspartner Pleite geht. Sehr viel Geld!"
Holtkötter hatte sich eine Verschnaufpause verdient. Schweiß sammelte sich in den wenigen Furchen der wegen Übergewicht nahezu geglätteten Gesichtshaut.
„Noch was ist auffällig. Die Bank hat Wertpapiere gekauft und nach einer juristischen Sekunde an die Tochtergesellschaft zu Marktpreisen weitergereicht. Grundsätzlich gesetzeskonform. Bei allen Käufen der vergangenen acht Jahre fällt allerdings auf, dass das Risikocontrolling als Fachabteilung nie zugestimmt hat. Außerdem fehlt bei neuen Produkten die Dokumentation des Neuproduktentwicklungsprozesses. Den muss ein neues Wertpapier durchlaufen, damit für alle Beteiligten Chancen und Risiken des Investments transparent sind."
Von Loiperdinger hatte Klar in seiner Abneigung gegen Papierkram nur am Rande der Ermittlungen von diesen Vorschriften gehört. Vielleicht war der Kollege besser als er dachte. Der Mann fuchste sich in Fachdetails rein. Neugierig schaute der Ostwestfale Klar einige Sekunden an, als ob er ihm die Möglichkeit geben wollte, seine logische Denkfähigkeit unter Beweis stellen zu können und eine intelligente Frage zu entwickeln.
„Bei der Bavariabank fehlen diese Gutachten. Die Wertpapiere sind illegal erworben worden. Die Kauforders haben immer die Unterschriften von Aurus und Rath getragen."
Klar hielt die Luft an.
„Diese Tochter der Bavariabank, die Invest, hat in fast alle großen US-Banken investiert. Die sind heute entweder pleite oder verstaatlicht. Es geht um Forderungen gegen Fannie Mae und Freddie Mac, das waren bis vor kurzem die größten amerikanischen Immobilienfinanzierungsbanken. Selbst die sind tot. Die Papierchen haben keinen Wert mehr."
Holtkötter fasste, erleichtert das kühle Weißblech der Sprühflasche

fühlend, in die Hosentasche. Die Asthmamedizin trug er stets bei sich. Eine Minute später war er wieder zurück. Der Wirtschaftskriminologe kam schnell in Fahrt. Heftig nickte er und wischte sich über die Stirn.
„Nach heutiger Situation hat die Bavariabank über ihre Beteiligung an der Trust Invest ein sogenanntes schlagendes Risiko von circa zwei Milliarden Euro in den Büchern."
Die Stimme des Wirtschaftskriminologen klang belegt. Vermutlich zeigte die Medizin einige Nebenwirkungen. Das aufgedunsene Gesicht hatte an Fettglanz verloren.
„Ich tippe auf akute Pleitegefahr. Außer den Vorständen, dem Verwaltungsratsvorsitzenden und dem Leiter des Risikocontrollings wird das keiner wissen. Da tickt ne Zeitbombe. Niemand weiß, wann die hochgeht."

München, Waldfriedhof, 18. September 2008
„Julia hat zum Schluss keine Kraft mehr gehabt, Gregor. Sie ist eingeschlafen und zu ihren Eltern gegangen."
Bucklig stand Anna Wolff mit Tränen in den Augen vor dem Eingang des Waldfriedhofs. Sie wirkte kleiner, als sie war. Der Kindersarg war dreißig Minuten in der Erde.
„Lass uns zum Italiener in der Wolfratshauser gehen. Julia hätte das gefallen. Komm."
„Die Kleine hat das Ende kommen sehen. Sie wollte eine Reise an einen Ort machen, den wir nicht sehen können, aber von dem sie uns sehen kann. Hat mir die Süße vor sechs Tagen zugeflüstert."
Die alte Frau schluckte und wischte sich Tränen aus den Augen.
Wenige Minuten später war das ungleiche Paar am Auto angekommen. Hinter der nächsten Biegung begann der Waldweg Richtung Solln.
„Wir nehmen das Auto, wenn du magst, Anna. Was liegt dir auf der Seele, meine Liebe? Sprich."
Klar hielt der Freundin die Beifahrertür auf.
„Julia hat zum Schluss nur Geschichten mit dem Waisenhaus im Kopf gehabt. Sie hat Bücher gefressen."
Klar holte Luft. Das Mädchen hatte gewusst, dass er ohne Vater aufgewachsen war. Sie waren Seelenverwandte. Er nahm den Blick von der Fahrbahn und betrachtete das Seitenprofil der Pflegerin.
Ohne seine Erwiderung abzuwarten, sprach die Helferin in die Tasche greifend, weiter.
„Unsere Kleine hat mir dieses Buch für dich mitgegeben. Ich habe versprechen müssen, es dir zu schenken, sobald sie auf der Reise ist. Die

Tränenflecken auf der Rückseite sind von Julia. Hier, für dich!"
Klar kannte den Bildband, der sich mit der Auslagerung des Heimes und seiner Bewohner aus der Stadt in umliegende Gemeinden wie auch Kreise beschäftigte.
Im Büro würde er einen Blick reinwerfen. Der Volvo rollte auf den Parkplatz des Italieners. Schnell legte er das Buch auf die Rücksitzbank neben Zita.

München, Mühlbaurstraße, 18. September 2008, 20:00 Uhr
Der Kellner grüßte ausgesprochen höflich mit einer Verbeugung. Gekonnt nahm Marco den hellbraunen Kaschmirmantel ab.
„Ich freue mich, dass Sie das Restaurant wieder beehren, Herr Dr. Aurus. Herr Flussmüller ist noch nicht hier. Wir haben auf Wunsch Ihrer Sekretärin einen Platz in der Nische hinten rechts reserviert."
Der junge Kellner deutete mit ausgestrecktem Arm in Richtung Winkeltisch zwischen Fensterfront und Ecke. Der Bankchef war stolz, in den besten Restaurants der Stadt mit Namen angesprochen zu werden. Er verbuchte ein solches Verhalten als Klasse des Hauses und Wertschätzung.
„Kein Problem, ich bin bei meinen Terminen einige Minuten vor der Zeit und schätze professionelle Begrüßung. In der Tat erstklassig, Marco! Vertreter Ihrer Zunft machen auch in anderen Branchen herausragende Karrieren. Das entsprechende Benehmen ist Ihnen bestimmt in der Hotelfachschule beigebracht worden, nicht wahr? Wir müssen im Service mehr Fachleute aus dem Hotel- und Gaststättengewerbe einstellen."
„Vor fünf Jahren habe ich meine Ausbildung im Bayerischen Hof mit Auszeichnung abgeschlossen. Zum Kellner im Traders Vic's. "
Der Ober drückte das Kreuz durch und hielt einen Abstand von zwei Metern. Verlegen, doch mit stolzem Augenglanz, nickte er. Flink tippte Aurus die Erinnerung für den nächsten Jour fixe mit dem Personalleiter in den Blackberry. Der Platz war mit Blick Richtung Eingang vorzüglich gewählt. Eine Flasche Pellegrino ohne Kohlensäure stand bereits auf dem Tisch. Mit kaum merklichem Kopfnicken entfernte sich der Ober. Zufrieden schlug Aurus die Speisekarte auf. Früher als erwartet stand Flussmüller neben ihm und reichte die Hand.
„Grüß dich, Konstantin. Ein Pils bitte. Wie ich dich kenne, steht gleich unser Lieblingsgericht auf dem Tisch. Im Bestellen bist du fix."
Genießerisch rieb sich der Landrat die Hände. Er schien bester Laune zu sein. Aurus nickte.

„Rindercarpaccio auf Rucola, Hauptgang: Branzino in der Salzkruste auf blanchiertem Spinat und kleine Salzkartoffeln mit gedämpften Mangold. Du weißt schon. Dazu einen 2003er Vernaccia aus San Gimignano von San Quirico."

„Gut so!"

Flussmüller hielt sich ungern mit Geplänkel auf. Es langweilte, über Familie, Hobbys oder Urlaube zu dozieren - oder anderen gar zuhören zu müssen. Natürlich konnte er sich, wenn es notwendig war, in Gesellschaft anpassen und über Themen sprechen, die seine Gesprächspartner einbrachten. Das war in den vergangenen Jahren selten geworden. Die meisten Menschen wollten etwas von ihm, nicht umgekehrt. Es freute ihn und verschaffte ein Gefühl überlegener Zufriedenheit. Seine Frau war die einzige Vertraute. Sie hatte ohnehin nach wenigen Tagen alles wieder vergessen.

Aurus räusperte sich, mit der Hand das Sakko glatt streichend.

„Fein, lass uns starten. Der Bank geht es schlecht, Christian. Die Menschen trauen uns weniger als vor einem Jahr. Das zeigt das Ergebnis der Kundenbefragung. Außerdem sickern aus einer undichten Stelle Informationen über die Anlagepolitik durch. Ich habe eine Firma darauf angesetzt. Dann gibt es noch die Presseartikel über diesen Geber."

Kurz wartete der Bankchef auf eine Reaktion des Verwaltungsratsvorsitzenden.

„Wahrlich keine schöne Geschichte, zumal er der Freund meiner Tochter war. Zu allem Überdruss hatte er eine Affäre mit einem Risikocontroller aus deiner Bank, Konstantin. Eine unappetitliche Sache, eine höchst unerfreuliche Verkettung von Umständen."

Aurus` Blick schien die kunstvoll drapierte, weiße Serviette auf dem weinroten Platzteller zu hypnotisieren. Der Bankchef zählte bis fünf, bevor er weitersprach.

„Das sind nicht unsere Hauptprobleme. Vergiss Geber, der ist tot. Die Finanzmarktkrise macht dem Haus massiv zu schaffen. Wenn sich die Situation an den Märkten nicht deutlich verbessert, drohen der Bank zum Jahresultimo Abschreibungen zwischen dreieinhalb und fünf Milliarden Euro."

„Wie bitte? Das gibt`s nicht! Warum auf einmal? Das ist nicht dein Ernst, Konstantin!"

Langsam bewegte Flussmüller die Vorspeisengabel mit den wenigen Rindercarpaccioscheiben aus dem Mund und tupfte sich Essigspuren von den Lippen. Seine Augen hatten die Form von Murmeln bekommen. Sie blickten Aurus scharf an. Der Bankchef zögerte.

„Das heißt mit anderen Worten, der Vorstand hat einen Bock geschossen. Mir fehlen in den nächsten Jahren Millionen Euro für Kindergärten, Schwimmbäder und Straßenbau. Für Infrastrukturmaßnahmen, Solarparks, Schulsanierungen oder Hartz 4-Zahlungen ist das Geld genauso wenig da."
Flussmüller lockerte den Krawattenknoten.
„Ich habe in der letzten Verwaltungsratssitzung erläutert, welche Chancen und Risiken mit den US-Investments verbunden sind. Seit zehn Tagen rutschen die Märkte weg. Wir haben 2007 und Anfang 2008 spekulative Geschäfte mit US-Banken abgeschlossen, die heute pleite sind. So einen Crash hat niemand vorhergesehen, wir müssen nachschießen."
Wieder machte der Bankchef, stumm vor sich hin zählend, eine Pause.
„Im Übrigen hat der Verwaltungsratschef diesen Geschäften 2007 ausdrücklich mit seiner Unterschrift zugestimmt. Wir wollten viel Geld verdienen und in die Expansion des Hauses stecken, damit du einen großartigen Amtsabgang mit einer Fusion schmücken kannst, wie sie die Republik bis dahin nicht gesehen hat. Erinnerst du dich? Bei Geschäften in dieser Liga ist die Unterschrift des Verwaltungsratschefs für unsere Partner obligatorisch. Wie ich dich kenne, hast du alle Beschlussvorlagen für diese Geschäfte sauber abgelegt. Ansonsten bin ich dir bei der Erstellung von Kopien sehr gerne behilflich."
Aurus lächelte mit dünnen Lippen. Flussmüllers gute Laune schien wie weggepustet. Versteinert blickte der Verwaltungsratsvorsitzende dem Duzfreund ins Gesicht. Er mochte es nicht, wenn das Gegenüber die Fäden in der Hand hielt. Die geballte Faust war schneeweiß. Der Branzino kam. Hilfesuchend wanderten die geweiteten Augen des Kellners zwischen den Gesichtern der Männer hin und her.
Der Schlag hatte gesessen. Aurus freute sich, dass er seinen Verwaltungsratschef mit der Unterschrift gelinkt hatte. Er schwenkte das Weißweinglas und probierte einen winzigen Schluck. Der Vernaccia war trocken und hinterließ einen hölzernen Geschmack auf dem Gaumen. So mochte es der Bankchef. Der Kellner schenkte nach.
„Guten Appetit. Die Senfsauce mit einem Hauch Limone und den Dillspitzen schmeckt delikat."
Flussmüller schob das Fischfilet in den Mund und kaute mit verdrießlichem Gesicht. Schweigend saßen sich die Männer einige Minuten gegenüber.
„Wir brauchen Geduld und müssen warten, ob das Vertrauen in die Märkte zurückkommt. Einige Zeichen deuten allerdings derzeit darauf hin, dass das nicht schnell passieren dürfte."

Aurus nickte dem Ober freundlich zu und tupfte sich mit der Serviette den Mund ab.
„Der Hauptgang war vorzüglich! Richten Sie dem Koch die besten Grüße aus!"
Mit dienstbeflissener Geste wartete der Kellner.
„Meinetwegen gib das Dessert in Auftrag."
Ungeduldig schob der Landrat den Teller mit dem großen Resthaufen an Fisch sowie Gemüse an den Tischrand und schmiss wutentbrannt die Serviette auf den Boden.
Verstört bückte sich der Ober.
„Konkret müssten wir aus heutiger Sicht am Jahresende Abschreibungen vornehmen, die das Bankkapital um fünfzig Prozent verringern. Ich brauche nicht erläutern, was das für die Reputation bedeutet, oder? Schlimmer wäre es, wenn die Aufsicht die Bank sofort schließen würde, wenn wir die Situation in den nächsten sechs Wochen nicht in den Griff bekommen. Ein erfahrener Politiker weiß um die Auswirkungen für alle Beteiligten."
Flussmüller saß wie einbetoniert in seinem Lederstuhl.
„Diese Süffisanz in deiner Stimme stört mich! Ich lasse mich nicht belehren!"
„Dein Grollen lässt mich kalt, Christian. Du warst oft in Düsseldorf oder Köln und weißt, was es heißt, wenn der Rhein über die Ufer steigt. Wir haben genau einen Schuss. Die Bank braucht bis Jahresende zusätzliches Kapital von mindestens einer Milliarde. Nur dann wird die Aufsicht dem Institut abkaufen, dass es die Probleme aus eigener Kraft lösen kann."
„Die Kommunen haben kein Geld. Mit fehlt die Eingebung, wo wir bis in den nächsten Wochen eine Milliarde Euro auftreiben können."
„Du musst mit deinen Kontakten den gesetzlichen Krimskrams schnell auf den Weg bringen. Unser Haus ist tot, wenn kein frisches Geld in die Kassen gespült wird. Bisher dürfen Privatpersonen oder Institutionen stille Einlagen nicht in Banken einbringen."
Verschwörerisch schaute Aurus zum Eingang.
„Eine Fusion zwischen Hypo und Vereinsbank ´97 ist möglich gewesen, weil die Eigentümer ihre Anteile steuerfrei veräußern durften. Die Politik hat´s möglich gemacht."
Das Halbgefrorene aus Eis und Früchten war gekommen. Genussvoll lehnte sich Aurus, die Hände reibend, zurück. Jetzt würden sie sich auf die Sherry-Auswahl konzentrieren. Flussmüller hatte verstanden.
„Beginnen Sie mit dem Flambieren, Marco."

München, Aberlestraße, 19. September 2008, 5:30 Uhr
Ein dunkler, lauter werdender Ton fraß sich im Sekundentakt ins Gehirn. Gregor Klar fragte sich, warum er dieses Ding so früh eingestellt hatte. Sein Auge linste in den Innenhof. Wieso hatte er die Jalousie nicht runtergelassen und das Fenster gekippt? Er erinnerte sich nicht an den gestrigen Abend. Das fünfstöckige Rückgebäude lag vollkommen unbeleuchtet hinter der schwarzen Wand. Im Schlafzimmer stank es entsetzlich nach kaltem Zigarrenrauch und schalem Bier. Mit den Händen massierte sich der Hauptkommissar laut gähnend die Schläfen. Wenige Sekunden später holte ihn sein Ehrgeiz aus dem Traum. Zita schüttelte sich. Der schnelle Rhythmus der Hundemarke verursachte ein blechernes Geräusch, als es ans Halsband schlug. Kurz kraulte der Restalkoholisierte die Ohren des Tieres, wusch sich die Hände und trocknete sie sorgfältig ab. Die Hündin hatte offensichtlich mehr Streicheleinheiten erwartet und lief mit trabendem Schritt in den Wohnraum, um sich auf dem Lieblingsteppich zu wälzen und rücklings mit genüsslichem Grunzen alle Viere von sich zu strecken.
Schnell streifte Klar das Shortshirt über. Fünfzehn Minuten später stand der Volvo auf den Parkplatz nahe dem Zentrum für Protonenbeschleunigung.
Der Sportler startete den Lauf am Heizkraftwerk, ließ die Flaucherbrücke hinter sich, bog nach Süden in Richtung Tierpark Hellabrunn ab, und joggte nach Grünwald. Der Morgennebel hatte sich nicht vollständig gelichtet. Im September trug die Isar meist wenig Wasser und floss träge vor sich hin. Kurz hinter dem Zoo stiegen ein paar Schwäne auf.
Fünfzig Minuten später war der Hauptkommissar in der Wohnung und eine halbe Stunde nach dem Duschen im Büro. Der Kopfschmerz war verschwunden.
„Grüß dich, Annette!"
Zita lief in die Küche, ohne nach links oder rechts zu schauen. Fresslust war größer als Streichelbedarf. Klar blätterte in den Akten auf dem Schreibtisch. Er verabscheute Papierkram. Was Wichtiges war nie dabei.
„Krasse Augenringe, Gregor!"
„War der Alkohol gestern. Lieb von dir, mir 'nen Kaffee anzubieten. Aber so kurz nach dem Joggen reagiert mein Sportlermagen empfindlich."
Enttäuscht blieb die Assistentin in der Tür stehen. Mit verschränkten Armen schaute sie den Chef an. Klar lehnte sich im Sessel zurück und schlug das Buch auf. Lustlos blätterte er in dem dicken Bildband. Die

meisten Schwarz-Weiß-Fotografien waren während oder kurz nach dem Krieg entstanden. Sie zeigten Babys, junge Mädchen und Jungen in Schuluniformen zwischen Schwestern oder Nonnen. Ernst zeigte Klar auf die aufgeschlagene Seite.
„Dank dem Schicksal, dass wir heute hier leben."
Annette stellte ihm Augen zwinkernd ein Wasserglas auf den Schreibtisch.
„Wenn ich manchmal an meinen launischen Freund denke, wünsche ich mir an einem anderen Ort zu sein."
Die Bewohner des Waisenhauses der Stadt München waren aufgrund der Schäden der Terrorangriffe alliierter Bomberverbände nach Ammerland, Miesbach und Schliersee verbracht worden. Das Foto unter dem Text zeigte die größte Zwillingsklasse Bayerns, aufgenommen an einem Sommerausflug an den Schliersee im August 1949. Es war dasselbe Bild, das er vor wenigen Wochen mit Julia angeschaut hatte. Die Buben glichen sich wie einer dem anderen und bei den Mädels war es nicht anders. Müde schloss er das Buch und legte es zur Seite. Dem Hauptkommissar wollte nicht einfallen, an wen ihn die beiden Jungen erinnerten.

Moskau, Gorki-Park und Sergijev Posad, 15. April 1961, 14:15 Uhr
Gelöst lächelte die elegant gekleidete Frau. Gott sei Dank war sie heil aus der Antonov herausgekommen. Dem Knall des Stempelns auf das Visum folgte ein eindeutiger Befehl. Wie magnetisiert hafteten die glasgrauen Augen der Grenzbeamtin bereits auf dem beigen Papier des nächsten Antragstellers. Babuschka war keine Schönheit. Doch um den warmen Platz war sie zu beneiden. Federnden Schrittes verließ Sarah Prohaska die Überwachungszone.
„Herzlich willkommen in Scheremetjovo! Ich möchte die gnädige Frau von den Errungenschaften der Sowjetunion überzeugen! Mit unserem komfortablen Moskvich fahren wir in den nach dem weltweit berühmten Dichter unseres Vaterlandes benannten Park. Dort gibt es ein Restaurant mit grandioser Aussicht auf die Leninberge und die um diese Tageszeit schimmernde Moskwa. Genosse Tscharotschkin wird Sie dort erwarten!"
Der Botschaftsmitarbeiter stand am Anfang der langen Willkommensschlange. Um seine Schultern hing locker ein langer dunkelbrauner Wintermantel. Den Kopf bedeckte die landestypisch schwarze Mütze aus schwerer Wolle. Sarah Prohaska lächelte. Verwundert bemerkte sie sein zwar formales, doch perfektes Deutsch. Sie liebte Gorkijs Novellen.

Das letzte Treffen mit dem russischen Freund war vor fünfzehn Jahren gewesen. In dieser Zeit konnte sich ein Mensch stark verändern. Die Frau überlegte, welche seiner Eigenschaften in Erinnerung geblieben waren. Sofort begann ihr Herz schneller zu schlagen. Sie rieb die Hände aneinander, um den Schweißfilm verschwinden zu lassen. Der Fahrer würde die Nervosität nicht spüren. Bestimmt dachte er, sie wolle die Kälte vertreiben. Sie pustete an die beschlagene Scheibe. Die vermummten, im hohen Schnee stapfenden Menschen wirkten wie Kosmonauten auf den Schwarzweißbildern des russischen Staatsfernsehens.
„Entschuldigen Sie, dass ich mich erst im Auto vorstelle. Mein Name ist Mihail. Seit zwanzig Jahren arbeite ich im Ministerium für auswärtige Angelegenheiten. In zehn Minuten sind wir am Ziel."
Konzentriert nahm er das Lenkrad in die Hände und gab Gas.
Tscharotschkin stand mit schwarzem Mantel und schwarzen Schuhen sowie einer dicken Hornbrille vor dem Restaurant und hob die Hand.
„Sei gegrüßt, lieber Sergej!"
Mit einem Schmunzeln ignorierte sie die verschränkten Arme des Russen und hielt ihn mit geschlossenen Augen wenige Sekunden fest umschlungen. Ein Schaudern lief der Moskaubesucherin über den Rücken bis zu den Zehen, als sie sich an die gemeinsame Zeit in Theresienstadt erinnerte.
Sergej Tscharotschkin hatte sich kaum verändert. Sein braunes, volles Haar und das spitzbübische Lächeln waren wie früher. Die Gesichtszüge waren kantiger geworden, und die Figur zeigte mehr Fülle, soweit sie das bei der dicken Pulloverschicht unter dem Mantel beurteilen konnte. Vorsichtig küsste er sie auf die Stirn.
„Du trägst die Bestellung auf einen Bitter Lemon d´accord ohne Eis bestimmt mit. Mit dem Essen möchten wir ein wenig warten. Hast du etwas dagegen, wenn wir die Zeit genießen, im Stehen das Getränk einzunehmen?"
Wie Sarah Prohaska diese blumige Ausdrucksweise liebte. In Theresienstadt hatte sie sich, so oft es ging, kurz nach Einbruch der Dunkelheit zu den Russenbaracken geschlichen, um Frauen zuzuhören, die sich alte Märchen zwischen Wolga und Don erzählten.
Energielos schlurfte der mit einem dreckigen Frack bekleidete Kellner Richtung Bar.
„Du hast Karriere gemacht, Sergej. Bis nach Deutschland hört man über deine Nähe zum Minister, mein Lieber."
Anerkennend lag ihr Blick auf Tscharotschkin Gesicht. Mit runterhängenden Mundwinkeln schob sie die Hand auf den Unterarm des Russen.

„Ich bedanke mich! Bei Kriegsende war ich ein Glückskind. Du musst wissen, ich bin vor meiner Verhaftung durch die Nazis in der KPD aufgestiegen. Nach der Befreiung haben mich die Sowjets als ehemaligen Botschaftsangehörigen als Schwächling und Feigling bezeichnet und im Lager gelassen."

Seine Stimme senkte sich. Sarah Prohaska rollte die dünne Stoffserviette auseinander und langsam wieder zusammen.

„Ich weiß um deine Geschichte."

Kurz blickte sie aus dem Fenster.

„Die Nazis haben mich Anfang '45 in die Schweiz gebracht. Als Himmlers Faustpfand. Kurz nach Kriegsende bin ich dann Schweizer Bürgerin geworden. In der Zeit habe ich Gott sei Dank endlich meinen Sohn wieder gesehen, am Thuner See. Mein Junge wollte seine Mutter finden. Die Recherche muss hart gewesen sein für den Kleinen. Kurz danach haben wir in Zürich eine Wohnung bezogen."

Die Getränke waren da. Der Kellner schlich mit hängenden Schultern Richtung Küche. Sarah Prohaska seufzte und rückte die Haare zurecht. Mit einem Ruck zog sie die Hand vom Arm des Russen. Ihr waren Sentimentalitäten seit jeher zuwider gewesen. Gott sei Dank hatten sie das Getränk im Stehen eingenommen. Wenn sie sich hingesetzt hätten, wäre zu viel Vertrautheit entstanden.

„Lass die Vergangenheit ruhen und uns nun zum Geschäftlichen kommen."

Tscharotschkins Kulleraugen blickten traurig.

„Ich hätte liebend gerne weiter geflirtet, Sarah. Du warst immer schon eine attraktive Frau und stets in meinem Herzen."

„Ein alter Charmeur verteilt Komplimente zur rechten Zeit. Ich muss mich zusammenreißen, damit das heute nicht zieht."

Sarah Prohaska öffnete lächelnd blitzschnell die Schatulle mit den Hustenpastillen und schüttelte den Kopf.

„Ernst hat sich nach dem Untergang der Nazidiktatur retten wollen und Kunstschätze in die Steiermark gebracht. Nein, bringen lassen. Es hat ihm nichts genutzt. Unser aller Obergruppenführer ist vom Nürnberger Kriegsverbrechertribunal zum Tode verurteilt und gehängt worden. Die Isar in München-Solln hat seine Asche aufgenommen."

Ihr Blick verfing sich an den unzähligen Eispusteln hinter dem Fensterglas. Die klirrende Kälte hielt die Natur im Griff. Der Fluss war zugefroren.

„Ernst hat mir kurz vor Kriegsende die Papiere mitgegeben."

Wie um die physische Existenz der Unterlagen zu beweisen, nestel-

te Sarah Prohaska mit geröteten Wangen an der Handtasche. Schnell rührte ihre andere Hand einen Moment später den Strohhalm.
„Ich habe gerüchteweise von den Unterlagen gehört. Doch ich weiß viel zu wenig über den genauen Inhalt."
Er schaute direkt in ihre stahlblauen Augen.
Sergej hatte geschwindelt. Er hatte sie testen und ins Plaudern bringen wollen. Damit war er ins Leere gelaufen. Sarah Prohaska schmunzelte. Tscharotschkin hätte sie aus der alten Zeit besser kennen müssen. Sie war über seine Fehleinschätzung enttäuscht.
„Ich bin wegen der Dokumente über den Kriegsverlauf hier, Sergej. Tut mir leid. Und du weißt wegen der geheimdienstlichen Tätigkeiten mehr über den Inhalt dieser Papiere. Der genaue Inhalt der Unterlagen ist keinem außer mir bekannt. Die Originalpapiere liegen im Tresor einer Zürcher Bank und können zu Ungunsten der Sowjetunion interpretiert werden. Wer weiß, ob das jemand politisch nutzen will. Selbst wenn er es nicht tut, reicht die Phantasie, dass er es könnte, um deiner Regierung Angst zu machen. Ich überlasse dir zu interpretieren, was das für die große Sowjetunion wenige Jahre nach Stalins Tod bedeuten würde."
Sergej Tscharotschkin sollte zappeln. Von früher wusste sie, in Diskussionen war er ungeduldig. Wenn er sich provoziert fühlte, verlor er schnell die Nerven. Dann würde ihre Stunde kommen. Der Russe atmete tief durch. Sein Brustkorb schien sich in einer Sekunde verdoppelt zu haben. Heiseres Rasseln kündigte die nächsten Worte an.
„Dein zynischer Unterton passt nicht. Ich verbitte mir eine Erpressung der großen Sowjetunion. Vor drei Tagen haben unsere großartigen Kosmonauten einen Flug ins Weltall gestartet, wir werden die Ersten auf dem Mond sein."
Stolz reckte er den Kopf nach oben und hielt die Arme verschränkt.
Sarah Prohaska erwiderte nichts. Sie stand da, ihn ruhig an blickend.
„Trotz der Erpressung Mütterchen Russlands und der aus Staatsräson notwendigen Zurückweisung tut mir die Art und Weise dieses Gesprächs weh. Nun gut. Ich habe gestern lange mit dem Minister gesprochen. Wir sind bereit, Zug um Zug einen Teil der Kunstwerke sowie alles andere gegen die Akten zu tauschen. Das Zentralkomitee der KPDSU ist zur Vermeidung einer schlechten Presse an einer schnellen geräuschlosen Lösung interessiert."
Er wusste viel mehr über die Dokumente, als er zugeben wollte. Die Frau hatte richtig vermutet. Sarah Prohaska holte Luft. Die Sowjets sollten die Akten inklusive aller Kopien sofort nach Lieferung ausgehändigt

bekommen. Anwälte würden die Verhandlungen führen. Das würde sie ihm erst später sagen. Bis dahin müsste er die Unsicherheit aushalten, ob das Geschäft zustande kam.
Leise kicherte sie. Die Verhandlung begann ihr richtig Spaß zu bereiten.
„Warum schweigst du, Geliebte?"
Verträumt himmelte er sie an.
„Ich brauche Sicherheit. Die Schätze müssen in gutem Zustand sein."
Tscharotschkin lächelte. Langsam drehte sich der fein geschliffene Silberring am Mittelfinger. Voller Hoffnung, die Angebetete für sich zu gewinnen, strich der KGB-Mann die Zunge über die Lippen.
„Deutsche ändern ihr Misstrauen nie. Sergijev Posad birgt viele Schätze. Das alte Kloster liegt 80 Kilometer vor Moskau. Auf der Fahrt werden wir Gelegenheiten finden, über Privates zu sprechen. Unser Moscvich braucht zwei Stunden."
Die Frau nickte. Sie kannte sich in diesem riesigen Land nicht aus. Russische Kirchen waren der Jüdin egal. Hauptsache, die Kunstwerke kamen auf direktem Wege unversehrt in die Schweiz und blieben dort. Bis einige Kilometer hinter der Bahnhofsstation Komsomolskaja lief es. Danach kamen sie mit dreißig bis vierzig voran. Der Fahrer fluchte wegen löchriger Fahrbahnen und Eisplatten.
Sarah Prohaska blickte aus der Frontscheibe auf das unten liegende Schneefeld mit großen Kiefern- und Birkenbaumbeständen. Dahinter schimmerten blaue sowie goldene Kuppeln neben grünweißen Gebäuden in der Abendsonne. Das Thermometer an der Fahrerscheibe zeigte minus 17 Grad.
„Fahr durch das Tor, dann links zum Festungsturm."
Anfangs waren die Informationswünsche der beiden Wachsoldaten groß. Endlich erkannte der ältere der beiden den Genossen Major und entschuldigte sich hastig. Unter zwei Saluten der Braununiformierten öffnete sich der Schlagbaum. Langsam fuhr der schwere Wagen durch den Roten Turm und ließ die Zarengemächer Richtung Pjatnizkaja-Turm rechts liegen. In der weihrauchgeschwängerten Luft hing melancholischer Singsang. Alte Frauen bewegten sich langsam in schwarzen Roben. Tscharotschkin schmunzelte zufrieden.
„Geduld, Verehrte! Schließlich hast du Sicherheit über die Kunstwerke erbeten."
Der Fahrer drückte mit seiner Schulter das hölzerne Tor zum Festungsturm auf. Die schwere Eichentür ächzte. Erschöpft stützte der KGB-Mann sich auf die Knie. Der Atem ließ für wenige Sekunden Kristallringe zurück.

„Die beiden Ikonen! Die Heilende Lebensspendende Dreifaltigkeit, das Entschlafen Mariens aus der Ikonostase. Meine Güte, wie viel habe ich dazu gelesen."
„Du kennst dich in Kunst aus, meine Liebe. Mich freut es sehr, dass dir unsere Kunstschätze gefallen."
Offen lachte er sie an.
Verschämt blickte Sarah Prohaska auf den Steinboden.
„Russisch-orthodoxe Religionsgeschichte, mein Lieblingsthema, in der Schweiz, kurz nach meiner Immigration. Ich musste etwas mit Kultur machen. Die Schrecken des Krieges. Da kamen einige Semester Theologiestudium an der Uni Zürich recht."
Vorsichtig stiegen sie die Treppen hinauf. Die niedrigen Temperaturen machten das Atmen schwer. Die Kälte hatte sich mit der Zeit unter die Pelze gefressen und hielt sich hartnäckig.
„Lass mich bitte, wie sagt ihr, alles auf eine Karte setzen. Das sind mehr als fünfzehntausend Werke. Alle Exponate der Rüstkammer aus eurer Wartburg, Werke von El Greco, Tintoretto, Tizian."
Der Mund der Besucherin blieb offen. Das Gemälde zeigte die heilige Familie, Joachim Wtewael. Experten waren sich uneins, ob es ausgehendes siebzehntes oder beginnendes achtzehntes Jahrhundert war. In der Ecke stand der nach Deutschland gebrachte Schatz des Priamos, das Gold aus Troja, Schliemann.
„All das sind die Werke, die dein Ernst in Altaussee versteckt hat, meine liebe Sarah.
Zumindest einige davon - und auch das andere - sollen bald dir gehören."
Sie nickte.

München, Sonnenstraße, 20. September 2008
Rath hatte jedes Wort zur Finanzmarktkrise im Pressespiegel gierig aufgesogen. Die US-Regierung kündigte ein 700 Milliarden Dollar schweres Rettungspaket an.
Mit etwas Glück waren sie aus dem Schneider. Mit einem Seufzer legte der Vorstand das Handelsblatt zur Seite.
„Zumindest geht es in die richtige Richtung."
„Steht nichts Neues drin. Lass uns die Kapitalmarktreaktionen abwarten. Ich traue den Amerikanern nicht. Eine Ankündigung von Bürgschaften und direkten Staatshilfen beruhigt die Akteure nicht. Hast du das gelesen?"
Aurus zeigte auf den Leitartikel der Börsenzeitung. Verächtlich schüttelte

der Bankchef wegen der verschrobenen Journalistenmeinung den Kopf.
„Außerdem hat Morgan Stanley den chinesischen Staatsfonds um Hilfe gebeten. Das Vertrauen in die eigene Regierung kann also nicht besonders groß sein."
Trotzig schaute Rath den Vorstandsvorsitzenden an. Nach einem kurzen, ängstlichen Blick zur Tür zog er ein DIN A4 bedrucktes Blatt Papier aus dem Sakko. Den Mund des Handelsvorstands umspielte ein hinterhältiges Grinsen. Nervös wedelte er die Seite direkt vor Aurus' Nase.
„Lies das bitte, Konstantin."
Einer persönlich an Rath gerichteten E-Mail Draams waren Presseberichte über amerikanische Staatshilfen im PDF-Format angehängt. Der Kollege äußerte überzeugt, dass die Krise für das Haus beendet war und sie zur Tagesordnung übergehen sollten. Den Aktionismus im Vorstand konnte er nicht nachvollziehen. Der Bankchef kratzte sich kopfschüttelnd an der Nase.
„Ich hätte nie im Leben gedacht, dass Draam die Pressegeschichten kaufen würde. Doch wenn ich richtig drüber nachdenke, was anderes war nicht zu erwarten. Der Gute hat zehn Jahre nicht gemerkt, dass wir diesen Schrott für zwei Milliarden Euro gekauft haben. Wie soll unser lieber Kollege eine einzige intelligente Frage zur Beschaffung von frischem Milliardenkapital stellen oder sich eine Meinung zur Wirkung staatlicher Hilfsprogramme bilden. Er denkt in Spareinlagen und Hauskrediten. Das war's."
Glucksend klopfte sich Rath auf die Schenkel.
„Ich kümmere mich persönlich mit dem Landrat um das Thema Kapitalbeschaffung. Christian und ich fliegen in zwei Tagen zu einem Investor. Den hat ein Berner Unternehmer aufgetan, frag mich bitte nicht woher. Glaube mir, wir werden ihn überzeugen, dass der die Kohle zügig als stille Einlage einbringt. Korpu begleitet uns, damit uns keiner dazwischen funkt. Wir haben starke Argumente im Gepäck. Ich will nicht, dass es sich der Fisch am Haken plötzlich wieder anderes überlegt."
Zufrieden lehnte sich der Bankenchef lächelnd zurück und verschränkte die Arme hinter dem Kopf.

Ascona (Schweiz), Via de Verità, 22. September 2008, 8:50 Uhr
Die Sonne schien für einen Tessiner Frühherbstmorgen kräftig. Nachts war es wolkenlos gewesen, die Thermometernadel kroch nach oben. Der San Bernardino war vom vorigen Winter schneebedeckt. Seit Alexander Prohaska fünfzig war, lebte er mit seiner Mutter am Fuße des

Monte Verità, zweihundert Meter über dem Lago Maggiore. Kurz nach dem Krieg hatte sie eine Villa neben der Casa Anatta, dem Wohnhaus der Naturistenkoloniegründer gekauft und jahrelang geschmackvoll umbauen lassen.

Die alte Frau saß an der Tafelseite und hatte die Hände auf die Rollstuhllehnen gelegt. Ihre schlohweißen Haare waren dünn und kurz geschnitten. Die Villa im Rücken blickte sie auf den See. In der Luft lag der beißende Geruch von Autan. Die Bediensteten hatten auf Anweisung der Hausherrin wenige Tage zuvor eine Offensive gegen Motten gestartet. Alexander Prohaska nahm die Lesebrille ab und blies sich den Ärger über den Brief aus der Lunge. Eine Menge Schleim triefte aus diesem aus der vergangenen Woche datiertem und in schwarzer Füllfederhalter-Schönschrift unterzeichnetem Schriftstück. Der Absender gab sich informiert. Kurz hielt er das Blatt nach unten und schaute verärgert an die gegenüberliegende Wand.

München, im September 2008

„Gestatten Sie mir, meiner tiefen Hoffnung Ausdruck zu verleihen, dass es Ihnen in ihrem wunderschönen Tessiner Domizil gut gehen möge. Bitte grüßen Sie sehr herzlich den Herrn Sohn. Mir wäre es eine ausgesprochen große Ehre, mich mit Ihnen in den nächsten Tagen persönlich über eine ausgesprochen lohnende Investitionsofferte unterhalten zu dürfen. Wenn Sie, hochverehrte Frau Prohaska, keine Einwände haben, würde ich mich telefonisch bei Ihnen melden, um den vertraulichen Termin zu vereinbaren. Selbstverständlich fände das Treffen an einem Ort Ihrer Wahl statt. Diskretion garantiert."

Formvollendet formuliert war die Abschlusszeile mit dem Hinweis auf allzeitige Erreichbarkeit des Absenders, sollte der gnädigen Frau danach sein. Prohaska schüttelte es. Die Schreibe dieses Schriftstücks war eklig. Selbst bei seinem alten Arbeitgeber hätten sie an die wohlhabendsten Kunden nicht so kriecherische Briefe versandt. Der Ex-Banker schüttelte den Kopf. Missmutig fiel der Blick auf das auffällig weit unten auf der Seite platzierte Postskriptum. Flink ertasteten seine knochigen Finger die Dicke der wenigen Anlagen hinter dem Brief. Er hatte genügend Schreiben in den Händen gehabt, deren Gewicht geschätzt oder gewogen. Dies waren wenige Blätter altes Papier. Der Absender gab sich im Briefverlauf siegessicher. Frech behauptete er,

die beigefügten Seiten wären ein winziger Auszug des Wechsels und Aufforderung an seine Mutter zur Tilgung eines alten Investments. Das klang nach Drohung und nicht so freundlich wie der Text im oberen Briefabschnitt. Alexander Prohaska kämpfte gegen die Neugier. Unsicher suchte er den Blick der Mutter. Die alte Frau hatte die letzten zehn Minuten im Rollstuhl unbewegt vor sich hin gedöst. Nur ihre dünnen Beine zitterten. Vermutlich bekam die Greisin nicht viel mit von dem, was um sie herum passierte. Trotzdem wollte er kein Risiko eingehen und drehte ihr linkisch die Schulter zu. Kurz überflog er die Anlagenblätter mit dem Reichsadler. Der muffig, staubige Geruch alten Papiers strömte in den Raum. Er hatte genug gesehen und steckte die Seiten sorgfältig gefaltet in den Briefumschlag zurück. Niemand hatte etwas bemerkt. Langsam beruhigte sich der Puls. Die Formulierung des Nachsatzes ließ ihn nicht los. Skeptisch fanden seine Augen erneut den Absender auf der Rückseite des Briefs. Seine Mutter hatte den Namen nie erwähnt. Er drehte sich langsam um.
„Wer ist dieser Mann, Mutter? Was will er?"
Die Alte stellte sich absichtlich taub. Im Zeitlupentempo drehte der Rollstuhl Richtung Empfangsraum. Nach vielen Jahren des Zusammenlebens las er Ärger und Wünsche an unterschiedlichen Gesichtsregungen ab.
„Was sagst du? Ich verstehe dich nicht!"
Sein Speichel tropfte auf die Rollstuhllehne. Das Bemühen um klare Aussprache strengte ihn seit früher Jugend an. Es trieb ihm jedes Mal die Schamröte ins Gesicht, wenn er von seiner Mutter angepfiffen wurde, deutlich zu sprechen.
Seit längerer Zeit bildete sich zu allem Übel starker Schleim in den Mundwinkeln, sobald er sich wegen der schlampigen Sprache unter Druck gesetzt fühlte. Diesmal würde seine Mutter keinen Sieg genießen dürfen und ihn rügen oder demütigen. Trotzig hielt er dem stechenden Blick stand.
„Wer ist dieser Mann? Warum schreibt er dir, Mutter?"
Der Rollstuhl machte einen Satz. Der Reifenabrieb hinterließ vier bis fünf Zentimeter breite, schwarze Gummistreifen auf dem hellbraunen Eichenparkett. Aus Versehen hatte sie den falschen Gang einrasten lassen. Sie schien über seine Hartnäckigkeit erschrocken und fuhr sich durch die Haare. Kraftlos fiel das Kinn auf die Brust. Eine Träne rollte über ihr eingefallenes, blasses Gesicht.
„All das ist vor so langer Zeit gewesen. MeineVergangenheit lässt mich bis zum nahen Ende nicht los. Warum ist mir Friede verwehrt?"

Alexander Prohaska schaute finster entschlossen. Wenn nötig, würde er den ganzen Tag hier sitzen, wenn es sein musste, auch die nächste Nacht, und dann noch eine weitere. Voller Genugtuung verschränkte er die Arme vor dem Brustkorb. Die Alte würde ihn mit der Mitleidstour nicht austricksen. Mit einem Ruck schoss der kleine Körper in die Höhe. Schneller, keuchender Atem war zu hören.
„Dieser Briefeschreiber meint die 30er und 40er Jahre, meine Berlinzeit. Es gab jenen furchtbaren Transport mit der Reichsbahn Anfang '45."
Die Greisin drehte den Rollstuhl. Langsam fuhr sie nah ans Fenster, um sich an den Sonnenstrahlen zu wärmen. Mit verklärtem Blick genoss sie die Aussicht auf die italienische Seite.
„In Porto Val Travaglia sind wir mit Maria und Bellazona oft mit der Fähre von Stresa auf die Isola Bella oder die Isola Superiore gefahren. Das waren feurige Männer. Du hast keine Ahnung, Alexander."
Mit zitternder Hand zeigte sie auf die andere Uferseite.
„Goebbels wollte Hitler zum Führergeburtstag '43 ein judenfreies Berlin schenken. Selbst nicht rein-arische Ehepartner aus Mischehen haben Die in der Rosenstraße zwangseinquartiert."
„Ich verstehe nicht."
„Das ist nichts Neues. Die Nazis mussten über zweitausend Frauen und Männer zu ihren Familien zurückschicken. Eine Niederlage!"
Stumm schüttelte sie, ihre Tränen mit der Serviette abwischend, den Kopf. Mutter war zweiundzwanzig gewesen. Es musste mit diesem Brief zusammenhängen, dass sie fünfundsechzig Jahre später die Geschichte erzählte.
Mit verzerrtem Gesicht hielt sich Alexander Prohaska die Nase zu. Dieser Autangeruch störte zunehmend und hatte Kopfschmerzen ausgelöst. Auch wenn seine Mutter keinen Durchzug vertrug, öffnete er das Fenster. Sofort keifte die Alte und verlangte Wasser ohne Kohlensäure. Ihr Teint hatte Farbe zurückgewonnen.
„Im Transport sind phantastische Kunstwerke gewesen. Die hatten die Nazis aus Judenvillen in Grunewald, Zehlendorf oder Schlachtensee geklaut oder sich gegen lächerliche Kaufpreise erschlichen. Raffgierige Heuchler in brauner Uniform, überall Leichenfledderer. Als das Ganze dem Ende entgegenging, wollten sie die Raubschätze versilbern und als materielle Vorhut nach Südamerika, nach Paraguay, Chile oder Argentinien schaffen lassen."
Die Frau nippte am Glas und rückte den Rollstuhl nach links. Mit der Hand schnippte sie sorgfältig einige Staubkörner von der Lehne. Ängstlich fand ihr Blick das Haus neben der Villa.

„Habe keine Sorge Mutter, ich habe den Angestellten gesagt, wir wollen ungestört bleiben."

„In den Waggons sind nicht nur Gemälde und Skulpturen gewesen, da war Gold drin, das die Schergen von Ernst Kaltenbrunner in Auschwitz und Treblinka, Majdanek und Dachau, in Stutthof, Ravensbrück und den anderen KZ´s aus Kiefern gebrochen und geraubt haben."
Ungläubig starrte er seine Mutter an. Die Stille im Raum wirkte bedrohlich.
„Ich habe davon gehört und gelesen, Mutter. Doch ich kann beim besten Willen keinen Zusammenhang zu dir herstellen. Was hast du damit zu tun?"
„Bei jedem Morgenappell haben wir weniger Stimmen gehört, Alexander. Freundinnen sind nachts in elektrische Zäune gelaufen. Dort haben sie diese Schweine hängen gelassen, verstehst du das?"
Schluchzend, mit aufgerissenen Augen hielt die Frau einen Arm hoch, um sich gegen einen unsichtbaren Angreifer zu wehren. Mit der anderen Hand fasste sie sich an den Hals. Sie brauchte sofort mehr Sauerstoff.
Barsch befahl Alexander Prohaska dem Butler über das Haustelefon, die Rubogen-Korodin-Tropfen und eine Karaffe vom Lieblingsmineralwasser seiner Mutter zu bringen. Er hatte sich an regelmäßige Kreislaufschwächen gewöhnt, um die Notwendigkeit schneller Medizineinnahme wissend. Dann würde der Spuk nach wenigen Minuten ein Ende haben.
„Der Mann hat mich vier Tage nach dem Briefversand angerufen. Ich treffe ihn zu Mittag in Locarno. Er arbeitet für eine deutsche Bank und ist wegen wichtiger Geschäftsabschlüsse in Zürich. Von dort bis Locarno ist es mit der Cessna nur eine halbe Stunde Flugzeit. Am Telefon wurden mir Überraschungen aus der Vergangenheit versprochen."
Das Medikament schien die erwartete Wirkung entfaltet zu haben. Listig blickte sie herüber. Für einen Sekundenbruchteil ging ein verwegenes Lächeln über ihre Lippen.
Enttäuscht fixierten seine Augen das kleine Fischerboot auf dem Lago Maggiore. Er kannte diese Gesten und Blicke. Körperlich erholt, würde die Alte nichts mehr rauslassen. Alexander Prohaska presste die Lippen zusammen. Er fragte sich, wo das Gold geblieben war.
„Los, fahr zu meinem Platz, damit ich frühstücken kann. Maurice bringt mich in zwei Stunden zum Flughafen. Hol mir Barbara. Ich brauche für die Männer eine frische Frisur."

Ascona (Tessin), Flughafen, 22. September 2008, 12:30 Uhr
Die Rotorblätter des Helikopters bewegten sich langsam. Drei Männer auf dem Rollfeld vor der schwarzen Limousine mit abgedunkelten Heckscheiben hielten sich die Ohren zu.
Flussmüller streckte den Körper nach hinten und sog die warme Luft des Südens ein. In einem Augenblick wie diesem wünschte er Katrin neben sich. Sie liebte den Zauber des ersten Eindrucks an einem fremden Ort.
„Komm Christian, wir müssen uns beeilen."
Aurus drängelte. Der Pilot hatte das Handgepäck aufs Rollfeld gestellt und war sofort darauf mit einem Wink in der Fliegerkanzel verschwunden. Ihnen blieben genau zwei Stunden bis zum Aufbruch zurück nach Zürich. Nervös fixierte der Bankchef das Ziffernblatt der nagelneuen Jaeger in der Hoffnung, ihren Gang zu beschleunigen.
„Grüezi mitenand!"
Der Wagenschlag wurde vom Fahrer in Livré mit dunkelgrüner Schiebermütze im maximalen Winkel offen gehalten. Kerzengerade und ohne eine Miene zu verziehen schloss er die Türen der S-Klasse.
Sarah Prohaska wartete im Flughafenrestaurant. Sie ließ, die Bluse zurecht gerückt, das Fernglas an der perlmuttfarbenen Halskette baumeln. Aus der Ferne betrachtet wirkten die beiden ausgesprochen apart. Wenn sie dreißig Jahre jünger gewesen wäre, hätte sie die Männer mit Sicherheit flugs um den Finger gewickelt. Sie seufzte und richtete die frisch frisierten, weißen Haare aus. Die Klimaanlage in diesem scheußlichen Betonkasten verbreitete viel zu viel Zugluft. Ärgerlich, dass sie selbst diesen ausgesprochen unwirtlichen Ort für das Treffen vorgeschlagen hatte. In einer Minute würden die Männer hier sein.
Flussmüller beugte sich vor und reichte ihr die Hand. Mit ausladender Geste stellte er sich und den Vorstandsvorsitzenden der Bavariabank vor.
„Ich bin dankbar für die kostbare Zeit, die Sie mir und meinen Kollegen widmen."
Verlegen griff sich Aurus an die Nasenspitze. Der blassgelbe Eiter eines kleinen, fetten Mitessers spritzte auf sein zerknittertes Revers.
Sarah Prohaskas Herz pochte bis zum Hals. Die Männer durften ihr die Anspannung nicht anmerken. Es ging um eine Menge. Der breite, in voller Blüte stehende Strelitzienstrauß lenkte ab und beruhigte ihren Puls. Gierig roch die alte Frau bis zum Hustenanfall an den Blumen. Flussmüllers laute Stimme holte sie aus dem Traum.
„Ihre geschäftliche Beziehung zu der von mir kontrollierten Bank ist Ihnen bestimmt präsent, nicht wahr."

Er wandte sich von Sarah Prohaska ab, die mit der Einnahme von Medizin beschäftigt war.

„Du hast den Karren in den Dreck gefahren. Heute gibt's keine Sekunde für eitle Selbstdarstellungen, hörst du. Nur damit du es weißt. Ich werde die Stimme oben halten. Du hast keine Möglichkeit, Kauderwelsch von dir zu geben und die Verhandlungstaktik zu torpedieren. Wage es nicht, mich zu unterbrechen", zischte er dem Partner zu.

Aurus verdrehte die Augen.

„Was ein Blödsinn! Ich leite ich die Bank seit 'zig Jahren alleine. Ein Schwachsatz gehört mit Fakten unterfüttert. Durch und durch oberflächliches Politikergeschwätz", keifte der Vorstandsvorsitzende.

Sarah Prohaska beugte sich nach vorne. Der Kreislauf hatte sich nach der Tabletteneinnahme beruhigt. Ihr Blick blieb an der Kanzel der Turboprop Maschine hängen.

„Fünfzehn Jahre ist es her. Ich habe damals in das Haus investiert, Bankanleihen im Nominalwert von 300.000 Mark erworben. Meine jüdischen Großeltern sind in Fürth aufgewachsen und haben bei Familienfeiern Anfang der '30er aus der Zeit in Mittelfranken geschwärmt. Mir ist das in Erinnerung geblieben. Da es in Nürnberg keine Bank gegeben hat, von der man festverzinsliche Wertpapiere kaufen konnte, habe ich in die Bavariabank investiert. Es war bis heute eine gute Anlage. Mit Geld kann ich umgehen. Doch darüber wollen Sie bestimmt nicht reden."

Verlegen schnupfte sie in das Stofftaschentuch. Der Gedanke an das Zinsniveau Anfang der Neunziger Jahre bereitete ein Freudengefühl. In der niedrigsten Geschwindigkeitsstufe drehte sie den Rollstuhl um die Achse. Flussmüller nickte zaghaft.

„Die Bank hat seit kurzem erhöhten Eigenkapitalbedarf."

„Ich weiß. Natürlich studiere ich regelmäßig Tageszeitungen und erfahre viel über meinen Family Office Manager. Ihrem Haus geht es nicht gut, meine Herren. Hinter Gerüchten verbirgt sich stets ein Stück Wahrheit. Sind meine Anleihen sicher? Was meinst du, Alexander?"

Die vom Kellner auf den Tisch gestellten Kaffeetassen klapperten auf Untertellern. Flussmüller hatte die Spitze verstanden und schaute besorgt zu Aurus. Von diesem Provinzbanker war substanziell nichts zu erwarten. Hoffentlich blieb er wenigstens locker und quasselte nicht drauf los. Die Greisin schätzte offensichtlich die Situation völlig falsch ein und wurde übermütig. Diesen Zahn würde er der Alten schnell ziehen. Mit verächtlichem Blick und gerecktem Hals rückte der Landrat sich räuspernd den doppelten Windsor-Knoten der Designerkrawatte zurecht.

„Es geht um ein großes Investment. Sie dürfen in großem Stil stille Gesellschafterin der Bank werden und von unserer Expansion bei maximaler Absicherung ihrer Geldeinlage durch die Eigentümer profitieren."
Aurus tupfte sich mit einem gebrauchten Taschentuch die feuchten Backen. Er brauchte bei einer derart mutigen Unverfrorenheit dringend ein Glas Wasser. Mit einem Ruck stand er auf und rollte den übergewichtigen Körper Richtung Hausbar.
Der Milchschaum auf dem Kaffee hatte etwas von seiner imposanten Krone eingebüßt. Sarah Prohaskas Gichtfinger trommelten nervös auf den Rollstuhllehnen. Die Greisin setzte die Tasse ab und wischte sich mit einer Serviette sorgfältig die Schaumreste von den Lippen.
„Dürfen? Ihr Angebot amüsiert mich. Es geht um die Rettung einer maroden Bank und um sonst nichts, meine Herren. Argumente von Überrendite oder besonderer Sicherheit der Anlage sind lächerlich. Den Sinn einer Investition in eine kurz vor der Pleite stehenden Bank will ich partout nicht einsehen. Ich bin Geschäftsfrau, keine Husarenreiterin!"
Flussmüller bemerkte die zitternden Beine. Manchmal unterschätzte selbst ein Landrat die Menschen, obwohl ein Politiker jeden Tag mit vielen Typen zu tun und weiß Gott genügend Erfahrungen gemacht hatte. Diese tattrige Alte schien zweifelsohne über die Bank informiert. Sie brauchte Anregungen. Verschlagen blickte er mit verschränkten Armen nach links. Aurus stand, vor sich glotzend, wie ein kleiner Schuljunge mit einem Getränk daneben.
„Unsere Kommunen geben eine Garantie für den Kapitalerhalt und zahlen eine Rendite von zwei Prozent über der zehnjährigen Bundesanleihe. Bei einer Milliarde sind das zwanzig Millionen Mehrertrag per anno."
Nervös tastete Sarah Prohaska in der Tasche nach der Medizin.
„Woher nehmen Sie die Gewissheit, ich hätte ein Vermögen von über einer Milliarde Schweizer Franken, die ich in eine marode deutsche Bank stecken würde?"
Verschwörerisch lehnte sich Flussmüller nach vorne.
„Natürlich wollte ich lediglich eine Beispielrechnung aufmachen, welche die Attraktivität einer Investition in die Bavariabank verdeutlichen sollte. Sie als hochverehrte Investorin bestimmen selbstredend Einsatzhöhe und Anlageuniversum."
Er wusste aus unzähligen Wahlveranstaltungen und Bürgerbegehren zu Krankenhäusern, Kindertagesstätten oder Entsorgungsparks, wie man Zweifelnde für sich gewann.

Mit gespreizten Händen lehnte er sich, genüsslich das Parfum der vorbeieilenden, mandeläugigen Bedienung riechend, selbstzufrieden in seinem Stuhl zurück. Es galt abzuwarten.
Sarah Prohaska schwitzte. Sie schien gegen das sich verstärkende Zittern in den Beinen nichts tun zu können. Der Rollstuhl fuhr langsam einen halben Meter zur Seite.
„Auf jeden Fall muss ich das Angebot mit meinem Finanzberater besprechen."
„Natürlich. Im Ordner sind Ergebnis- und Investitionspläne."
Stumm schob Flussmüller das dicke, in strahlend weißes Packpapier eingerollte Paket in einem Rutsch über den Tisch.
„Diese Unterlage hier wird Ihnen die Entscheidung ein wenig leichter machen. Arbeiten Sie Seite für Seite durch oder lassen Sie das Werk durch Berater wie Rechtsanwälte analysieren."
Flussmüller griff erneut in die Tasche und zog einen senfbraunen Umschlag heraus. Leise schnalzte die Zunge des Landrats. Die Pfeile waren abgeschossen. Nun mussten sie sich gedulden. In zwei Wochen würden sie ihm in der Bank dankbar die Füße küssen. Seine Gedanken kehrten zu Katrin zurück. Nächstes Jahr würden sie den warmen, norditalienischen Wind genießen.

München-Salzburg-Ascona 24. September 2008, 11:00 Uhr.
Endlich war Hommel im Süden. Er verabscheute diese modernen, vollklimatisierten Busse. Man roch nichts. Wenn die Luft nicht zu ihm wollte, musste er zu ihr. Nur ein winziger Spalt des Schiebefensters ließ sich öffnen. Die vier Mädchen kicherten über seinen streichholzroten Kopf. Der Secura-Sicherheitschef musste sich zügig abregen, wenn er bei der Topffrau Chancen haben wollte. Konzentriert, in der Hoffnung, dass sein Interesse von der Zielperson nicht bemerkt wurde, taxierte er die südländisch ausschauende Frau.
Sie saß auf der anderen Seite des Ganges und tippte mit spitzen Fingern ins Handy. Der Busfahrer hatte in den zweiten Gang zurück geschaltet, um die steile Steigung zu überwinden. Vom Heulen des starken Dieselmotors begleitet, hinterließ das Gefährt rußige Wolken in der klaren Alpenluft. Der Sicherheitsmann lehnte sich, gierig die spätsommerlich warme Luft durch den Spalt inhalierend, ans Fenster. Es roch wie auf einem spätjährigen Gartenmarkt an der Riviera nach Blumenblüten und Gewürzstämmen.
„Guten Tag."
„No hablo aleman, Senor."

Hommels Augen weiteten sich. Die Farbe ihrer braunen Augen erinnerte ihn an eine Mischfrucht aus Maronen und Kastanien. Der Anfang war gemacht. Zumindest hatte sie nicht weggeschaut. Er lächelte. Wirkte sein Engagement aufdringlich? Ein sächsischer Dialekt war bei der Südländerin nicht von Nachteil. Hommel schätzte sie auf knapp unter Vierzig. Der rote Sitz aus Kunstleder formte sich nach unten. Er drückte die Knie an die Rücklehne des Vordersitzes und sah durch die Frontscheibe die Ausläufer des San-Bernardino-Gebirges. Sex mit dieser Frau in seinem Hotel in Ascona wäre der Hammer! Der Sicherheitschef setzte sein breitestes Grinsen auf. Die Spanierin strich die Haare nach hinten und klemmte sie mit einer hölzernen Haarspange hinter die Ohren.

„Verraten Sie mir Ihren Namen?"
Im nächsten Moment ärgerte er sich über sich selbst. Sie verstand ihn nicht. Wie schwarz die Haare schimmerten.
„Me llamo Manuela."
Verlegen strich sie sich eine Strähne aus dem Gesicht.
Kurz dachte er an München. Dr. Aurus hatte ihm am letzten Samstag den Auftrag gegeben. Er sollte die nächsten drei Wochen auf Sarah Prohaska achten! Gar nichts durfte der Alten passieren. Bei der Wahl der Mittel hatte der Sicherheitsmann freie Hand bekommen. Seit zwei Tagen trug er die Akte der Frau im überdimensionierten Brustbeutel direkt am Astralkörper. Der Bankchef hatte ihm bei ihrer Übergabe eindrücklich in die Augen gesehen, dass er fast Angst vor ihm und der Aufgabe bekommen hatte.
„Sie werden in einem Hotel in Ascona wohnen und der unsichtbare Beschützer unserer alten Dame sein. Die darf davon nichts mitbekommen. Korpu wird alles Weitere mit Ihnen dort unten besprechen. Er kommt mit dem Auto aus Zürich, wo er geschäftliche Dinge für mich erledigen muss. Wie ich Sie kenne, haben sie schon rausgefunden, dass er für Sonderthemen verantwortlich ist. Für besonders delikate Aufgaben zum Beispiel. Die Artmann soll sie im selben Hotel unterbringen und nicht das Reisekostenbudget überziehen."
Das konnte heiter werden. Hoffentlich hatte diese affektierte Ziege ein Doppelbett gebucht. Das rechte Auge des Bankchefs hatte bei der Auftragsvergabe listig gezwinkert. Unbewusst hatte er die Hacken zusammen geschlagen. Letztlich war es egal. Korpu war ein Zahlenmann, doch Hauptsache war die Kohle am Auftragsende. Zur Sicherheit hatte Aurus hinterhergeschoben, dass das, was er soeben gesagt hatte, ein Nichtgespräch gewesen sei und daraus null Komma null zitiert werden

durfte. Der Alte hatte darauf hin die Mundwinkel zu einem Lächeln nach oben gezogen. Das tat er, wenn er zweideutig wurde und gleichzeitig besonders intelligent wirken wollte. Die Ansage war eindeutig. Er sollte Korpu unterstützen und auf diese Sarah Prohaska aufzupassen. Mit starkem Unwohlsein erinnerte er sich an die vom Zigarettenrauch vollkommen vernebelte Luft in Aurus´ Büro. Dass in der DDR überall zu jeder Zeit geraucht wurde, war das Einzige, was er an der alten Zeit nicht gemocht hatte. Sorgfältig hatte der Bankchef den Glimmstängel im Marmoraschenbecher ausgedrückt und gehüstelt.

„Me gusta tu nombre."

Langsam öffnete die hübsche Spanierin ihre Hand und legte sie auf seine. Ein kurzer Augenaufschlag folgte. Hommel hatte viele Frauen gehabt. Diese Rassefrau zeigte eine coole Mischung aus Dominanz und Intelligenz. Das machte ihn richtig an. Erregt fuhr er sich über die Glatze. Seitdem sie ihn vor knapp achtzehn Jahren aus der NVA gejagt hatten, hatte er ein solch starkes Gefühl nicht mehr gehabt. Das Beförderungsschreiben des Generals kurz vor der Wende war ein Steigbügelhalter und zugleich die schriftliche Begründung einer langen dunklen Grabkammerzeit danach. Die Wessis hatten ihm alles genommen. Ein Jahr und drei Monate nach dem Mauerfall war er geschieden. Der Privatdetektiv schaute unverblümt auf den spanischen Busen. Vor wenigen Minuten hatten sie den Tunnel hinter sich gelassen. Das dumpfe, grummelnde Rattern des Zuges, der neben Containern mit Warengütern eine große Menge an Autos von Urlaubern auf die Südseite der Schweizer Alpen transportierte, war zu hören.

„Sie treffen Korpu am fünfundzwanzigsten im Monte Verita in der Via Collina. Dann gehen Sie gemeinsam zu Frau Prohaska. Ab dann läuft Ihr Auftrag, Hommel."

In fünf Minuten würden sie in Ascona sein. Schnell zog er die Kopfhörer über, die ihm den Rest der Ansage und die italienische Übersetzung ersparten. Der Sicherheitschef blickte auf. Eine Minute hatte er die Klassefrau aus den Augen gelassen. Nun war sie weg. Betrübt stieg er aus dem Bus.

„Grüezi, grüezi, mein Herr. Ich hoffe, Sie hatten eine gute Anreise in unser schönes Ascona und sind komfortabel mit unserem eigenen Shuttle-Service gebracht worden."

Im langsamen Berner Dialekt begrüßte der freundlich lächelnde Rezeptionsmitarbeiter Hommel und reichte die Hand über den Schalter.

„Sechzehn Stunden Reise. Ich bin hundemüde, will mich ausruhen."

Der Portier lächelte ihn, auf Hochdeutsch wechselnd, verständnisvoll an.

„Wir haben den Herrn im Seitenflügel untergebracht. Von dort sind es wenige Meter Fußmarsch zum See. Man kann ihn vom Zimmer sehen und es ist einen Tick günstiger als die Räume im Hauptgebäude. Ich habe eine Nachricht für Sie."
„Treffe mich 14:00 Uhr mit Prohaska und Sohn in der Villa am Monte Verità, fünf Gehminuten westlich vom Hotel. Stoßen Sie so schnell wie möglich dazu. K.!"
Hommel steckte das zerknüllte Papier in die Sakkotasche und sandte zur Bestätigung eine SMS.
Bisher war es gut gelaufen. Alles dürfte weiter gehen, solange ihm Unsicherheitsfaktor Korpu keinen Strich durch die Rechnung machen würde. Dieser Zahlenhengst hatte ihn schon einmal mit einer nicht bezahlten Quartalsrechnung vor zwei Jahren für die Sicherung des Bankgebäudes genervt. Der arrogante Sparfuchs war drei Monate auf einer Qualitätsbeanstandung herumgeritten. Im Ergebnis war der Betrag überwiesen worden. Er zog zufrieden den Speichel nach oben.

Ascona (Tessin), Via de Verità, 24. September 2008, 14:30 Uhr
Imposante Anwesen beeindruckten ihn. Zur schmalen Straße hin war das mindestens neun Hektar große Grundstück durch einen hohen Metallzaun mit Gussspitzen abgeschirmt. Bedächtig drückte Rolf Hommel den Klingelknopf.
„Bitte. Wer ist dort?"
Aus der Sprechanlage meldete sich eine dunkle, verrauchte Frauenstimme in dialektfreiem Deutsch. Er musste sich zusammenreißen und hochdeutsch reden.
„Hommel hier. Ich möchte zu Frau Prohaska. Mein Kollege ist schon bei ihr."
Das leise, rhythmisch metallene Geräusch des Türöffners erklang. Endlich klingelte es.
Der würzig-harzige Duft der Nadelhölzer erinnerte ihn an seine Kindheit nahe der tschechischen Grenze. Er war auf dem Gelände einer landwirtschaftlichen Produktionsgenossenschaft aufgewachsen. Der breit gepflasterte Weg zur Villa aus hellgrauem Sandstein war von Azaleen, Kamelien und roten sowie blau blühenden Rhododendren gesäumt.
„Grüezi, mein Herr."
„Guten Tag."
Das konnte nicht sein. Der Sicherheitsmann blieb wie angewurzelt stehen. Am Rahmen der Eingangstür aus dunklem Akazienholz lehnte

aufreizend lächelnd die Spanierin mit verschränkten Armen. Ihre Augen strahlten stärker als der glänzende Messingtürknauf. Der Sicherheitschef schämte sich wegen der Stotterei. Er erwartete den Schweißausbruch, der mit hundertprozentiger Sicherheit folgen musste. Sein Blick fiel auf den wohlproportionierten Hintern der Südländerin und verfing sich in den langen Beinen, die in schwarzen, fast kniehohen Lederstiefeln steckten. Ihr wiegender Gang gefiel ihm. Sie trug eine schwarze Jeanshose und eine kurzärmelige, weiße Bluse. Der Marmorboden klang unter den festen, gleichmäßigen Tritten sonor.

„Die Herrschaften warten im Wohnraum."

Ein groß gewachsener Mann kam mit ausgestreckten Armen auf ihn zu und gab ihm die Hand.

„Ich grüße Sie!"

Hommels Magen rebellierte. Mit einem Mal fühlte er sich gar nicht gut. Korpu und er hatten sich nicht abgestimmt. Außer einem winzigen Schwarz-Weiß-Foto aus den sechziger Jahren, dieser Adresse und dem Auftrag von Aurus hatte er keine Informationen, was das hier sollte. Die runzelige Alte hinter dem Schreibtisch mit dem ausdruckslosen Gesicht musste die Hausherrin sein.

„Herr Hommel, ein Mitarbeiter. Für die Sicherheit unserer Bank verantwortlich, ursprünglich aus der DDR."

Misstrauisch beäugte der Risikocontroller den Secura-Mann und wandte sich Sarah Prohaska zu.

„Wie gesagt. Ich wiederhole das Angebot einer zeitlich unbefristeten, stillen Teilhaberschaft. Alle gesetzlichen Grundlagen sind von der bayerischen Staatsregierung positiv bewertet und durch zwei unabhängige Gutachten renommierter Wirtschaftsprüfungsgesellschaften sowie mehrerer Rechtsanwaltskanzleien bestätigt worden. Der Referentenentwurf wird wegen der parlamentarischen Mehrheit der Regierungsparteien zügig das Gesetzgebungsverfahren passieren. Alles ist unter rechtlichen und wirtschaftlichen Aspekten hieb- und stichfest."

Die hohen Decken sowie der auf Höchststufe laufende Standventilator konnten nicht verhindern, dass sich die stickige Hitze im Salon langsam wie in einem kolumbianischen Restaurant mit defekter Klimaanlage ausbreitete.

Trotz des bald endenden Septembers zeigte das Außenthermometer achtundzwanzig Grad. Korpu zog ein Stofftaschentuch aus der Hosentasche und tupfte sich über die Backen. Jetzt galt es, sich erst mal zurückzuhalten, wenn es auch schwer fiel. Die Alte würde mit Sicherheit die nächste Karte spielen.

Der Rollstuhl stoppte direkt vor dem Abgrund. Sarah Prohaska lehnte sich mit in den Schoß gefalteten Händen vor.
„Warum sollte ich dieses Angebot annehmen?"
Die an die Glasfront geschriene Frage zerfetzte die heiße Luft wie der Rotor eines Hubschraubers. Korpu fühlte sich überrumpelt. Diese Stimmkraft hatte er der Greisin nicht zugetraut. Er wusste um flüssiges Vermögen von knapp 1,5 Milliarden Schweizer Franken. Allein der Gedanke an die vielen Nullen ließ im Körper des Risikocontrollers die Hitze wallen. Respekt vor dem Alter empfand er keinen. Doch die offen verbale Kratzbürstigkeit dieser Weißhaarigen überraschte ihn. Überrumpeln ließ sie sich auf alle Fälle nicht. So viel war sicher. Sein Blick verfing sich an dem echten Roy-Lichtenstein-Druck an der Wand gegenüber. Wie aus dem Nichts schlug der Risikocontroller den scharfen Ton an.
„Nicht passende Frage!"
Sekunden verstrichen, bevor der Banker nachlegte. Der silberne Aktenkoffer sprang mit einem metallenen Klick auf. Seine Hände umfassten drei Klarsichthüllen mit Papier.
„Herr Flussmüller und Herr Dr. Aurus haben Ihnen vor wenigen Tagen Unterlagen aus den dreißiger und vierziger Jahren hiergelassen."
„Ich weiß. Manches in jener Gestapoakte stimmt, vieles ist falsch."
Sarah Prohaskas Kopf war nach unten gesunken. Kraftlos baumelten die Arme neben dem schmalen Körper. Langsam fuhr sie zum Schreibtisch. Orientierungslos tastete sie nach einem Taschentuch.
Der naive Blick des Sohnes schien sie in Rage zu bringen. Mit offenem Mund und hängenden Schultern stand der zweiundsiebzigjährige Mann wie ein Schulbub hinter dem Rollstuhl.
Tränen traten in ihre Augen.
„Ernst war Februar 1943 in der Rosenstraße und hatte einen nach dem anderen vernommen. Ich musste nach Theresienstadt, durfte nicht nach Hause. So habe ich den Obergruppenführer kennen gelernt. Danach hat mich die Gestapo zu Geschäften gezwungen."
„Ich kann nicht folgen, Mutter."
„Gib mir ein Glas Wasser."
Die Stimme der Greisin hatte nichts mehr von der Kraft wenige Minuten zuvor. Erschöpft schüttelte sie den Kopf. Mit tränenerfüllten Augen blickte sie zu ihrem Sohn.
„Ernst war schlau. 43 hat er mit dem schwedischen Roten Kreuz Kontakt aufgenommen. Die Nazis haben mich als wohlgenährte Frau bei den organisierten KZ-Begegnungen in die erste Reihe gestellt und

gefilmt. Alle sollten glauben, wie anständig die Deutschen ihre Gefangenen behandelten. Theater! Doch dafür haben sie mich und meine Familie leben lassen. Auch dich ..."
Korpus klare Stimme durchschnitt den Raum wie ein Peitschenhieb.
„Humbug, was Sie da vor sich hin brabbeln."
Schützend stellte sich Alexander Prohaska mit hochrotem Kopf vor seine Mutter.
„Mehr Respekt, bitte! Nehmen Sie sich zurück, sonst bekommen Sie großen Ärger."
Kraftlos winkte die alte Frau ab. Wieder hatten die Beine zu zittern begonnen.
„Von Theresienstadt aus habe ich weiter Kontakte zu jüdischen Organisationen in Berlin gepflegt. Mein Vater hat mir kurz vor seinem Tod die Liste der jüdischen Gemeindemitglieder mit den Adressen aus der Zeit vor '33 überlassen. In den Büchern waren Informationen über geheime Treffpunkte jüdischer Zirkel. Manchmal habe ich der Gestapo geholfen, Juden in Verstecken aufzuspüren."
Ausschließlich das Fliegensummen war in dem riesigen Raum zu vernehmen. Die Flüsterstimme der Greisin war kaum mehr hörbar.
„Du hast Schwestern und Brüder, deren Töchter und Söhne, Mütter und Väter an einen Nazi verraten, in die Todeslager treiben lassen?"
Alexander Prohaska stöhnte auf. Eine Sekunde später war sein Gesicht schneeweiß.
„Ich wollte herrschen und Ernst gefallen. Irgendwann wird Verrat zu Routine. Eine andere Erklärung gibt es nicht."
Korpu wiederholte mit leiser, spöttischer Stimme, doch für alle hörbar, die Sätze der Frau.
Mit geballten Fäusten baute sich Alexander Prohaska vor dem Risikocontroller auf.
„Sie, Sohn einer Schlange wollen mir drohen? Tausende Berliner Juden sind in den Vernichtungslagern ermordet worden. Sie haben hier angenehm mit Ihrer Mutter all die Jahre vom Geld dieser Opfer gelebt. Schnauze!"
Wutentbrannt schnaubte Korpu durch die Nase und stieß den Mann von sich weg. Die alte Frau nickte unmerklich.
„Dann bin ich aus Theresienstadt in die Schweiz ausgeliefert worden. Gegen Geld. Anfang der Sechziger habe ich von den Russen gestohlene Kunstwerke ins Land zurückgeholt."
„Falsch, Sie haben die Sowjets mit Dokumenten erpresst, Frau Prohaska. In diesen Papieren war minutiös die Ermordung des polnischen

Offizierskorps bei Katyn durch den NKWD im April und Mai 1940 dargestellt. Geheimdienstakten belegen die persönliche Auftragsschuld von Stalin für die Morde. Die Akten enthalten Bilder der Exekutionen. Kopfschüsse aus nächster Nähe. Dienstbeflissene SS-Männer haben ein Jahr nach dem Massaker Beweise gesichert und brav der Gestapo übergeben. Die Akte war eine der Lebensversicherungen Kaltenbrunners."
Erschöpft vom Redefluss flink die Stirn mit einem nassen Taschentuch abtupfend, machte Korpu eine Pause. Er war in seinem Element und nicht mehr zu bremsen. Triumphierend, mit den Händen in den Hosentaschen, sah er auf Sarah Prohaska herab, streckte das Kinn Richtung Aktentasche und achtete nicht auf das leise Nein.
„Es gab eine weitere Absicherung. Ich lasse Ihnen dreißig Sekunden für das Geständnis."
Siegesgewiss sah er ins Gesicht der Greisin.
„Die Transporte haben nicht nur später nach Russland weitergeschleppte Kunstwerke enthalten. Über dreißig Tonnen Gold waren im Eisenbahnwaggon."
Korpu nickte. Voller Freude über seinen Coup wechselte er das Gewicht von einem auf das andere Bein und lächelte fies mit zusammen gepressten Lippen.
Entgeistert starrte Alexander Prohaska seine Mutter an.
„Himmler selbst hat dem Gestapochef den Auftrag zur Beschattung Kaltenbrunners gegeben. Dessen Männer haben alle Spitzelbeobachtungen fein säuberlich in Akten mit dem Decknamen Minerva eingetragen. Der steht für die römische Göttin der Weisheit und taktischer Kriegsführung. Kaltenbrunner hielt sich Sarah Prohaska als Geliebte. Wenn er in Theresienstadt war, hat er sie aus der Baracke in sein Zimmer bringen lassen. Alles wurde akkurat aufgeschrieben, sogar wenn die Schäferstunden nur fünfundvierzig Minuten dauerten."
Korpus Kreislauf hatte sich belebt. Er wollte den Triumph vollständig auskosten. Diabolisch grinste er die Frau an.
„Ich habe detaillierte Gestapo-Unterlagen dabei. In diesem Stapel liegen die Ausfertigungen der unterschriftsreifen Papiere für die Überweisung der 1,2 Milliarden Schweizer Franken in zweifacher Ausfertigung. Die Wirtschaftsprüfergutachten und Stellungnahmen der Rechtsanwälte finden Sie in der Anlage. Reine Formsache. In zwei Tagen ist das Geld auf dem ausgewiesenen Konto. Sie haben den Sowjets das Gold mit Wissen um detaillierte Informationen über die Katyn-Mörder abgepresst. Wir haben Sie wegen des Verrats an den Juden in der Hand. Eine Offenlegung werden Sie keinen Tag überleben!"

Korpus Hand lockerte die Krawatte. Es waren gelungene Stunden. Nun konnte sich dieser Hommel nützlich machen. Harsch forderte er ihn auf, die Fenster zu öffnen. Langsam strömte Tessiner Spätsommerluft herein.

**München, Isarhochufer, Maxburgstraße,
25. September 2008, 8:00 Uhr**
Zitas muskulöser Körper tauchte komplett unter. Links und rechts spritzte das Wasser fünfzehn Zentimeter hoch. Klar ärgerte sich, dass er die Hündin mit dem Wurf des Lieblingsspielzeugs in die Isar getrieben hatte. Das Thermometer an der Flaucherbrücke zeigte zehn Grad. Schnatternd stoben die Enten am Ufer davon. Mit wenigen Stößen paddelte die Hündin in Richtung der hellrot leuchtenden Frisbeescheibe und trieb dann Fluss abwärts. Kälte schien dem Tier nichts auszumachen. Seine Hände waren zu einer Faust geformt, von außen an die Jacke gepresst. Er musste schnellstmöglich ins Büro. Die Stimmung des Polizisten war wegen der Mordfälle Geber/Runkel gedrückt und nach Julias Tod auf dem Tiefpunkt. In den letzten Tagen hatte sich die Lokalpresse auf den erfolglosen Hauptkommissar eingeschossen. Die Journalisten hatten nicht Unrecht. Seine Ermittlungen stockten. Zunächst deutete vieles auf ein Eifersuchtsdrama im Schwulenmilieu hin, doch seit dem Mord an Runkel stellte sich die Situation anders dar.
„Zita, raus!"
Die Hündin ruderte ans Ufer. Der Schrei von Herrchen trieb sie in Höchstgeschwindigkeit aus dem Wasser. Dreißig Minuten später saß er am Schreibtisch und hielt eine große Tasse grünen Tee in der rechten Hand. Die heiße Flüssigkeit erzeugte kleine Wasserdampfwolken. Kaffee hatte er diese Woche genug in sich reingepumpt. Klar kraulte Zita unter der Schnauze. Das mochte sie besonders gern. Genießerisch verdrehte die Hündin die Augen. Gedankenverloren nahm er die Waisenhaus-Chronik zur Hand. Die Spender von Seite zwei hatte er zunächst überlesen. Äbtissinnen der Diözese Oberbayern dankten dem Vorstand der Bavariabank AG für zahlreiche Donationen in 2007. Der Hauptkommissar nahm schmunzelnd einen großen Schluck. Er verbrannte sich und leckte zur Kühlung die Zunge über die Oberlippe. Das Buch war in elf, nach Zeitabschnitten gegliederte Kapitel eingeteilt. Klar beugte sich über die Fotos von 1945 bis 1950. Durch eine Leselupe bewunderte er die Haarpracht eines schlaksigen Mädchens. Die langen Zöpfe waren Kunstwerke. Sein Blick wanderte zu dem in Tintenschönschrift unterschriebenem Foto aus der zweiten Hälfte der Vierziger zurück. An dem Bild war er bereits vor einigen Tagen hängen geblieben.

Der Fotograf hatte die Zwillingsbuben im Alter zwischen drei und fünf Jahren vor einem oberbayerischen Bauernhof 1949 abgelichtet. Das neblige Karwendelgebirge bot ein perfektes Hintergrundmotiv. Klar legte das Buch zur Seite. Er war ungefähr zwanzig Jahre nach den Buben geboren und mit keinem von ihnen verwandt. Der Polizist lehnte sich mit hinter dem Kopf verschränkten Hände im Bürostuhl zurück. Der Hauch eines süßlichen Deodorants breitete sich im Büro aus.
„Ich möchte dreißig Minuten Pause machen und auf der Kaufinger eine Leberkässemmel auf die Hand essen. Ok, Chef?"
„Ne Assistentin wie du ist zwar im Büro unverzichtbar, doch was sein muss, soll sein."
Schmunzelnd schlug er erneut die Chronik auf. Das Foto mit den Zwillingen übte eine starke Anziehungskraft aus. Er schlürfte den Rest grünen Tees. Beide Jungen lachten ausgelassen und hatten die Hände um die Schulter des anderen gelegt. Ein ovales Muttermal prangte jeweils in der Stirnmitte knapp über den Augenbrauen. Konzentriert auf das Bild blickend schätzte der Hauptkommissar das Eichenblatt auf fünf bis sechs Zentimeter. Einige Minuten verstrichen. In den Nachbarbüros war es ruhig. Die Kollegen waren beim Weißwurst-Frühstück im Untergeschoss. Loiperdinger hatte sich mit einer Zigarette auf die Straße abgesetzt. Endlich fiel es ihm ein. Der mit Markenklamotten und Designertretern herumlaufende Glatzkopf aus der Bavariabank hatte genauso ein Ding auf der Stirn. Auch mit dem Alter könnte es passen. Schnell addierte er den geschätzten fünf Jahren der Jungen sechzig hinzu. Der Mann dürfte kurz vor dem Ausscheiden aus dem aktiven Berufsleben stehen. Klar hatte Rath fünf bis sieben Jahre jünger geschätzt. Dass er nicht früher drauf gekommen war! Sofort verdrängte er den Ärger über die Zeitverschwendung. Der Erkenntnisfortschritt wog stärker. Euphorisch ballte er die Faust und zog den Arm ruckartig nach oben. Mit diesem Karma im Kreuz dürfte er es wagen, die Schreckschraube zwei Räume weiter zu besuchen. Beherzt sprang er auf.
„Kannst du mir bitte eine zweite Tasse grünen Tee machen, Inge?"
„Mach`s dir selbst", maulte Annettes Vertretung. „Ich muss Wasser kochen, den Tee suchen und so weiter und so weiter."
Seufzend wurde Klar erneut der Wert seiner Assistentin bewusst. Er seufzte. Die Lust an mehr Tein war verflogen. Anstatt im Kommissariat Zeit mit dieser verbitterten Tussi zu verplempern, würde er rausfinden, ob der Junge auf dem Bild sechs Jahrzehnte später Vorstand der Bavariabank war. Vorher gönnte er sich eine Hoyo Epicure Numero 2. Der Humidor hielt ein brauchbares Exemplar bereit.

München, Auenstraße, 25. September 2008, 19:30 Uhr
Die Zeitungen waren voll mit schmutzigen Berichten oder Vermutungen über Roland Geber und seinen Lover Fabian Runkel. Energielos zuckte Ralf Maslaton mit den Schultern. Er war nicht gut drauf. Traurig schaute der EDV-Techniker mit auf die Hände gestütztem Kinn auf den Boden.
„Du kannst dich an unseren Traum erinnern, die Bavaria Cruiser 420, wofür uns das notwendige Kleingeld gefehlt hat."
Ingo kam auf einem Bein aus der Küche gehüpft und wischte mit dem Ärmel den Rest Sushi am Mundwinkel weg. Strahlend bejahte er durch ein Nicken.
„So ein gebrauchtes Exemplar mit einer guten Ausstattung aus 2007 liegt bei circa 350.000 Schlappen, oder?"
Maslaton nickte und schluckte bei der Vorstellung des ungeheuerlichen Betrags, obwohl er mindestens fünfzig verschiedene Zeitschriften mit gebrauchten Bootsangeboten gelesen und tausendmal einschlägige Onlinebörsen aufgerufen hatte, um sich einen aktuellen Marktüberblick zu verschaffen. Auch jetzt dividierte er die Summe durch seine jährliche Sparrate. Das Ergebnis frustrierte ihn erneut. Ingo grinste über beide Backen und umarmte den Freund. Für wenige Sekunden hielt er die Stirn an die breite Brust des Partners gepresst. Verlegen zupfte sich Maslaton am Ohr.
„Ich hab Bockmist gebaut und will seit Langem drüber sprechen."
Ingo drehte seinem Partner den Kopf zu.
„Verstehe nicht …."
„Du weißt, wir haben lange verzweifelt versucht, an Geld für die Yacht zu kommen.
Hektisch schnappte sich Maslaton Fernsehzeitung sowie Fernbedienung, um das Heft mit hochrotem Kopf auf den Tisch zu schmeißen und die Fernsehsteuerung umklammert zu halten.
„Fabi und Geber sind im Arbeitsteam zur Auswahl der Risikosoftware Basel II gewesen. Erinnerst du dich an meinen größten Auftrag in diesem Jahr und wie stolz wir auf den Deal eine Magnumflasche von diesem Taittinger geköpft haben? Und du in der Nacht keinen Sex mehr wegen Alkohol wolltest."
Blut schoss in Maslatons Gesicht. Die Fernbedienung lag auf dem Teppich.
„Wir haben das Geschäft gekriegt, weil die uns die Angebote der Wettbewerber zugespielt haben und der Geber den Pitch und die finale

Kaufentscheidung durch den Vorstand vorbereitet hat. Der Fabian hat die Kriterien bei den anderen Anbietern abgefragt sowie dem Typen zugearbeitet. Der hatte wiederum die Preise von den anderen. Zum Schluss ist unsere Firma Nummer eins auf der Liste gewesen, und die Geschäftsführung von der Bank hat gar nicht anders gekonnt und den Auftrag uns gegeben."

Ingo schüttelte mit in den Hosentaschen versenkten Händen den Kopf.
„Nein, oder? Das ist hochgradig kriminell, und du hast mitgemacht."
Bekümmert nickte Maslaton, auf den Boden schauend. Kurz darauf nahm sich der EDV-Techniker das andere Ohr vor und zupfte die Muschelhärchen raus.

„Ich habe in letzter Zeit kaum geschlafen, seit den Morden ist Pause mit der Nachtruhe. Die Provision haben wir dieses oder nächstes Jahr dritteln wollen, wenn Gras über die Sache gewachsen ist. Die aus der Revision sind auf den Trichter gekommen, dass das ein gefälschtes Konto bei den Österreichern ist. Vermutlich ahnen die, dass der Fabi, Geber und ich dahinterstecken. Die anderen zwei sind tot, oh Gott."
„Großer Mist, Ralf. Warum sagst du mir das jetzt erst?"
Ingo lief auf und ab, aufgeregt den Kopf schüttelnd.
Verzweifelt fuhr sich sein Freund durch die mit Festiger und Gel aufgestellten Haare.
„Ist mir klar, ich brauche keinen Lehrer! Das der Geber und der Fabian am Deal mitgemacht haben, steht nirgends. Denen kann man nichts nachweisen."
„Hast du mehr mit der Sache zu tun als du zugibst, Ralf? Sei ehrlich."
Maslatons Kopf strahlte feuerrot.
„Deine Widerworte nerven. Unterstellung hilft mir nicht! Die Geschichte macht mich total fertig!"
„Im Bett bin ich der passive Part, mental aber um Klassen stärker. Beichte den Bullen, was du weißt. Nur so kommst du aus dieser vertrackten Situation raus. Wenn du das nicht machst, tue ich es gleich morgen!"
Enttäuscht schüttelte sein Partner den Kopf.
„Dann bin ich geliefert!"

München, Maxburgstraße, 26. September 2008, 13:00 Uhr
Im Postfach lag ein brauner Briefumschlag im DIN-A5-Format.
„Annette, mein Schatz! Danke dir!"
Klar warf der Assistentin einen Handkuss zu. Seit dem kleinen Vortagserfolg war er deutlich besserer Laune. Der Hauptkommissar nahm

das Kuvert in die Hand, drehte es und prüfte den Inhalt. Er konnte nichts Kantiges fühlen. Dafür roch er einen dezenten Herrenduft mit leicht holziger Note.
Woher kannte er dieses Eau de Toilette? Der Brief war ohne Absender in der Poststelle 8022 Fraumünster in Zürich abgestempelt. Klar hielt ihn erfolglos gegen das Licht. Aus dem Inneren schien nichts Lesbares nach außen. Eine Rauchwolke betrat den Raum.
„Idioten, diese Pressefuzzis!"
In hohem Bogen landete die Zeitung auf dem Tisch.
„Erfolgloser Ermittler in zwei Mordfällen"
„Die Männer haben den Brief auf Sprengstoffspuren untersucht. Danke für den freundlichen Arbeitsbeginn, Wolfgang. Wie viel Uhr ist es eigentlich? Ausgeschlafen wirst du dich haben, gehe ich mal von aus."
Dieser Trampel sollte ihn bei der Leistungsbeurteilung übernächste Woche kennenlernen. Der Kommissar antwortete mit einem exzessiven Rülpser. Tabakversetzter Biergeschmack verbreitete sich im Büro.
„Vorsicht beim Aufschlitzen vom Umschlag! Manchmal checkt die Poststelle nix."
Kommentarlos hielt der Hauptkommissar den Brief über den Topf kochenden Wassers. Erstaunt pfiff er durch die Lippen.
„Da beschäftigt sich noch einer intensiv mit userm Fall. Hat sich richtig Mühe gemacht."
Klar reichte die Seiten weiter. Die aus Beiträgen der Neuen Zürcher, dem Handelsblatt und der F.A.Z. stammenden Buchstaben waren in unterschiedlicher Größe, Farbe und Schriftart akkurat ausgeschnitten auf ein Blatt geklebt. Peinlich genau, wie an einer unsichtbaren Linie, waren die Lettern von links unten nach rechts oben diagonal ausgerichtet.
„Finanzmarktkrise bringt Weltwirtschaft ins Wanken." „Was nun, Zentralbanken?"
„Ob wir rausfinden, wer das abgeschickt hat?"
Loiperdinger legte die zwei Blätter zur Seite.
„Ich verstehe nicht, was das soll. Ist reine Zeitverschwendung, sich mit der Identifizierung vom Absender zu beschäftigen. Alles Pillepalle. Außerdem brauche ich nach dem späten Aufstehen endlich meine fünfte Zigarette. Sonst kann ich für nichts garantieren."
„Sieh an, Wolfgang. Hier ein paar Ausschnitte der Münchener Boulevardpresse. Diese Vollidioten schreiben nur das, was die Leute lesen wollen."
Klar blätterte ohne System durch die Zeitungsbeiträge. Eigentlich müsste es ihn bei der Berufserfahrung kalt lassen, doch Unfairness brachte den Hauptkommissar jedes Mal aufs Neue in Rage.

„Mord an Münchener Unternehmensberater – Polizei vollständig im Dunkeln – Kommissar Klar ermittelt erfolglos im Schwulenmilieu."
Loiperdinger bückte sich. Ein lautes Krachen im Knie war zu hören. Langsam massierte er den Oberschenkel.
„Ich sollte mehr Sport machen und mich weniger im Schlachthofviertel rumtreiben."
„Schau mal, das Foto muss zwischen die Presseseiten gerutscht sein, als ich vorhin die Zeitungsartikel auf den Tisch geschmissen hab."
Klar griff sich das neun mal dreizehn Zentimeter große Farbpolaroid. Zwei Männer standen neben einem großen Hauses vor einer beeindruckenden Bergkulisse. Links vom Gebäude wehte eine saubere EU-Flagge. Loiperdinger nickte ein wenig belebt.
„Viele große Alpenseen gibt´s nicht in Mitteleuropa. Die Kriminaltechniker finden in wenigen Minuten den genauen Ort raus. Ich rufe Meier 2 an. Mal gucken, ob ich seine private Handynummer habe."
Leicht zitternd fand der nikotingefärbte Zeigerfinger die Tasten. Konzentriert schaute sich Klar das Foto genauer an. Seine Augen funkelten.
„Dieser kleine, glatzköpfige Athlet: das ist der Secura-Chef. Den Typen knöpfen wir uns gleich persönlich vor!"
Erleichtert lehnte er sich mit einem zufriedenen Lächeln zurück. An manchen Tagen hatte man einen Lauf. Loiperdinger nahm seinem Chef das Foto ab und drehte es.
„Klare Druckschrift, das ist ein Mitarbeiter dieser Bavariabank."
Der Kommissar nickte.
„Schon bemerkt. Ich lasse meine Kontakte in den Laden spielen und rausfinden, wer der andere Typ ist."

München, Maxburgstraße, 29. September 2008, 14:00 Uhr
Loiperdinger räkelte sich mit in den Hosentaschen vergrabenen Händen auf dem Stuhl. Sein Hinterkopf hing schräg auf der Rückenlehne des Besuchersessels.
Ein wenig erinnerte das Aussehen des Kommissars nach zehn Tagen Nichtrasur an Christian Bale in American Psycho. Mit fragenden Augen glotzte er auf die Papiere.
Klar hielt das medizinische Gutachten gegen das Licht. Der dünne Bericht war, wie man es von Rattelsberger erwartete, Qualitätsarbeit. Der Hauptkommissar mochte Klartext und schlug die Unterlage auf.
„Im Kopf befindet sich ein ein Zentimeter breites Einschussloch. Die Kugel ist von der rechten Schläfenseite in den Schädel eingedrungen

und steckte etwas mehr als sechs Zentimeter tief im Gehirn des Toten."

Klar blätterte weiter. Rattelsberger hatte die Leiche am Nachmittag des Mordtages in einem Untersuchungsraum des Instituts der Medizinischen Fakultät der LMU seziert.

Es gluckste an der Tür. Die gestrige Schweinshaxe des Gerichtsmediziners meldete sich.

„Sorry, habe kurz vorbeischauen wollen."

Ein Schmunzeln huschte über Loiperdingers Gesicht. Er fand den dicken Mediziner genauso sympathisch wie sein Chef. Rattelsberger nahm das Protokoll in die Hand und setzte die Lesebrille auf.

„Ein Projektil der Makarov misst 9,2 mal 18 Millimeter. Waffen dieser Art wurden früher ausschließlich für die Waffen der Ordonnanzen der sowjetischen Armee gebaut, im Fall der Tatwaffe 1959 im VEB Fahrzeug- und Jagdwaffenwerk Ernst Thälmann in Suhl. Das zeigt das eingestanzte L in der Seriennummer des PB-Modells. Schallgedämpfte Version. Der Schuss wurde sehr sauber und aus kürzester Nähe abgefeuert. Profiarbeit."

Der Gerichtsmediziner legte den Bericht zur Seite.

„Wir haben in der Wohnung keine DNA-Spuren identifiziert. Der Typ hat aufgepasst."

Loiperdinger zog die Augenbrauen hoch.

„Ich hab die Zeit genutzt und ein bisschen über die Secura, diesen Berliner Sicherheitsdienst, recherchiert."

„Klingt eher nach rumänischem Geheimdienst."

Klar grinste. Sein Körper hatte sich tiefer in den Stuhl gefressen.

„Die schützen alles, was mit Daten, Gebäuden, Technik, Menschen und Geld zu tun hat. Für die Bavariabank entwickeln und betreiben sie Sicherheitssysteme für die Zentrale und deren Betriebseinheiten sowie Geschäftsstellen. Schließen Tresore auf und zu, führen Geldtransporte aus und schützen Personen. Chef ist ein gewisser Hommel, er kümmert sich persönlich um die Bavariabank, sogar um die Vorstände bei Veranstaltungen."

Klar pfiff durch die Zähne und öffnete das Doppelflügelfenster.

„Du hast dir 'ne Zigarette verdient, von mir aus auch hier."

Sofort schoss eine zu hoch eingestellte Feuerzeugflamme in den Raum. Schimpfend drehte der Kettenraucher das Rädchen zur Gasregulierung zurück.

„Sorry, mein Magen rebelliert doch zu stark. Ihr versteht, die Schweinshaxe. Ich gehe dann mal. Längst überfällig, das ich mir von 'nem Kollegen einen Ernährungsplan erstellen lasse."

Der hellgraue Rauch einer Ernte 23 entwischte durch die kurz geöffnete Tür in den Flur. Loiperdinger strich mit der Rechten prüfend über das Kinn und schaute sein Ebenbild im Fensterglas an.
„Ich rasiere mich erst, wenn wir die Morde an Runkel und Geber gelöst haben."
„Dann müssen wir uns beeilen. Lange will ich mir dieses Elend nicht anschauen müssen."
„Hommel ist bis zur Wende der jüngste Major aller Zeiten der Grenztruppen in der DDR gewesen. Der war im engeren Ausbildungskader der SED, Ostelite. Seine Vorgesetzten haben unserem Jungsozialisten eine große Karriere prophezeit. Bis ihm die Wende einen Strich durch die Rechnung gemacht hat."
„Der Arme! Ein Aufsteiger aus dem Osten hat aus der guten alten Zeit vermutlich eine Makarov mitgehen lassen. Tippe ich mal."
„Wenn nicht mehrere. Der zweite aufm Foto ist ein Dr. Korpu, Leiter Risikocontrolling der Bank. Er berichtet direkt an Aurus, gilt als rechte Hand."
Der Kommissar streifte das uralte, graue Tweedsakko über.
„Überrascht mich! Vielleicht muss ich mein Bild über dich revidieren!"
Klar schlug das Buch über das Waisenhaus auf und blätterte gemächlich bis zur Seite mit den Zwillingen.
„Da möchte ich nicht zurückstehen. Schau her, Wolfgang. Siehst du dieses große Muttermal, was die beiden Buben an exakt derselben Stelle tragen?"
Der laute Pfiff Loiperdingers ließ Zita in ihrer Ecke aufhorchen.
„Dieser Rath aus der Bank hat ein Zeichen mit 'ner ähnlichen Form auf der Stirn."
„Die Phantasie geht mit dir durch, Gregor. Was besagt schon so 'ne ungewöhnliche Besonderheit? Diese Type erzählt überall 'rum, dass er ohne Geschwister aufgewachsen ist. Dann ist der Junge aufm Bild von '49 gar nicht dein Klein Erich."
„Daran habe ich natürlich gedacht. Da gibt's allerdings hohe Spenden der Bavariabank. Die haben mich wachsam bleiben lassen. Der Vorstand hat in den letzten Jahrzehnten eifrig gestiftet. Warum sollte dieser Laden ein großes Interesse an einer guten finanziellen Ausstattung des Waisenhauses haben? Zwei Drittel der Kohle für das Heim sind von der Bank gekommen."
„Ok, weiter?"
„Ich hab mir die anderen Spender aus den letzten dreiundsechzig Jahren genauer angeschaut. In der Summe waren's 233. Nur Einer war seit

1949 dabei und hat regelmäßig 'nen Betrag gestiftet. Exakt alle fünf Jahre ein wenig höher."
Fragend blickte Loiperdinger ihn an. Er konnte nicht folgen.
„Emma Kogler, 'ne vierundachtzigjährige Dame, wohnt in der Belfortstraße 18, Haidhausen."
Der Kommissar strich sich über den Stoppelbart.
„Eine weitere Überraschung. Ich hab gestern dreißig Minuten mit der Dame telefoniert. Sie kann uns 'ne Menge erzählen. Halbe Stunde, dann treffen wir sie."

München, Belfortstraße, 29. September 2008, 16:00 Uhr
Loiperdinger schimpfte. Parkplätze waren in Haidhausen knapp. Weder in der Belfortstraße noch rund um den Ostbahnhof gab es für ein Auto eine Lücke. Sie mussten den zivilen Einsatzwagen auf den schmalen Bürgersteig direkt vor das Haus stellen. Klar klappte die Außenspiegel ein. Auf die Schnelle fand er den Polizeiausweis für die Windschutzscheibe des Fünfers nicht. Das grauweiße, fünfstöckige Gebäude war außen reichlich mit Stuckelementen verziert. Frau Kogler wohnte im dritten Stock.
„Immerhin, achtunddreißig Treppen hast du geschafft", ätzte Klar.
Loiperdinger stützte sich schwer atmend ab. Die Raucherlunge meldete sich.
In einer der oberen Wohnungen wurde Fußball gespielt. Zweimal rumpelte es an einer Tür, und ausgelassenes Torgeheul von Jungenstimmen folgte.
„Kommen Sie, meine Herren."
Eine kleine Frau mit Rundrücken gab dem Hauptkommissar die Hand.
„Was für 'ne Behausung, ein einziger Setzkasten. Diese vielen Stoff- und Porzellanpuppen. Staubfänger", wisperte Loiperdinger.
„Man versteht Sie kaum, Herr Polizist. Ich höre schlecht, müssen Sie wissen. Ein Hörgerät will ich nicht tragen, eigentlich braucht man so was in meinem Alter nicht."
„Der Kollege hat ihnen ein Lob für die sehr saubere Wohnung ausgesprochen!"
Die dritten Zähne der alten Frau blitzten. Hinter den grauen Pausbacken mussten sich kleine und leicht glasige Augen befinden.
Das Tablett war mit Kannen und Tassen übervoll. Emma Kogler hatte sich auf den Besuch vorbereitet.
In ihrem Alter hatte man selten Gäste. Klar roch die Zwiebeln. Die Frau stand direkt vor ihm. Glücklicherweise wandte sie sich ab.

„Ursprünglich komme ich westlich von Köln, daher mein niederrheinischer Dialekt. Gefällt er Ihnen, Herr Polizist?"
„Ich habe am Telefon erwähnt, warum wir hier sind, Frau Kogler. Wir würden mit Ihnen gerne über das Münchener Waisenhaus sprechen."
„Verstehe. Darf ich mich auf den Stuhl setzen und die Brille nehmen?"
Langsam schlurfte sie Richtung Tisch. Der Zipfel eines Taschentuchs schaute aus ihrer zusammen gepressten Hand. Der Daumen war zu sehen.
Klar schlug das Waisenhausbuch auf. Besorgt schaute er die blasse Frau an.
„Über diese beiden Jungs auf dem Bild möchte ich konkret sprechen."
„Erich, Wilhelm, meine Jungen! Das Muttermal ist es. Sie sind Zwillinge. Ansonsten sind sie charakterlich grundverschieden."
Ihre Stimme stockte. Schnell presste sie das Taschentuch an den Mund, um den heraustropfenden Speichel wegzuwischen.
„Kurz nach Kriegsende bin ich aus Österreich in München angekommen. Damals gabs wenig zu essen und zu heizen. Die beiden mussten in ein Heim. Niemand sollte über den Vater Bescheid wissen."
Verträumt sah sie in das Zimmer.
„Papa der Jungen ist Ernst Kaltenbrunner, der SS-Offizier. Sie wissen schon. Die Jungen sollten nie die Schmach des Nachnamens erleiden müssen. Ich habe meinen Nachnamen und den der Buben ändern lassen. Mein Name ist Adele von Westendorff."
Die alte Dame begann zu weinen.
„Für mich war es schwer, die Kinder abzugeben. Als wenn ich sterben würde. Sie haben mich gezwungen zu unterschreiben, die Buben nie mehr wieder zu sehen. Anfangs habe ich das geschafft. Später sind die Gewissensbisse gekommen. Ich habe mich als Rabenmutter gefühlt. Jeden Tag musste ich an die Jungen denken, Monat für Monat, Jahr für Jahr."
Sie schlurfte zum Küchenbuffet. Mit einer Entschuldigung kippte die Greisin mehrere Tabletten runter.
Mit einer weißen Stoffserviette trocknete sie das Wasserglas und wischte sorgfältig den Rand nach.
„Einige Monate später habe ich Kontakt zu Ernsts Ehefrau aufgenommen. Er war tot, gehenkt. Die Buben sollten so etwas wie eine Familie haben, wenn sie schon nicht bei mir waren."
„Das war eine bizarre Situation, Frau Kogler, oder? Sie waren die Geliebte des Ex-Mannes von Frau Kaltenbrunner."
Klar sprach leiser, um die alte Dame nicht aufzuregen.

„Mich hats nie interessiert, was andere über mich denken. Ich habe diese Frau höflich gebeten, Erich und Wilhelm in den Ferien zu ihrem Halbbruder einzuladen, damit sie zumindest einmal im Jahr so etwas wie eine Familie hatten. Ernst hat mit ihr einen Sohn gehabt. Der Bub war ein wenig älter als die Zwillinge. Seine Frau wollte sich anfangs nicht darauf eingelassen. Für sie ist das eine schwere Zeit gewesen. Später hat sie die Beiden aus Neugierde in den Sommerferien zu sich und Christian nach Altaussee eingeladen. Seitdem haben wir jedes Jahr mindestens zweimal Briefkontakt gehabt. Alle Briefe sind im Schuhkarton unterm Bett verwahrt. Ernsts Ehefrau hat geschrieben, die drei Jungen hätten sich beim ersten Treffen sofort verstanden und wären dicke Freunde geworden. Mir ging es danach viel besser."
„Sie halten sich sehr tapfer, Frau Kogler. Größter Respekt vor ihrer Leistung!"
Dankbar schaute die Greisin den Hauptkommissar an. Sie schien ihn auch bei verminderter Lautstärke zu verstehen.
„Ich weiß nicht, wo die Zwillinge sind oder ob sie leben. Kaltenbrunners Frau ist vor dreizehn Jahren gestorben, und zu ihrem Sohn habe ich nie direkten Kontakt gesucht. Ich weiß nur, dass meine Buben in ein anderes Heim verlegt worden sind. Das ist lange her. Ich habe mit der Vergangenheit abgeschlossen und ein neues Leben aufgebaut. Man muss die Dinge ruhen lassen können."
Langsam tropfte sie die Tränen mit einem Taschentuch ab.
„Es tut mir leid, dass meine Fragen sie derart aufgewühlt haben. Wir lassen sie in Ruhe."
Die alte Dame stand auf. Erschöpft lehnte sie auf der Küchenvitrine.
„Warten Sie, Herr Wachtmeister. Mir ist etwas eingefallen. Vermutlich ist es uninteressant. Vor zwanzig Jahren habe ich in der Abendzeitung oder im Münchner Merkur einen Bericht über eine Versicherung gelesen. Es kann auch eine Bank gewesen sein. Auf einem Foto dachte ich, das wären meine Buben. Die Männer auf den Bildern haben ihre braunen Augen gehabt. Die bleiben ein Leben lang."
Die alte Frau winkte den Polizisten auf der Treppe nach.
„Nach unten geht´s schneller bei dir!"
Klar schmunzelte.
„Denkst du, dass das, was die Alte zum Schluss verzapft hat, Sinn macht?"
„Keine Ahnung. Jedenfalls lasse ich die Jungs und Mädels aus dem Research die Zeitungen der letzten vierzig Jahre durchschauen."
Loiperdinger nickte und knurrte.

„Ein Knöllchen. Zumindest das klappt reibungslos!"
Er zerriss das Papier und stopfte die Schnipsel in das Sakko zu den Tabakresten der letzten dreißig Tage.

München, Sonnenstraße, 30. September 2008, 11:00 Uhr
Die vier Einsatzfahrzeuge standen mit Blaulicht, doch ohne Martinshorn direkt vor den Eingang der Bankzentrale. Klar schätzte die Empfangsfrau auf Mitte fünfzig. Sie trug eine graue Bluse mit weißgestickten Papageien über dem Herzen und einen hellbraunen Rock aus leichtem Stoff. Die mehrere Tage alte Dauerwelle hielt die durchs Altern angegrauten, kurzen Haare zusammen. Das billige Haarspray verbreitete einen unangenehmen Gestank. Automatisch trat Klar einen Schritt zurück und fasste sich an den Bauch. Die Magensäure meldete sich. Diese Frau sah wie eine gealterte Miss Moneypenny in Goldfinger aus. Klar hatte sich den Filmklassiker vor drei Wochen gemeinsam mit Julia bei einem DVD-Abend im Kinderheim angeschaut.
„Gesundheit!"
Verlegen schaute Bonds Möchtegerngeliebte weg. Einer der Schutzpolizisten grinste. Die Frau schien bei Klar durchs Raster gefallen zu sein. Der Hauptkommissar schnalzte zweimal mit der Zunge.
„Richten Sie dem Herrn aus, die Polizei will ihn sprechen."
„Aha! Herr Hommel wird Sie in wenigen Minuten hier abholen. Ich bitte um Geduld", säuselte Moneypenny. Verkrampft beugte sich ihr Oberkörper zum Mikrophon.
„Dein dauerndes Fingertrommeln nervt."
Beschwörend hob Klar den Zeigefinger an die Lippen. Loiperdinger würde die Schweigegeste verstehen. Sofort machte der Niederbayer den Scheibenwischer zu den Schupos.
„Dir muss ´ne Laus über die Leber gelaufen sein. Bist wieder mal unerträglich."
Klar schnupperte. Unbeeindruckt von der Kollegenanmerkung kratzte er sich an der Nase.
„Eine interessante Note muss ich sagen, Ihr Eau de Toilette."
Hommel nickte. Der dunkelblaue Anzug saß tadellos. Unter dem eng geschnittenen Hemd zeichneten sich trainierte Brustmuskeln ab. Der Secura-Mann drückte den obersten Aufzugsknopf.
„Gehen wir in mein Büro. Dort sind wir ungestört."
Eine Minute später waren sie im siebten Stock. Selbstbewusst wanderten die Blicke des Sicherheitschefs zu den flimmernden Bildschirmen. Zwölf gleich große Fernseher waren im Halbkreis drei Reihen hoch

hinter dem Schaltpult gruppiert. Klar war baff. Hommel dürfte sich hier wie im Regieraum eines Fernsehsenders vorkommen.
„Terre de Hermès. Habe ich von einem ausländischen Bekannten. Hier, meine Schaltzentrale. Da habe ich die Möglichkeit, über Mikrophon mit meinen Wachleuten Kontakt zu halten und alles in der Bank und im Umkreis von 100 Metern zu kontrollieren. Dort drüben, die Bewegungsmelder, die steuern die Lichtsysteme und leuchten zu jeder Zeit alle Winkel und Ecken aus. Ausgenommen natürlich die Vorstandsbüros und die Räumlichkeiten der leitenden Angestellten."
„Das?"
Loiperdinger tippte auf den Bildschirm in der Mitte.
„Meinen Sie die Blondine? Zahlt viel Kohle ein."
Hommel grinste wegen des ängstlichen Blicks der gut gebauten Schönheit. Über die Schirme wechselten sich alle fünf bis zehn Sekunden Bilder aus den Tresorräumen, der Schalterhalle und des Außenbereichs ab. Der Wachmann in dunkelblauer Firmenuniform sowie roter Schirmmütze hinter dem Schaltpult nickte seinem Chef mit ernster Miene zu. Eine Sekunde später konzentrierte er sich wieder auf die Bildschirme.
„Hier, sehen Sie, der Eingang südlich vom Haupttor der Zentrale, da ist viel Grün. Der Bereich war schwer einsehbar. Doch wir haben das Problem gelöst. Drei Kameras haben meine Jungs aufgebaut, um aus allen Blickwinkeln eine lückenlose Überwachung zu haben. Die Männer machen´nen guten Job."
Stolz klopfte er dem Wachhabenden auf die Schulter. Zu dritt betraten sie kurz darauf den Glaskasten.
Aus dem Büro konnte der Secura-Chef das Treiben auf der Etage kontrollieren. Mit ausladenden Gesten erklärte er die große Verantwortung seiner Arbeit. Nur am Rande beklagte er sich über abartige Arbeitszeiten. Das wäre der Preis des Erfolgs. Das breite Grinsen des großkotzigen Proleten machte ihn nicht sympathischer. Klar schaltete auf Angriff.
„Wir haben aus Zürich ein Foto zugespielt bekommen, auf dem Sie mit Korpu in einem Haus abgelichtet worden sind. Was sagen Sie?"
Der Sicherheitschef hielt beide Hände an die Hosennähte gepresst und ging ruhigen Schrittes zum gekippten Fenster. Der feuchte Morgennebel hielt die Stadt fest im Griff.
„Ich liebe Italien. Ist doch legal, mit einem Kunden ein paar Tage in den Süden zu fahren. Selbst die Wessis mögen Wein und Frauen zwischen Südtirol und Apulien, etwa nicht?"
Der Typ war nicht doof und wollte Zeit gewinnen. Über die Stichelei ging Klar hinweg.

Seinem Gegenüber würde die Verschärfung des Vernehmungstempos nicht gefallen.

„Mich interessiert, worum es bei diesem gemeinsamen Geschäftstermin gegangen ist. Mit wem haben sie gesprochen?"

Der Druck tropfte an Bruce Willis ab wie lauwarmes Wasser an einer Teflonpfanne. Hommel verschränkte die Arme und verzog keine Miene.

„Glauben sie, mich mit so einer Frage aus der Reserve zu locken, Colombo?"

„Dann lassen wir Ihnen die Vorladung ins Kommissariat zustellen. So was hier verzögert die Vernehmung. Das Ergebnis bleibt dasselbe."

„Wir haben in der Nähe vom Lago Maggiore einen Schweizer Investor für Sicherheitstechnik besucht. Der Geschäftsführer wollte mich persönlich kennenlernen, da sich der Ruf der Secura bis nach Norditalien herumgesprochen hat."

Dieser Mensch log wie gedruckt. Er konnte Klar nicht in die Augen gucken.

„Eine wacklige Antwort provoziert die Frage nach der Teilnahme des Vorstandssekretariatschefs der Bavariabank an dem Treffen, Herr Hommel!"

Genüsslich schob Klar die Lippen übereinander. Dieser Pfeil würde ins Ziel treffen.

Das Gesicht des Secura-Manns verzog sich.

„Entschuldigen Sie, ich kann Sie beim besten Willen nicht für voll nehmen. Das unterliegt natürlich dem Geschäftsgeheimnis. Als Mann der Staatsmacht verstehen Sie das. Um meine Klienten zu schützen, gibt´s auf keinen Fall irgendeine Information. Das verlangt der Respekt vor den Kunden und unsere Professionalität in der Arbeitsweise. Die Branche hat es schwer."

Klar hatte ihm diese Ironie nicht zugetraut. Die intellektuellen Winkelzüge des Gegners und dessen sprachliche Gewandtheit irritierten. Eine leichte Hitze stieg im Hauptkommissar auf. Er musste eins drauflegen und grinste fies.

„Sie haben die Makarov im Ausland dabei gehabt. Mit den Dingern hat die NVA doch rumgeballert? Die kommunistische Walter PP …"

Klar ließ den Blick nicht von seinem Gegenüber ab. Hommels Schweißgeruch übertünchte das süßliche Deodorant. Es war dieselbe Duftnote wie am Zürcher Briefumschlag. Die Mischung roch. Darüber musste er ohne Niesanfall hinwegsehen. Flecken breiteten sich unter den Achselhöhlen des Sicherheitsmannes aus. Die erste Unsicherheit Hommels. Klar

trat einen Schritt zurück. Aus der Nummer kam Klein Mielke nicht raus.
„Mitnahme von Waffen aus Deutschland in ein anderes Land ist verboten. Das weiß selbst der letzte Trottel in der BRD. Jeder Offizier in der DDR hat so eine Waffe gehabt, natürlich auch ich."
Hommel krächzte wie eine warmlaufende sächsische Kreissäge. Auf seiner Stirn zeigten sich Wassertupfer.
„Die Antwort ärgert mich! Ich möchte wissen, ob Sie eine solche Waffe besitzen!
Wo waren Sie am späten Nachmittag des zweiten Septembers?"
Das sonore Geräusch einer Stimme unterbrach sie. Beide Männer verstummten und wandten sich erstaunt zur Tür.
„Lassen Sie sich nicht stören, meine Herren! Ich wollte kurz vorbeischauen. Reine Neugierde. Bin den Stimmen gefolgt."
Unvermittelter Dinge stand Rath im Raum, ohne ein „Herein" nach seinem Klopfen abgewartet zu haben. Unterwürfig grüßte Hommel. Linkisch rieb er die Hände und schlug die Augen Richtung Boden. Der Vorstand zündete sich eine Zigarette an. Das Geräusch eines leisen, kurzen Läutens erklang.
Erst beim dritten Versuch hatte er Erfolg. Feine Rauchzeichen, die sofort von der arbeitenden Klimaanlage aufgesogen wurden, stiegen auf. Hastig zog Rath zweimal am Glimmstängel. Klar hatte den in Altdeutsch geschriebenen Markennamen noch nicht auf einer Zigarettenschachtel gelesen.
„Gute Würze. So ein Kraut habe ich nie in der Nase gehabt."
Altväterlich nickte der Vorstand.
„Ich möchte die Herren nicht länger stören, meine Kollegen warten in der Verwaltungsratssitzung. Dort muss ich hin, obwohl ich Ihnen selbstverständlich viel lieber Gesellschaft geleistet hätte, meine Herren."
Klar schüttelte den Kopf, als der Vorstand schon aus dem Raum war. Wie ein Pennäler aus der Untersekunda hatte er die Zigarette in der hohlen Hand gehalten.
„Wo waren Sie am zweiten September?"
„Entschuldigung! Ich muss meine Sekretärin auf der anderen Seite vom Flügel wegen des Termins fragen."
Mit Bedauern in der Stimme hob Hommel die Hände und beklagte die fehlende Hoheit über seinen Kalender. Rasch entschwand der Sportler Richtung Großraumbüro. Loiperdinger zeigte kopfschüttelnd auf den Schreibtisch.
„Dieser Sicherheitsmensch ist ein komischer Kauz. Der Typ hätte seine Mitarbeiterin von hier anrufen können. Siehst du die zwei Te-

lefone? Lass uns zu den Schupos ins Großraumbüro gehen. Denen muss langweilig sein. Stehen ohne Aufgabe seit einer Stunde vor 'ner Kabine mit Flimmerkisten."
Eintöniges, langes Starren auf die Bildschirme hatte die winzigen Augen des Wachmanns verkleinert und gerötet.
Loiperdingers Zeigefinger klopfte hektisch an die Scheibe des Überwachungsraums. Das Panzerglas absorbierte das Geräusch vollständig. Innen war nichts zu hören. Klars Blick erstarrte. Hommel war auf dem zweiten Bildschirm von rechts in der oberen Reihe zu sehen. Wenige Sekunden später standen sie im Überwachungsraum hinter dem Glatzkopf. Zitternd fuhr sich der Wachhabende mit den Fingern über die Augen. Wie hypnotisiert starrten die drei auf den Schirm. Das Bild zoomte heran. Übergroß war der Sicherheitschef vor dem geöffneten Schließfach erkennbar.
„Tresorraum im Untergeschoss hier im Gebäude."
Die weinerliche Stimme des Wachmanns hing im Raum. Klars Hand flog flach auf seine Stirn. Der Secura-Mann war dabei, eine Waffe im Schließfach zu verstecken. Das Risiko, über die Kameras beobachtet zu werden, schien er einzugehen. Seine Hand glitt in die schwarze Aktentasche.
„Den kaufen wir uns!"
Klar drehte sich um und blickte auf den Bildschirm. Die Raumgröße dufte vier mal fünf Meter haben. Nervös atmete er aus. Der Wachmann hatte das Bild nochmals größer gemacht. Auf dem Tisch standen vier in Blockschrift etikettierte Apothekerfläschchen. Durch das braune Glas konnte man die Flüssigkeiten der halb gefüllten Gläser schimmern sehen. Die Etikettierungen Amylnitrit und Butylnitrit waren wegen der eingestellten Lupenfunktion der Kamera lesbar.
„Die Gifte, mit denen Geber ermordet worden ist. Los! Schießen Sie sofort ein Bild, und speichern!"
Dreißig Sekunden später hallten Stiefel durchs Treppenhaus. Für die sieben Stockwerke brauchten sie vier Minuten. Die Tresortür stand offen. Klar erfasste die Situation sofort. Hommel war dabei, das Schließfachschloss zu codieren.
„Waffe weg, dann Hände langsam ohne Spielereien auf den Tisch!"
Die lauten Worte klangen blechern in dem fast leeren Raum. Helles Neonlicht aus Deckenröhren leuchtete das Zimmer aus. Eine der Leuchten flackerte und warf im Sekundenabstand dunkle Streifen auf Boden und Wände. Schließfächer waren auf drei Meter Höhe über die gesamte Breite in die Wände gebaut. Weiße Fliesen belegten die lin-

ken Wände. Hier war es schmucklos wie in jedem Tresorraum. Außer hinter Beton und Stahl verborgenen Schätzen, einem Tisch wie dem passendem Stuhl gab es nichts. Klar hielt die Luft an und konzentrierte sich. Seine Waffe war direkt auf den Secura-Mann gerichtet.
„Hommel, Sie haben keine Chance! Wir sind zu viert. Die anderen warten hinter dem Tresorraum. Geben Sie auf!"
Der Sicherheitsmann stand, sie anstarrend, vor dem geschlossenen Schließfach. Der irre Blick war Antwort genug. Er würde hier nicht mehr lebend rauswollen. Projektile schlugen hinter den Männern in die Kacheln ein und surrten pfeifend weiter. Sie klangen beim Weg durch den Tresorraum wie das Knacken eines Hummerfußes bei Henssler und Henssler in Altona. Blitzschnell hatte sich Klar nach der Ansage niedergekniet und mit der Linken den Schussarm stabilisiert. Eine Makarov hatte acht Patronen im Magazin. In Mathe konnte er in der Schule glänzen. Der Hauptkommissar schoss zweimal. Schon nach dem ersten Treffer taumelte Hommel, fiel auf die Knie und glitt auf dem glatten Boden aus. Es roch nach Pulver und Putz.
„Kommt rein, Männer!", schrie Klar.
Es war kein schöner Anblick. Der Mann lag mit der Waffe in der Hand und einer Kugel im Kopf bäuchlings auf den kalten Fliesen. Mit aufgerissenen Augen schaute Klar zu Loiperdinger. Rattelsberger hatte Arbeit bekommen.

München, Maxburgstraße, 14. Oktober 2008, 12:29 Uhr
Frau Artmann stand mit hellfleckigem Gesicht vor der doppelflügeligen Robinienholztür des Sitzungssaales und versperrte den Zugang. Die Haare der Vorstandssekretärin waren zum Zopf gebunden, den eine schmucklose, silberne Klammer perfekt zusammenhielt. Ihr Teint passte perfekt zum blauen Kostüm. Klar deutete durch nach oben gezogene Mundwinkel minimale Freundlichkeit an.
In weißer Schrift auf dem rechteckigen Schild links der oberen Türhälfte leuchtete es gedämpft rot.

Sitzung – kein Zutritt.

„Sie sehen wunderbar aus, beeindruckend."
„Danke! So ein Lob baut auf! Heute tagt der Verwaltungsrat. Dr. Korpu führt das Protokoll. Ich darf für Getränke, Gebäck und die Brötchen zwischendurch sorgen", seufzte die Chefsekretärin. In den Worten schwang Enttäuschung mit.

„Mag so sein. Aber meine Ungeduld wächst. Ich habe Hommel vor ein paar Minuten im Tresorraum erschossen, nachdem er auf meinen Kollegen und mich das Feuer eröffnet hat. Da ist die eine oder andere Frage an die Herren dort drin erlaubt, denken Sie nicht?"
Blitzartig hatte Klar den Schalter umgelegt. Seine Stimme klang hart und bestimmt. Mit einer Hand zeigte er auf die verschlossene Tür.
„Unser Herr Hommel tot? Grauenvoll!"
Mit beiden Händen fasste sich die Vorstandssekretärin an die Wangen. Der Körper wankte.
„So kommen wir nicht weiter. Für Erklärungen fehlt mir Zeit. Es ist Gefahr im Verzug!"
Klar schob die Assistentin zur Seite. Loiperdinger und er traten rasch durch den kleinen, quadratischen Zwischenraum. Das rechteckige Zimmer dahinter hatte eine Größe von ungefähr fünfzehn auf acht Meter. Eine Mischung aus Zigarettenqualm sowie Zigarrengeruch lag schwer in der Luft. Der riesige Gobelin an der rechten, hellbraun gestrichenen Wand zeigte eine Szene des spätmittelalterlichen Viktualienmarkts. Sinn für Ästhetik hatte dieser Aurus, das musste man konstatieren. Klar nieste. Der Blütenstaub des gigantischen Lilienstraußes roch penetrant. Auch Loiperdinger fuhr sich über die Nase.
An dem mit großen Intarsien versehenen Tisch hockten ausschließlich Männer. An der einen Seite saßen neun, ihnen gegenüber elf Verwaltungsräte. Mit Flussmüller und den hinter einem extra Tisch sitzenden Vorständen machte das vierundzwanzig Personen. Der Chef des Aufsichtsgremiums thronte kerzengerade mit dem Rücken zum Eingang am Kopfende. Grelles Sonnenlicht durchflutete den großen Raum und traf die silberne Landratsmähne von rechts. Aurus stand am Rednerpult. Mit einem zehn Zentimeter langen Stab steuerte er den Laptop. Sein stechender Blick schien Klar und Loiperdinger aufspießen zu wollen.
„Sie schulden uns eine Erklärung!"
Die Worte des Bankchefs schossen in den Raum wie Patronen aus dem Lauf eines Schnellfeuergewehrs. Klars Blick verfing sich an der Wand hinter dem Vorstandsvorsitzenden.

Bavariabank AG: Betriebswirtschaftliche Situation 2008
und Ausblick 2009 bis 2011.

Er wandte sich mit einem Räuspern Flussmüller zu. Langsam zeigte der Polizist auf die Runde. Seine listigen Augen leuchteten. Zufrieden registrierte er, wie unruhig die Männer plötzlich waren. Die meisten rutschten, mit den Nachbarn flüsternd, auf den Stühlen hin und her. Das helle, metallische Geräusch eines Dupont-Feuerzeugs erklang. Direkt vor Rath stieg Zigarettenrauch auf und zog senkrecht als dünne, weiße Fahne Richtung Abzugsgitter in der Decke.

Bei den Bankiers schien alles in bester Ordnung zu sein. Die überwiegend alten Herren saßen immer am gleichen Platz. Das beweisen die in die Sitzungstische versenkten Namensschilder. Sogar die blassgelben Nikotinflecken neben der Abzugsvorrichtung konzentrierten sich an einer Stelle. Neugierig schaute Klar nach oben. Vermutlich war lange Zeit die Klimaanlage defekt gewesen und nicht repariert worden.

„Ihre frechen Forderungen sind unerhört. Ich werde mich beim Polizeipräsidenten über Sie beschweren!"

Die Stimme Flussmüllers schien sich zu überschlagen. Der Tisch vibrierte unter dem Faustschlag. Von der Souveränität eines gesetzten, bayerischen Lokalpolitikers war nichts zu spüren.

Klars Blutdruck beschleunigte sich. Vermutlich war er bei 160 zu 100 oder höher. Sein Kopf dampfte. Um nicht zu explodieren, musste er sich zusammenreißen. Diesem Verbrecher dufte man keine Zeit zum Nachdenken und Agieren lassen. Sofort legte der Hauptkommissar nach, ohne die Stimme zu senken.

„Ich kann sehr gut hören! Herr Kaltenbrunner Junior darf sich über unser Eindringen beschweren, gerne beim Innenminister. Sehr viele Menschen werden Interesse am Ausgang des Verfahrens haben, Herr Kaltenbrunner!"

Stille im Raum. Die Männer vernahmen nicht einmal mehr das Summen der angesprungenen Klimaanlage, da ihre Ohren für die nächsten Minuten auf die Stimme des Hauptkommissars dressiert schienen.

„Ich schlage vor, die Einwürfe Ihres Verwaltungsratschefs an den obersten Münchener Polizisten von der lokalen Lokalpresse verfolgen zu lassen."

Ein spöttisches Lächeln spielte um Klars Mundwinkel, als er in die Runde blickte.

„Respekt, Gregor, ein oberbayerischer Bulle mit britischem Humor. Auf meiner Achtungsskala drei Stufen plus", raunte ihm Loiperdinger zu. Amüsiert lehnte er sich mit verschränkten Armen an die massive Heizungsverkleidung aus dunklem, gemasertem Eichenholz. Alle Augenpaare waren auf den Landrat gerichtet.

Klar taxierte die imposante Glasfront, die den Sitzungssaal im Halbkreis über die volle Raumhöhe zur Straßenseite abschloss. Vor dem

Zimmer hatten auf seine Anweisung zehn Schutzpolizisten Position bezogen. Mit einem Schritt war Aurus neben Flussmüllers Stuhl gesprungen und rückte hektisch das schlecht sitzende, braungelb-karierte Sakko zurecht.
Die Beweglichkeit hatte Klar dem Dicken nicht zugetraut. Er musste verhindern, dass sich der Typ mit dem Landrat abstimmte. Mit zugekniffenen Augen checkte der Hauptkommissar die Männer.
„Ich verstehe nicht, warum der überall höchst geschätzte Verwaltungsratsvorsitzende unter einem falschen Namen angesprochen wird. Außerdem bin ich sichtlich über den Auftritt der Polizei irritiert. Im Besonderen über das ungepflegte Aussehen des Kommissars."
Streng starrte Aurus nach rechts.
„Kauf dir endlich neue Klamotten und setz morgens den Rasierpinsel ein", raunte Klar schmunzelnd dem Kollegen zu. Amüsiert betrachtete er die ausgelatschten Sneaker Loiperdingers.
„Papperlapapp! Sie sprechen mit dem Vorsitzenden des Verwaltungsrates der Bavariabank, dem Landrat von Oberbayern. Der lässt sich nicht stümperhaft provozieren."
Selbstgefällig lagen die kleinen Hände gefaltet auf dem üppigen Bauch des Bankchefs.
„Mir piepegal. Christian Flussmüller ist der leibliche Sohn Ernst Kaltenbrunners. Leiter des Reichssicherheitshauptamtes im Dritten Reich von '43 bis '45. Für die millionenfache Vernichtung von Juden und anderer Feinde des großen Deutschen Reiches verantwortlich."
Rath war aufgestanden und hatte in der Seitentasche der marineblauen Maßanzugshose mit dezentem, sichtbarem Logo hektisch nach der Zigarettenschachtel gewühlt. Mit Froschaugen schien der Vorstand nervös an der Zigarette ziehend einen inneren Wutanfall zu überstehen. In der Aufgeregtheit hatte die Glut ein Feuerloch in den Stoff gebrannt. Fluchend trat er, die Kippe ins Zimmer schnippend, einen Schritt zur Seite.
„Solch eine Verleumdung ist Rufmord und wird juristische Folgen haben! Derartig infame Behauptungen eines Polizisten sind mir in meiner Karriere als Jurist bisher nie vorgekommen!"
„Da ist nichts zurückzunehmen, der hässliche Kollegenbart ist heute Abend ab. In fünf Minuten haben wir nämlich zwei Morde aufgeklärt. Mit der Volljährigkeit hat Christian Wilhelm Kaltenbrunner den Nachnamen geändert und den zweiten Vornamen weggelassen. Seit 1966 heißt unser Landrat Christian Flussmüller."
Triumphierend und spöttisch blickte Klar in die Männerrunde und fixier-

te anschließend den Handelsvorstand mit hochgezogenen Augenbrauen.
„In den letzten zehn Jahren haben Aurus und Sie zum Nachteil des Instituts paktiert und im Namen der Bank hochspekulative Wertpapiere erworben. Sofort nach dem Kauf haben Sie die Ramschpapiere an die Trust Invest verticket."
Gott sei Dank hatte Holtkötter den Anruf auf der Mobilbox rechtzeitig abgehört. Erleichtert strich sich Klar durch die nassen Haare und blickte zur Tür. Keuchend machte der Wirtschaftskriminologe einen halben Schritt in den Sitzungssaal und hielt sich schweißgebadet am Türrahmen fest. Der Sauerländer nickte Klar erschöpft, aber erleichtert zu. Er schien einige Augenblicke zu benötigen, um runterzukommen. Die kurze Strecke vom Aufzug hatte ihn außer Atem gebracht. Sein Puls lief unrund.
„Heutzutage spricht man von Schrottpapieren, Anlagen, die nichts mehr wert sind und die die Bank aus Geldgier gekauft hat."
Flussmüller hatte sich gefangen und unterbrach die Ausführung des Wirtschaftskriminologen ruhig.
„Ich verweise auf die Überwachungsfunktion des Risikocontrollings …"
„Haben Sie sich die Berichte des Risikocontrollings über wichtige Geschäfte vorlegen lassen? Dann haben Sie gemerkt, dass die Zustimmungen der Fachabteilung fehlen! Sie überwachen das Haus insgesamt, oder?"
„Applaus! Dieser Mann lernt schnell."
Zufrieden spreizte Holtkötter Zeige- und Mittelfinger zum Josef-Ackermannschen Vicotoryzeichen. Sein Atem hatte sich in der Zwischenzeit merklich beruhigt.
„Kaltenbrunner Junior hat über die üblen Machenschaften in der Bank genau Bescheid gewusst. Dr. Aurus ist Überwachungsvorstand und damit oberster Risikocontroller. Rath hat als Handelsvorstand gemeinsam mit ihm Kaufaufträge für Ramschpapiere in Milliardenhöhe unterschrieben. Das nennt sich in der Sprache korrupter Bankiers Vieraugenprinzip, glaube ich. Das Risikocontrolling hat die Käufe nie begutachtet."
Kalt schaute der Hauptkommissar zu Flussmüller.
„Ich verbitte mir ausdrücklich, mit diesem Namen angesprochen zu werden. Nichts weiß ich über die Geschäfte, wenn sie überhaupt jemals zustande gekommen sind, gar nichts!"
Fast schüchtern erklang aus der Verwaltungsratsrunde eine piepsige Männerstimme fränkischer Mundart. Der Arbeitnehmervertreter im

Verdi Bezirksvorstand Oberfranken bat um Wortmeldung. Die hohe Stimme des Nordostbayern schien in der Männerrunde enormes Gewicht zu haben. Alle Nebengeräusche verstummten.
„Was hat die Bankenaufsicht eigentlich getan? Denen hätte das mit den fehlenden Gutachten, oder wie das heißt, auffallen müssen."
„Unterschriften von Vorständen reichen, die heilen alles."
Holtkötters Asthmaanfall war vorbei. Den Satz brachte er allerdings nur krächzend heraus. Siegesgewiss blickte Klar Flussmüller in die Augen.
„Die Prüfer haben sich nach der formalen Prüfung der Wertansätze im Konzernabschluss nicht weiter mit den wirtschaftlichen Risiken minderwertiger Wertpapiere von US-Emittenten beschäftigt. Das ist gesetzeskonform", schob der Wirtschaftsfachmann mit Bedauern in der Stimme hinterher.
„Das ist krank, völlig absurd. All das will nicht in mein Gehirn. Gangster schreiben Werte ab, und in unserer altehrwürdigen Bank bleibt eine finanzielle Müllhalde zurück, sonst nichts. Der Vorstand hat den Verwaltungsrat belogen, persönlich getäuscht."
Der Oberfranke schlug die Hände vors Gesicht und schüttelte geschockt den Kopf.
„So ungefähr muss man das sehen. Das größere Problem ist allerdings, dass im Konkursfall hundert bis zweihundert Prozent des Anschaffungswertes der Wertpapiere nachgeschossen werden müssen. Ein immer stärker stinkender Müllhaufen, je schlechter es den Kontrahenten der strukturierten Wertpapiere geht."
Routiniert sprühte sich Holtkötter zur weiteren Stabilisierung seines Zustandes Medizin in den Hals. Die schnelle Erleichterung beruhigte den Atem.
„Ein solider, privater Schweizer Investor wird in Kürze über eine Milliarde Euro in unser Haus einlegen. Ich habe mit den Fraktionsvorsitzenden der zwei Regierungsparteien im Landtagspavillon gefrühstückt. In Kürze werden die Gesetze durch sein. Dann dürfen Privatleute in die Bank investieren."
Aurus ging Richtung Glasfront. Die Köpfe der Parteifreunde bewegten sich nahezu synchron auf und ab. Im Raum hing ein angenehm harmonischer, sonorer Geräuschpegel zustimmenden Männerflüsterns. Zufrieden rückte der Bankchef den Sessel zurecht und setzte sich mit sattem Grunzen.
„Das ist die Rettung!"
„Rettung?"
Der Landrat saß wie einbetoniert mit versteinerter Miene im Sessel.

Ohne eine Antwort abzuwarten, fuhr der Polizist fort.
„Ein Komplott aus dem Verwaltungsratsvorsitzenden und den Bankvorständen Aurus sowie Rath will eine 97-jährige Tessinerin um viel Geld bringen."
Klar zeigte auf den Bankchef sowie den Handelsvorstand. Er durfte keinen Fehler machen. Ruhig wandte er sich erneut dem Verwaltungsratsvorsitzenden zu.
„Mit den Halbbrüdern will dieser Verwaltungsratschef eine Greisin zwingen, eine Milliarde Euro in einer Pleitebank anzulegen. Sarah Prohaska war die jüdische Geliebte seines Vaters im KZ Theresienstadt. Die russische Regierung ist Anfang der Sechziger mit geheimen Akten über die Verbrechen von Katyn erpresst worden. Sowjetische Soldaten haben im März und April 1940 über 11.000 polnische Offiziere in der Nähe von Smolensk ermordet und verscharrt."
Tief atmete Klar durch. Seine Stimme klang aufgekratzt. Mit der Zunge fuhr er sich über den Gaumen.
„Für die Dokumente bekam die alte Frau viel Gold. Im Krieg hat sie SS und Gestapo geholfen, Juden vor dem Transport in die KZ auszurauben. Die Drei haben um die Verstrickung Frau Prohaskas gewusst und sie mit Papieren unter Druck gesetzt, die Flussmüller als kleiner Junge in den Kriegswirren aus dem Vermächtnis des Vaters in Altaussee an sich genommen haben muss. Er hat das Gold für die Bank eingefordert, um die eigene Haut zu retten. Eine ungeheuerliche Erpressung, um an Geld zu gelangen."
Aurus warf den Montblanc Füllfederhalter mit heftigem Schwung auf den Tisch.
„Ich bin der redlich arbeitende Chef einer solide wirtschaftenden Bank und werde es bleiben. Der lange, erfolgreich amtierende Verwaltungsratsvorsitzende steht einem Gremium vor, das seit Jahrzehnten professionell und erfolgreich arbeitet. Gemeinsam sucht es mit dem Vorstand nach Wegen aus einer Krise, die uns die Finanzhaie an den Finanzmärkten und die Investmentbanken beschieden haben und für die wir nichts können."
„Wer schreit hat Unrecht! Zurück zu den Fakten!"
Die kreischende Stimme vertrieb Klars restliche Zweifel an seinen Thesen. Selbstbewusst straffte der Polizist den Oberkörper. Das letzte Lauftraining hatte ihm einen mächtigen Schenkelkrampf beschert, doch die Muskelsubstanz war aufgrund regelmäßigen Trainings in den letzten Monaten besser geworden.
„Rath und Sie sind zweieiige Zwillinge, Halbbrüder von Christian

Flussmüller. Ernst Kaltenbrunner ist der gemeinsame Vater. Seit Spätsommer 1945 haben Sie in einem Münchener Waisenhaus gelebt. Auf einem Bild aus den späten vierziger Jahren erkennt man die direkte Verwandtschaft."
So in sich versunken, wie der Bankchef plötzlich vor der Fensterfront stand, konnte man fast Mitleid entwickeln. Klar ließ ihn nicht aus den Augen.
„Ein gleichförmiges, vor allem großes Muttermal auf der Stirn hat Sie und Rath verraten. Bei einem von Ihnen erkennt man das ausgeprägte Zeichen auf den ersten Blick. Wir lassen Herrn Dr. Aurus zur Wahrheitsfindung gerne beim Friseur um die Ecke die üppige Haarpracht schneiden. Die leibliche Mutter der Halbbrüder Flussmüllers lebt in München und kann sich an ein Foto in der Abendzeitung erinnern. Das war der Tag der Vorstandsernennung von Ihnen."
Hasserfüllt ballte Rath die Fäuste.
Über Loiperdingers Gesicht huschte ein Lachen. Die Veranstaltung schien eine bessere Droge als vier Schachteln Zigaretten hintereinander zu sein.
Begeistert nickte Holtkötter mit glänzenden Augen.
„Klar macht Karriere, habe ich gewusst."
„Flussmüller hätte nicht nur den Nachnamen, sondern dazu den Vornamen ändern sollen. Es ist ein leichtes für die Kripo gewesen, in der Linzer Familienchronik der verstorbenen Mutter des Verwaltungsratsvorsitzenden zu recherchieren. Die Kollegen sind auf Bilder aus den frühen Sechzigern gestoßen, auf denen der junge Flussmüller mit den Halbbrüdern im Garten der Altausseer Villa gekickt hat. Den entschlossenen Gesichtsausdruck beim Angriff haben die drei nicht verloren."
Aurus starrte mit fiebrigen Augen auf den Boden. Klar setzte den Fangschuss.
„Sie haben sich verrechnet. Zweieiige Zwillinge müssen weder in Körpergröße, Statur oder sonstigen äußeren Merkmalen übereinstimmen. Manchmal gibt es ein einziges Erkennungsmerkmal, oft aber mehrere äußere oder charakterliche Gemeinsamkeiten. Bei den beiden ist es das Muttermal."
„Hinzu kommt kriminelle Energie."
Der fränkische Arbeitnehmervertreter hielt beide Fäuste auf den Tisch gepresst. Sein fleckiges Gesicht glühte wie die Kacheln eines Schwedenofens im Hochbetrieb.
„Aurus und Rath haben in den späten Neunzigern schwarze Kassen eröffnet, die aus den ab 2001 üppig sprudelnden Gewinnen der Trust

Invest gespeist worden sind. Mit dem Geld hat Geber die Vorstände anderer Banken vom Sinn der Übernahmen überzeugt. Der Mann wusste seit Langem um Herkunft und Verwendung des Geldes. Wahrscheinlich hat ihn erst Runkel dafür sensibilisiert, wie kriminell Aurus und Rath waren und wie tief er selber in diesem Sumpf gesteckt hat. Vermutlich wollte Geber aus Angst, tiefer in den Korruptionsstrudel hineingerissen zu werden, aussteigen. Runkel wie sein Liebhaber mussten sterben, weil sie über den Betrug in der Bank Bescheid wussten."
Klar benötigte eine kurze Verschnaufpause und nahm einen Schluck Leitungswasser.
Die Magensäure meldete sich durch eine winzige, schlecht riechende Gaswolke. Nahezu unbemerkt wedelte er den Ausstoß weg und wechselte schnell den Standort.
„Vor einer Stunde haben wir Gebers Handy in Hommels Schließfach gefunden, eine Makarov und die Chemikalien, mit denen der Berater vergiftet worden ist."
Klar atmete tief aus. Stumm starrte der Verwaltungsratsvorsitzende auf den Tisch. Die Sonne hatte sich in der Zwischenzeit aus dem Sitzungssaal verabschiedet. Grau lag das zusammengefallene Haar auf dem Haupt des Landrats.
„Ich möchte eine Erklärung abgeben."
Dreiundzwanzig Augenpaare starrten entsetzt Flussmüller an.
„In den letzten Monaten habe ich mit dem Vorstand über Geber gesprochen. Der wollte aussteigen. Ein Schwuler hat ihn wegen der Geschichte mit den Schwarzgeldkassen erpresst. Mit den Gewinnen der Trust Invest haben wir Bankvorstände gekauft. Das war einfach."
Fies lachte er vor sich hin.
„Dieser Verräter hatte Beweise über meine Kenntnisse der Geldbewegungen. Ein Lebenswerk wäre in kürzester Zeit zerstört worden, wenn die Geschichte aufgeflogen wäre. So was macht Angst."
Bedächtig strich sich der Hauptkommissar über das Kinn, ohne Aurus und Rath aus den Augen zu lassen. Er überlegte, ob der Zeitpunkt für die Festnahme durch die Schupos gekommen war. Zumindest Loiperdinger würde bei Problemen zur Seite stehen, auf Holtkötter konnte er nicht zählen. Er gab sich zwei Minuten.
„Kommt noch was? Einer von Ihnen hat Hommel den Auftrag zur Ermordung Gebers gegeben. Und wenig später ist Runkel fällig gewesen. Sein Wissen war zu gefährlich. Rath hat vor der Wohnungstür des Bankers im Glockenbachviertel gewartet und aufgepasst, dass der Mann für´s Grobe bei der Mordarbeit nicht überrascht wird."

„Das geht zu weit!"
Klar achtete nicht auf den Einwurf des Handelsvorstands und sah aus dem Augenwinkel, wie sich Loiperdinger vom Beobachterstatus durch das Abstoßen von der Heizkörper-Verkleidung verabschiedet hatte, die entsicherte Dienstwaffe auf den Boden richtend.
„Wir haben am Tatort zwei Kippen Memphis-Zigaretten gefunden, heutzutage eine ungewöhnliche Marke. Rath hat den Exoten hier geraucht, oder etwa nicht?"
Listig blickte Klar den Handelsvorstand an und hob die Zigarettenkippe auf.
„Vermutlich nicht nur mein Lieblingskraut."
Die Stimme des Bankers klang nicht besonders kraftvoll, aber der Einwand war berechtigt. Etwas mitgenommen lehnte Rath blass am Sitzungstisch.
„Stimmt. Ein DNA-Test durch die Kriminaltechniker wird innerhalb von Stunden eindeutige Klarheit bringen. Das Zünden des Feuerzeugs hinterlässt ein eindrückliches, metallisches Klingen. So ein extravagantes Geräusch fällt in Treppenhäusern von Altbauten sogar alten Frauen auf, vor allem, wenn sie sich an ein Dupont-Exemplar des verstorbenen Gatten erinnern."
Klar fing Loiperdingers Blick ein. Der Hauptkommissar nickte.
„Die Herren Flussmüller, Dr. Aurus und Rath sind wegen der gemeinschaftlichen Anstiftung zum Mord an den Herren Dr. Roland Geber und Fabian Runkel verhaftet. Zugriff!"
Zehn Schutzpolizisten spurteten in den Sitzungssaal. Holtkötter hatte ihnen einen Wink gegeben. Anerkennend klopfte der Wirtschaftskriminologe Klar auf die Schulter. Klickend rasteten die Handschellen ein. Endlich konnte er den Staatsanwalt mit einer positiven Nachricht überraschen. Stolz zog der Hauptkommissar das Diensthandy aus der Jackeninnentasche. Dr. Schulte machte seit einer Woche Urlaub in Kalifornien. Er sollte trotz Zeitverschiebung über den erfolgreichen Fallabschluss informiert werden. Außerdem wollte ihm Klar wegen des Vertrauens für die Fallübermittlung danken.
Eine Sekunde später nahm er Mandelduft wahr. Sofort stürzte Loiperdinger zu Flussmüller und spreizte mit einem Ruck dessen Kiefer auf. Die Zunge des Landrats war tiefblau gefärbt. Er röchelte nach Wasser und fasste mit beiden Händen an seinen Hals. Sie mussten ihn auf den Rücken legen. Der Politiker hatte keine Chance, das Zyankali wirkte bereits auf grausame Weise.
Pflichtschuldig rief Klar dennoch einen Krankenwagen. Er fuhr sich

durch die triefnassen Haare. Außerdem würde er Rattelsberger informieren. Loiperdinger musste dafür sorgen, dass keiner den Raum verließ. Er war gleich wieder zurück. Der Hauptkommissar schaute zum Fenster. Danach würde er Zita zwei Stunden an der Isar begleiten.

München, Sonnenstraße, 16. Oktober 2008, 10:36 Uhr
Grummelnd pulte Loiperdinger das Aluminiumpapier von der Semmel und biss beherzt in den freigelegten Leberkäs.
„Wann läufst du Marathon, Gregor?", fragte er kauend.
„Wieso? Willst du etwa mit mir trainieren? Trotz deiner Rassellunge… Dann hör erst mal mit diesem Junkfood auf."
„Idiot …"
Klar schmunzelte. Nach dem gelöstem Mord an Geber und Runkel hatte ihn die Lokalpresse mit Lob überhäuft. Vergessen waren die Schmähungen und Beleidigungen der Wochen zuvor. Seitdem war er mit Zita jeden Tag beim Lauftraining und dreimal in der Woche in der Physiotherapie zum Muskelaufbau gewesen. Er fühlte sich topfit. Am nächsten Samstag würde der Medienmarathon sein. Die Sollzeit lag unter 3 Stunden 30.
Annette stand Achsel zuckend im Türrahmen.
„Sorry, dass ich störe, Chef. Da ist so ein Anruf von Dr. Schulte gewesen. Ich hab gesagt, dass du im Haus unterwegs bist."
„Und?"
„In der Notrufzentrale ist vor einer halben Stunde der Anruf einer Frau eingegangen. Sie hat einen Mann tot im Teich gefunden. Die Schupos sind auf dem Weg nach Karlsfeld, zu einem Fischzuchtbetrieb soll ich dir sagen."
„Ein Bauernopfer?", fragte sein Kollege.
„Loipi!"

rf: rüdiger|frischmuth

Rüdiger Frischmuth
1965 geboren, intimer Kenner der Finanzdienstleistungs- und Unternehmensberaterszene. Liest seit frühester Jugend Krimis US-amerikanischer und europäischer Autoren. Der Autor verfasste „Rechenfehler" multiperspektivisch und arbeitet mit Rückblenden, um so verschiedene Charaktere, Zeiten und Regionen im Plot zu berücksichtigen.